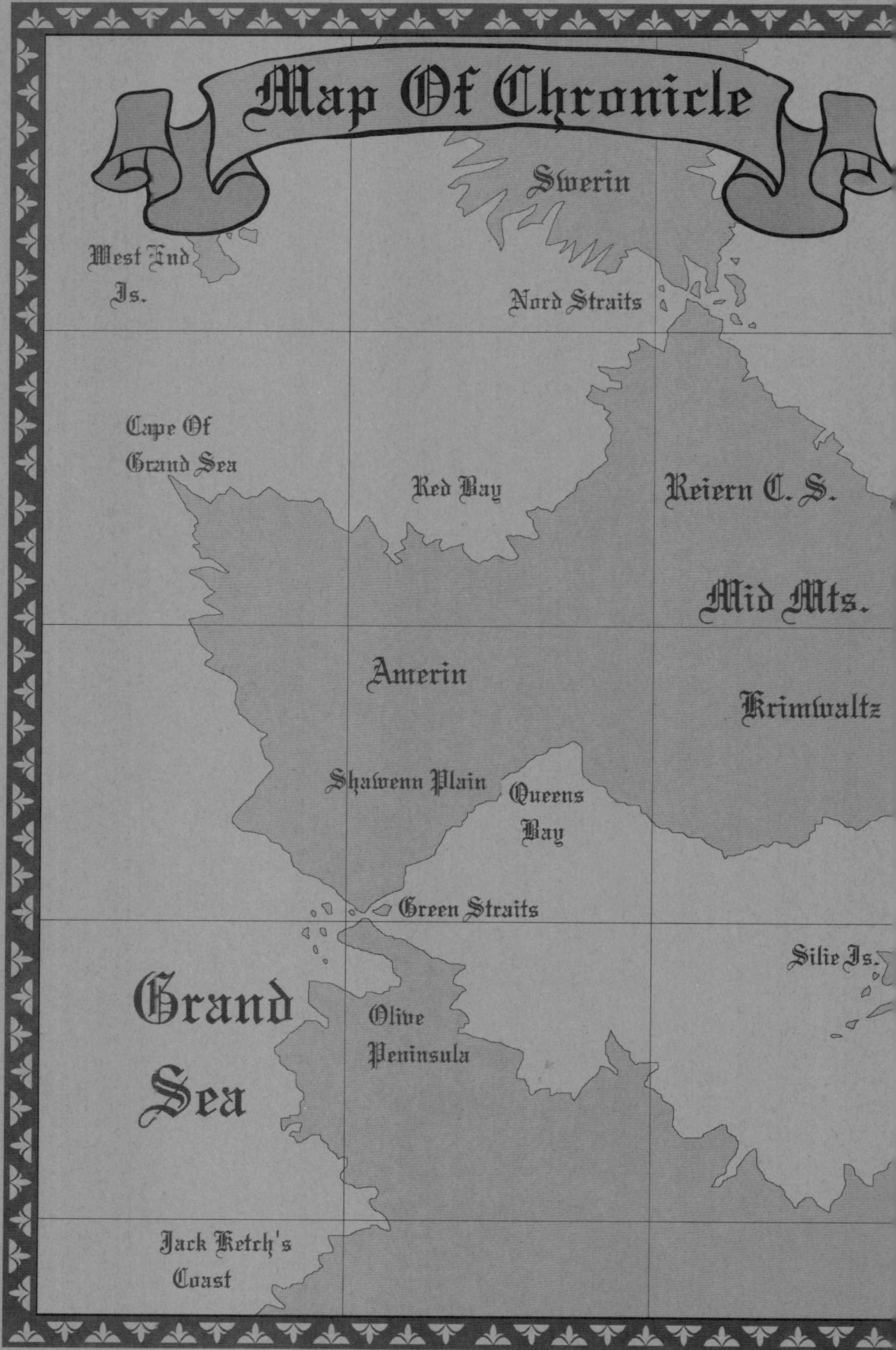

Map Of Chronicle
Swerin
West End Is.
Nord Straits
Cape Of Grand Sea
Red Bay
Reiern C. S.
Mid Mts.
Amerin
Krimwaltz
Shawenn Plain
Queens Bay
Green Straits
Silie Is.
Grand Sea
Olive Peninsula
Jack Ketch's Coast

White Sea
N
W
E
S
Nord Sea
Kamin
Kamin
Bay
Pollian
Slaiv
Jaar Mts.
Veil C. U.
Stoltz
Valhenia
Apyano
Apyano
Bay
Green Sea
Panion
Desert Coast
Rodian Is.
Khajaratagoha
?
Great Desert
< Illustrated by KWON >

여왕의 창기병

Lancer of Regina

5

여왕의 창기병 5

권병수 판타지 장편 소설

초판 1쇄 찍은 날 § 2001년 8월 30일
초판 1쇄 펴낸 날 § 2001년 9월 10일

지은이 § 권병수
펴낸이 § 서경석
펴낸곳 § 도서출판 청어람
편집 § 문혜영 · 허경란 · 박영주 · 김희정 · 권민정 · 장상수
마케팅 § 정필 · 강양원 · 김규진

등록번호 § 제1081-1-89호
등록일자 § 1999. 5. 31
어람번호 § 제1-0140호

주소 § 경기도 부천시 원미구 심곡1동 350-1 남성B/D 3F (우) 420-011
전화 § 032-656-4452 팩스 § 032-656-4453
e-mail § eoram99@chollian.net

값 7,500원

ISBN 89-5505-097-6 (SET) / ISBN 89-5505-144-1 04810

여왕의 창기병

Lancer of Regina

5

JOKER

n. 농담하는 사람. 녀석. 사기 조항. 책략. 예기치 않았던 난점. 무엇이나 잘 아는 녀석.

권병수 판타지 장편 소설

도서출판 청어람

Lancer of Regina

목 차

Chapter 10

Yoke The Lover

〈 3 〉

"꺄아악!"

"흐흐흐, 간만에 적성에 맞는 일을 하는군."

여자의 숨 막히는 비명을 들으며 쇼는 비릿하게 웃었다. 이언은 좀처럼 표정을 바꾸지 않으며 팔짱을 끼고 창가에 서 있었다. 별다른 목적이 없어서 거의 쓰이지 않던 구석진 방으로 불려온 시녀는 새파랗게 질린 눈으로 떨고 있었다.

먼지가 소복하게 내려앉은 낡은 탁자 위에는 청동 촛대가 있었고, 3개의 양초들이 사자성 특유의 무거운 어둠을 힘겹게 들어 올렸다. 어디선가 스며드는 바람에 놀란 촛불들이 몸을 움츠릴 때마다 대리석 벽에 드리워진 그림자들은 끔찍한 몽마처럼 흔들렸다. 방구석의 짙은 어둠 어디선가 몽마가 특유의 보라색 눈을 반짝이면서 숨어 있다고 해도 전혀 이상하지 않을 분위기였다.

흐릿한 불빛을 옆으로 받고 있는 쇼의 얼굴은 기괴했다. 촛불의 황적색 불빛은 그의 뺨을 붉게 물들였고, 튀어나온 광대뼈와 움푹한 눈매가 드리운 그늘 속에서 안광이 반짝이는 모습은 그다지 유쾌하지 못했다. 그것도 부족해서 쇼는 씨익 웃고 있었다. 쇼는 자신의 단검을 여자의 눈앞에서 가볍게 흔들다가 단검의 폼멜 부분으로 관자놀이를 긁었다.

눈앞에서 날이 시퍼런 단검이 어른거리는 모습은 평범한 사람들에게는 난폭한 폭언과 협박보다도 효과적이었다. 그리고 어둠 속에 서 있는 튜멜 일행은 누구보다 그런 것을 자세히 알고 있었다.

"왜, 왜 이러시는 거예요? 여, 여긴……."

"알지. 사자성이지. 몇 가지 묻고 싶은 게 있을 뿐이야."

지금 쇼의 얼굴은 결코 평범하고 개성도 없는 단조로운 보통 때의 모습이 아니었다. 명암이 극단적으로 교차하는 얼굴은 웃고 있었고, 그 얼굴은 마치 웃는 얼굴로 죽어버린 시체처럼 보였다. 빛을 받는 왼쪽과 어둠에 잠긴 오른쪽 얼굴을 가진 쇼는 두 개의 서로 다른 인격의 얼굴을 가진 사람처럼 보였다.

"멋진 독약을 갖고 있잖아? 난 독약 수집과 제조가 취미거든? 누가 만들었는지 참 궁금해. 그 사람에게서 어떻게 그런 독약을 만들 수 있는 건지 배우고 싶어. 모처럼 내가 뭘 배우고 싶다고 하는데 도와줄 거지? 난 니가 기꺼이 나를 도와줄 거라고 믿어."

쇼는 여자의 눈앞으로 상체를 불쑥 내민 자세로 단검으로 손톱을 다듬으면서 다정하게 물었다. 그의 목소리는 온화했고 친절했다. 하지만 단검은 여자의 얼굴에서 불과 한 뼘쯤 떨어진 곳에서 움직이고 있었다. 쇼의 스톨츠 식 단검은 세상에 존재하는 것은 뭐든지 자를 수 있을 것처럼 집요하게 날이 세워져 있었다. 무지한 사람이 봐도 그 단검은 집 안에서 쓰는 부엌칼과는 예리함의 수준이 아예 다르다는 것을 알 수 있었다. 그리고 쇼는 그렇게 예리한 단검을 여자의 눈앞에서 흔들며 손톱을 다듬는 장난을 쳤다.

여자는 잔뜩 겁에 질린 눈으로 눈앞에서 어른거리는 단검을 보고 있었고, 그녀의 앞니는 불안정하게 부딪치며 딱딱거리는 소리를 냈다.

"이봐, 그래서는 대답 한마디 듣다가 날 새겠다. 내 방식으로 하자니까. 예전에 라트에일에서도 써봤는데 효과가 확실해. 닳고 닳은 용병도 손가락 몇 개 잘랐더니 술술 불어버렸어."

쇼는 이언의 말에 고개를 들었다. 눈앞에서 흔들거리던 단검이 멈추자 여자는 흠칫 놀라며 어깨를 움츠렸다.

"네 방식으로 하면 대답을 듣기도 전에 여자가 죽어버려. 보통 여자들은 손가락 마디를 하나씩 자르면 대답하기도 전에 미쳐 버리거나 죽는 거야. 그것도 모르냐? 넌 여자에 대한 예의도 모르냐?"

손가락 마디를 하나하나 잘라 나간다는 대화가 오가자 여자는 인간이 가진 가장 끔찍한 얼굴로 떨었다. 평상시에 상상하는 것만으로도 충분히 공포스러울 화제였는데, 지금 여자는 한밤중에 소리 질러도 아무도 듣지 못할 외진 곳에서 단검으로 장난치는 사내들에게 둘러싸여 있었다. 그녀는 그들이 결코 농담을 하고 있다고 생각하지 않았다.

"아니면 악마를 불러낼까? 악마가 이 여자의 영혼을 야금야금 씹어먹고 이 여자의 육체를 우둑우둑 깨물어 먹다 보면 대답하지 않을까?"

쇼는 여자의 어깨 너머로 이언을 바라보면서 '그런 한심한 협박이 통하겠냐? 악마가 어딨어?' 라는 표정을 지었지만 순박한 여자는 쇼의 얼굴을 보지 못했다. 쇼는 하이 스카우터 일을 하면서 경험이 풍부한 사내였고, 이미 뱀파이어를 동료로 두고 있었다. 그렇기 때문에 그는 악마라는 말에 별로 공포를 느끼지 못했다(물론 그는 여전히 카라를 두려워했지만, 그는 벌써 뱀파이어를 검으로 찔러본 전무후무한 사내인 것이다). 지옥의 불구덩이 어딘가에 있을 악마보다는 눈앞에서 자신을 노리는 롱 소드가 훨씬 위험하다는 것을 알고 있었고, 실제로 악마를 보기 전에 그것을 미리부터 걱정할 필요는 없다는 무딘 신경의 소유자였다.

하지만 평생을 평범하고 조용한 인생을 살아왔던 여자에게는 그 의미가 달랐다. 대개의 평민들이 그렇듯 여자도 미신이니 악마에 민감했고, 페스트 같은 저주받은 불치의 병을 불러오는 것도 악마라고 믿고 있었다. 그녀는 끔찍한 공포에 사로잡혀 덜덜 떨면서 절반쯤 의식이 나간 상태였다. 그녀는 자신이 지금 얼마나 위험한 상황인지 잘 알고 있었다. 이런 장소는 대낮에도 사람들이 지나치기를 꺼려하는 장소였고, 하물며 지금은 한밤중이었다. 그것도 모자라 방 안에 있는 사내들은 날이 시퍼런 단검을 가지고 장난을 치며 킬킬거렸고, 악마까지 불러온다고 태연하게 말했다.

"벌써부터 그러지 말아요."

에피는 불쌍한 상황에 빠져 허우적거리는 여자를 안아주면서 두 남자를 나무랐다. 여자는 에피가 자신을 안자 흠칫 놀랐다가 놀라운 힘으로 와락 그녀를 끌어안았다. 에피는 여자의 뜻밖에 억센 힘에 눌려 낮게 기침을 하면서도 다정하게 여자를 다독거렸다. 하지만 그녀의 머리 위에 있는 에피의 얼굴은 결코 다정하지 않았다. 에피는 여자가 눈치 채지 못하게 하품을 하면서 지겨운 표정을 지었다. 이언과 쇼, 에피는 미리 상의를 하지 않았는데도 놀랄 만큼 호흡이 잘 맞았다. 그동안의 여행이 결코 헛된 것이 아니라는 증거였다.

"자아, 너무 걱정하지 말아요. 내가 지켜줄게요. 나를 믿죠?"

여자는 다독거리며 다정하게 말을 건네는 에피도 이 남자들과 한패라는 사실을 잊어먹었다. 그녀는 구원을 바라는 다급한 심정으로 에피에게 매달렸다.

"살려주세요! 살려주세요! 난 아무것도 몰라요! 왜 나한테 이러는 거예요?! 난 아무것도 잘못한 거 없어요! 왕실 내규를 어긴 적이 한 번도 없어요! 나를 고문하다가 지하 감옥에 가둘 건가요?! 제발 나를 보내주세요! 저에게는 아들이 있어요!"

"걱정하지 마. 지하 감옥에 가두는 일은 없을 거야. 시체는 하수구에 버리는 것으로 충분해. 내일 아침이면 아무도 너를 못 찾아."

쇼는 촛불 곁에 서서 다시 손톱을 단검으로 소제하면서 싸늘하게 말했다. 그 예리한 단검으로도 용케 손가락을 잘라먹지 않은 쇼는 잘라낸 손톱 조각을 후욱 불었다.

여자는 그 말에 거의 이성을 잃은 얼굴로 허우적거리며 에피에게 매달렸다. 물에 빠진 사람처럼 허우적거리는 여자의 손길은 넝쿨처럼 에피의 몸에 휘감겨 왔고, 남자 힘으로도 쉽사리 풀어낼 수 없을 정도였다. 생명의 위협을 느끼는 다급한 사람의 괴력에 숨이 막힌 에피는 밭은기침을 하면서 쇼를 노려보았다.

'일부러 그랬지?' 그녀는 그렇게 묻는 시선으로 쇼를 바라보았지만 쇼는 태연하게 웃었다.

웃음이 유난히 개성없는 얼굴이 있다면 그건 쇼일 것이다. 이언의 웃음을 한번 본 사람은 결코 잊을 수 없을 만큼 차갑고 기분 나쁘다면 쇼의 그것은 아무런 특징이 없었다. 지독하게 단조로운 웃음이었다.

"우리가 알고 싶은 건 당신이 국왕 폐하께서 드시는 술에 미리 넣

어두는 약을 알고 싶은 거예요. 그거 당신이 만든 약은 아니잖아요?"

등을 토닥거리며 묻는 에피의 질문에 여자는 울음을 그치고 흠칫 놀라며 불안한 시선으로 에피의 표정을 살폈다. 이언과 쇼가 던져 주는 공포에 찌든 그녀의 눈은 절반쯤 초점이 풀려 있었고, 불안한 눈동자를 이리저리 움직였다. 여자의 입에서 울음이 묻어난 희미한 질문이 새어 나왔다.

"그, 그게… 그 약이 뭐가 잘못된 건가요?"

"그럼요. 한참 문제가 있어요. 당신은 지금 국왕 오빠를 독살하고 있는 거니까요. 걸리면 끝장이라는 거 알죠?"

"쿨럭!"

에피의 대화를 듣던 쇼와 이언은 거의 동시에 기침을 했다. 모처럼 진지하고 다정한 말투로 말을 하고 있었지만 에피의 말투는 근본적으로 변화가 없었다. 사자성 한가운데서 아델만 국왕을 '국왕 오빠'라고 부르는 것은 열 번쯤 교수형당해도 이상하지 않은 일이었다.

"저 바보는 자기보다 나이 많은 남자는 무조건 오빠인 거냐?"

쇼가 이언에게 나직이 중얼거렸다. 하지만 여자는 앞의 단어보다는 뒤의 '독살'이라는 단어에 더 민감하게 반응했다.

"도, 도, 독살이요?! 제, 제가 국왕 폐하를요? 아! 신이시여! 그 약이 치료약이 아니었던가요?! 의사 선생님이 치료제라고 말했는데요! 몰랐어요! 정말 몰랐어요! 부탁이에요! 제발 비밀로 해줘요! 전 정말 몰랐어요! 시키는 대로만 했던 거예요! 제 아들이 이제 겨우 7살이에요! 벌써 죽게 만들 수는 없어요!"

여자는 이제 거의 실성해 있었다. 에피는 그녀의 목소리를 낮추기 위해서 그녀를 품에 안았다. 여자는 아들의 신변에 위협을 느끼고 더욱 필사적이 되어서 에피에게 매달렸다. 그녀의 이성은 이미 에피가 그런 것을 결정할 권력이 없다는 것을 인지하지 못했다. 단지 에피는 그녀의 유일한 구원자였다.

'국왕 시해'는 그것이 성공했든 미수로 끝났든 그 행위에 가담한 자는 물론 모든 인척들까지 교수형을 당하게 만들기에 충분한 죄였다. 여자는 이제 울부짖으며 에피에게 매달렸고, 에피가 입고 있던 옷의 어딘가에서 찌익 소리를 내면서 솔기가 터지는 소리가 들렸다.

'모처럼 비싼 옷을 공짜로 받았는데…….'

바느질이 터지는 소리가 들리는 순간 에피의 눈썹이 곤두서며 미간이 잠깐 움찔했다. 하지만 에피는 심호흡을 하고는 다시 여자를 다독거렸다. 그녀도 나름대로 이런 일에 능숙했다. 회색남풍에 있을 때 포로의 심문과 고문은 주로 그녀의 몫이었다. 용병이라고는 하지만 에피는 힘과 체력에 한계가 있었고, 그녀는 주로 가벼운 몸을 이용하여 척후 임무나 후방 지원, 그리고 포로들을 고문해 적의 병력 배치를 자백받는 일을 해왔었다.

쇼와 이언보다 고문에 능숙한 것은 에피였다. 에피는 잠깐 동안 자신이 지금까지 사람을 고문하다가 죽인 것이 몇 명이었을까 하는 생각을 했다. 하지만 '셀 수가 없다'라는 결론에 도달했다. 최초로 사람을 고문해 본 것이 17살 때였고, 19살 번째 생일을 맞이했을 때 그녀는 이미 회색남풍 최고의 고문 기술자가 되어 있었다.

'시마린느!'

언젠가 그녀가 포로로 잡힌 적 백인대장의 눈을 집게로 뽑았을 때, 그 백인대장은 비명을 지르기보다는 애인, 혹은 아내일지도 모르는 여자의 이름을 불렀다. 에피는 그때 자신이 어떤 표정을 지었는지 기억이 나지 않았다. 단지 자신이 했던 말은 기억이 났다.

"미안해요, 오빠. 이제는 살아 돌아가도 애인의 얼굴을 못 보겠네요? 눈이 없잖아요?"

고작 20년의 인생을 살았던 에피는 피가 뚝뚝 떨어지는 고문용 집게를 들고 그렇게 말했었다. 그 남자는 결국 모든 것을 자백했다. 하지만 그는 시마린느라는 애인의 곁으로 되돌아가지 못했다. 그가 마지막 자백을 했을 때, 에피는 이미 그의 내장을 잔뜩 끄집어낸 상태였다. 에피에게 살아 있는 채로 배가 갈리운 사내는 그렇게 죽었다.

그리고 회색남풍은 그 전투에서 승리했고, 회색남풍 용병대의 부대장이자 돌격대장 레이드는 피에 젖은 갑옷을 입고 살아서 돌아왔다. 에피는 피에 젖은 모습으로 돌아온 아버지를 향해 씨익 웃으며 브이자를 그려주었다. 그 전투에서 그들 부녀는 용병대 내에서 최고의 배당금을 받았다. 그것이 지금까지 그녀가 세상을 살아온 방식이었다.

"너, 손을 왜 떨고 있나? 그 나이에 벌써 수전증이냐?"

이언이 가져왔던 와인을 병째로 마시던 쇼가 의아한 얼굴로 물었다. 에피는 여자의 등허리에 걸쳐져 있던 자신의 두 손을 내려다보았다. 손이 부들부들 떨리고 있었다. 에피는 서둘러 기억을 털어냈다.

"씨이! 그런 거 아냐. 쇼 오빠는 나만 미워해."

에피는 울고 있는 여자의 머리에 턱을 올려놓으면서 특유의 해죽 웃는 미소를 지었다.

'이 사람들 앞에서는 사람을 고문하는 모습 죽어도 안 보여줄 거야.'

"너처럼 무식하고 못생긴 계집애한테서 오빠 소리 듣고 싶지 않아."

쇼는 고개를 돌리며 다시 와인을 벌컥거리며 마셨다.

"정말 이런 방법밖에 없는 겁니까?"

케이시 튜멜 남작은 어두운 복도를 걸어가면서 불만스러운 표정을 지었다. 선두에서 복도를 걷던 파일런은 갑자기 멈춰 섰다. 한 손에 랜턴을 들고 있던 튜멜은 불안한 눈으로 파일런을 올려다보았다. 흔들거리는 등불에 비친 파일런의 얼굴은 꿈에서도 보고 싶지 않은 얼굴이었다.

유서 깊은 오래된 대성당의 입구에 있는 포털(Portal) 오른쪽에는 보통 전쟁과 기사, 죽음을 주관하는 천사인 제2 우천사 크루엘(Cruel)의 대리석상이 있는 경우가 많았다. 사악한 악으로부터 신의 영지인 성역을 수호한다는 의미로 세워두는 석상이었다.

4장의 날개를 가진 천사인 크루엘은 항상 근엄한 중년 사내의 모습으로 표현되었는데 갑옷을 입고 방패와 검을 들고서 성당 입구를 지그시 내려다보는 모습이었다.

크루엘의 방패에는 고통 속에서 죽음을 당한 자들의 불쌍한 영혼이 머물고 있다고 하며, 그 영혼들은 보통 절규하는 얼굴들로 묘사되었다. 크루엘의 맞은편, 즉 포털의 왼쪽에는 곡식, 생명, 수확, 잉태, 농부들을 수호하는 천사인 제2 좌천사 에멜린(Emelin)의 천사상이 세워져 있었다(크림발츠와 함께 대륙의 강국으로 유명한 아메린은 아이러니하게도 좌천사 에멜린의 이름에서 가져온 국가 명이었다). 인자하게 미소를 짓는 여인의 얼굴을 가진 천사로 역시 4장의 날개를 가졌다.

생명을 수호하는 좌천사 에멜린과 그녀와 상반되는 죽음을 수호하는 우천사 크루엘을 놓고 봤을 때, 지금 파일런 디르거의 얼굴은 크루엘의 재래와 다름없었다. 튜멜은 등불을 무력하게 만드는 어둠 저편에 떠 있는 파일런의 얼굴을 보면서 무릎이 휘청거리는 느낌을 받았다. 튜멜은 침조차 삼키지 못했다. 전쟁터에서 비명과 고통 속에 죽어간 영혼들이 파일런의 어깨에 머물고 있는 듯한 착각이 들었다.

"남작……."

"네… 네?"

"예전에 내가 한번 말했을 텐데. 선택한 것은 자네일세. 그렇다면 지금부터 일어나는 모든 일들은 자네가 짊어져야 하는 것일세. 알량한 인간애를 핑계로 그 의무를 덜어보려고 애쓰지 말게나."

"하지만 보다 무난한 방법도 분명히 있을 겁니다."

"누군가 피를 흘려야 한다면……."

파일런 디르거는 고개를 돌려 자신들이 걸어가야 할 어둠을 노려보았다. 그리고 다시 걸음을 내디뎠다.

"그 피를 흘리는 사람의 숫자가 가장 적은 방법을 택해야 하는 법이야."

"……."

튜멜은 파일런의 무거운 말에 질식할 것만 같았다. 아무런 말도 할 용기가 없었다. 그는 관자놀이를 타고 흐르는 차가운 땀을 손등으로 훔쳐 냈다. 레이드가 그의 등을 툭 쳤을 때 튜멜은 흠칫 놀라며 자칫 사자성이 떠나가도록 비명을 지를 뻔했다. 레이드는 사자성 어딘가의 거대한 테이블의 다리를 하나 부러뜨려 몽둥이로 삼은 채 피식 웃었다.

"정지! 누구냐?!"

보초를 서고 있던 근위대 병사는 어두운 복도 저편에서 나타난 상대가 튜멜 일행인 것을 보고는 고개를 갸웃거렸다. 대성당에서 체포라는 형식으로 데려왔지만 실상은 국왕 폐하가 그들을 사자성으로 데려오기 위한 연극이었다는 사실은 이미 근위대 내부에 퍼져 있었다.

수도원에서 밭이나 갈면 충분한 수사들이 성당 기사단이랍시고 권력을 휘두르는 것이 마음에 들지 않았던 근위대로서는 오히려 유쾌한 기분이었다. 어차피 검을 쥐고 누군가를 죽이기 위한 군대인데 단지 십자가를 위한 군대라는 이유만으로 특별 취급을 받는 성당 기사단이 그들에게 곱게 보일 수는 없었다. 근위대 병사 두 명은 겨눠 들었던 할버드를 비스듬히 내리면서 조금은 긴장된 목소리로 그들을 제지했다.

"죄송합니다. 여기서부터는 통제 구역입니다. 아무리 국왕 폐하의 귀빈들이시라고 해도 이곳을 통과할 수… 커헉! 그륵!"

한 걸음 나서며 파일런을 제지하던 병사는 클레이모어에 목을 관통당하자 가래가 끓는 소리를 냈다. 무거운 할버드가 대리석 바닥으로 떨어졌고, 병사는 눈을 뒤집고 부들부들 떨었다.

"이, 이게 무슨……?!"

곁에 서 있던 병사는 공포에 질린 눈으로 비명조차 지르지 못했다. 피에 젖어버린 클레이모어는 그의 목덜미로 비죽 솟아 나왔고, 질퍽이는 피가 검신을 따라 흘러내렸다.

촤악!

튜멜은 파일런이 검을 휘둘러 피를 털어내는 소리에 흠칫 놀라며 한 걸음 물러섰다. 파일런은 힐끔 어깨 너머로 튜멜을 응시했다. 튜멜은 주저앉아 버릴 것만 같은 무릎을 휘청거리며 간신히 서서 부들부들 떨었다. 파일런은 아무런 말도 하지 않았다. 무표정하게 돌아서서 문을 열고 안으로 들어갔다. 자정을 넘긴 새벽의 사자성 내부에서 전투가 시작되었다.

"이봐, 무슨 일이야?!"

복도를 경계하던 병사는 동료가 헐떡거리며 뛰어오자 의아한 표정을 지었다. 피에 젖은 갑옷에 롱 소드를 들고 있던 병사는 핼쑥한 얼굴로 숨을 몰아쉬었다.

"헉헉! 젠장! 빌어먹을 상황이야!"

"무슨 일인데?"

"국왕이 데려온 놈들 있잖아! 근위대 장교 숙소를 습격했어! 고급 장교들 태반이 자다가 목이 날아갔어!"

"뭐? 설마?!"

"아무래도 국왕이 눈치를 채고 그들을 불러온 것 같아!"

"어쩌지?"

"페나 '여왕' 폐하의 명령대로 해야지. 방법이 없어!"

"우리가 국왕을 죽이는 건가?"

아델만 국왕의 침실을 지키던 근위대 병사들은 마른침을 삼켰다. 국왕 암살. 페나 왕비를 여왕으로 섬기며 충성을 맹세한 근위대 병사들은 근위대 내부에서도 은밀한 모임으로 활동하고 있었다.

그들은 조국 발트하임의 나약함을 극복하고 라이어른 통일이라는 위업을 달성할 그릇은 사자왕 베오하이트의 피를 이어받은 '페나 여왕'밖에 없다고 생각했다. 그리고 그들은 자신들이 그런 페나 여왕의 아래에서 라이어른 통일의 원대한 업적을 손수 일궈내는 진정한 용기를 가진 자라고 생각했다.

“수평선 너머에 아름다운 보석이 기다리고 있다면 가서 가져오면 된다. 파도가 무서워 바닷가에서 수평선만 바라보는 자는 영원히 보석을 갖지 못한다.”

페나 여왕은 그들에게 그렇게 말했다. 거친 파도 너머의 수평선 저쪽에는 통일되어 누구보다 강력한 라이어른이라는 보석이 있었고, 누구보다 용맹했던 사자왕 베오하이트의 피를 가진 페나 여왕만이 그 보석을 가져올 수 있는 진정한 군주라고 생각했다.

아델만 국왕은 파도가 무서워 바닷가를 벗어나지 못하는 겁쟁이에 불과했고, 그것은 군주로서의 그릇이 절대 아니었다.

그들은 한 번도 검으로 싸워보지 못하고 크림발츠와 아메린의 눈치를 보며 살아가는 라이어른의 모습이 분명 불합리하다고 느꼈다(물론 그들은 자신들이 그런 생각을 하는 것이 페나 왕비의 선동에 힘입은 것이라는 것을 깨닫지 못했다). 파도에 휩쓸려 죽을 수도 있었다. 하지만 파도를 두려워하면 누구도 수평선 너머의 보석을 가져오지 못한다.

‘수평선 너머에 있을지 없을지도 모르는 보석이 그리 중요한가? 지금 그대들이 발 딛고 서 있는 곳은 수평선 너머가 아니다. 어째서 그대들은 지금 서 있는 이 백사장의 아름다움을, 절벽 구석에 홀로 꽃을 피우는 이름 모를 풀꽃의 아름다움을 보지 못하는가?’

만약에 그때 아델만 국왕이 페나 왕비와 함께 있었다면 그렇게 말했을 것이다. 그렇다면 병사들도 조금은 다르게 생각했을지도 모른다.

아델만 국왕은 그래야 한다고 생각하지 않았다. 그는 병사들이 그의 군주 됨을 의심할 때 그 자신도 자신의 군주 됨을 의심했다. 그리고 시간이 흐르면 세월이 자신의 군주 됨을 증명해 줄 것이라고 생각했다.

그는 자신의 생각이 옳은지, 혹은 그른지 관심없었다. 때문에 그는 병사들이 자신에게 등을 돌리고 이제는 검을 겨누려고 한다고는 꿈에도 생각하지 못했다. 그는 자신의 병사들을 믿었다.

"어쩔 수 없는 일이야. 이제 와서 도망치겠다는 건가? 그러고도 자네가 칼트하임의, 아니, 라이어른 재건의 대열에 서 있는 자인가?"

피투성이 갑옷을 입고 숨을 헐떡이던 병사는 이따금 은밀하게 동료 병사들의 눈을 피해서 갖는 모임에서 가장 열성적으로 페나 왕비의 덕목을 소리 높여 외치며 동료들을 설득하던 자였다. 그의 눈빛은 제어하기 힘든 정열과 흥분으로 충혈되어 있었다.

페나 왕비가 계획을 세우고 하일리버가 장악한 근위대 내부 세력을 기반으로 결성된 비밀 결사는 하루가 다르게 그 세력을 넓혀가고 있었고, 점점 더 많은 자들이 그녀의 이상에 취해 동료들을 선동하기 시작했다.

근위대장 하일리버를 비롯하여 근위대 고급 장교들 대부분이 비밀 결사라는 사실은 병사들에게 믿을 수 없는 영향력을 발휘했다. 직접 비밀 결사에 가담하지 않고 선동 집회에도 참가하지 않는 소극적인 병사들까지도 어렴풋이 비밀 결사의 존재를 알고 있었고, 무언의 동조를 보내거나 하다못해 어느 정도 수긍을 하던 분위기였다.

"마르쯔 대위 알지?"

"알지."

"그가 말했어. 우리가 국왕을 죽여도 문제될 건 없다는 거야. 그 남작 일행은 어차피 사자왕 전하의 암살범 혐의가 있잖아? 그들은 이제 사자왕을 죽이고 이번에는 국왕을 죽이는 거야."

"아아……."

"내가 보기에도 그들이 사자왕 전하를 죽인 게 틀림없어."

"설마… 그럼 지금 국왕은?"

"모르겠어? 뛰어오면서 곰곰이 생각해 봤는데, 국왕이 남작을 시켜서 사자왕을 죽인 거야. 그래야만 왕위를 차지하잖아? 실제로 사자왕 전하가 암살당하고 지금 왕위에 오른 자는 아델만이야."

"아! 맞다! 그래서 그렇게 그들을 변호하고 환대한 거로군? 자신을 국왕으로 만들어준 놈들이니까 말이지."

"그래! 바로 그거야! 왕위를 차지하고 싶어서 사자왕 전하를 암살한 거야. 이제는 페나 여왕 폐하도 내쫓고 그분을 따르던 우리를 죽이려는 게 틀림없어."

대위급 장교의 의견을 들먹인 그의 선동은 확실하게 효과를 발휘했다. 이제 국왕의 침실을 지키던 병사들의 얼굴에서 망설임이 사라졌다. 그리고 오히려 깊은 분노가 그들의 입가에 머물렀다. 그들은 더 이상 망설이지 않았다.

"위대하신 사자왕 전하를 죽이다니… 왕위가 그렇게 탐났단 말이야?!"

"그리고는 라이어른 통일 같은 것은 관심도 없지. 크림발츠의 눈치나 보면서 왕위를 지키고 싶은 거야. 뒷골목 똥개와 다를 바 없어!"

세 명의 병사들은 검을 뽑아 들고서 거침없이 문을 열고 안으로 뛰어들었다. 창문으로 기괴한 달빛이 스며드는 침실은 묘한 분위기가 감돌고 있었다. 어딘지 관능적이면서 엄숙한 이율배반적인 분위기였다.

높으신 저 하늘의 영광
빛이고 태초의 음악이신 음성.

낮고 허스키한 목소리가 저지 미노트 어 미사곡을 부르고 있었다. 카리는 달빛이 쏟아지는 침대 모서리에 앉아 달빛을 감상하면서 허스키한 목소리로 노래를 불렀다. 언젠가 이곳 아인돌프에서 쥐 떼를 불러낼 때 불렀던 노래였다.

검을 들고 살기등등하게 침실로 뛰어 들어왔던 병사들은 얼어붙은 듯이 멈춰 섰다. 아델만 국왕은 그곳에 없었다. 그리고 검은 옷을 입은 여자가 흐트러진 머리를 쓸어 올리며 노래를 부르고 있었다.

그분께서 존재하길 원하신 세상이
여기 존재하나이다.
그분께서 살아가길 원하신 인간들이
여기 눈을 감나이다.
높으신 영광과 함께 약속하신 휴식
진노하신 날들을 지나
여기 황혼 속에서 머물고 있나이다.
좌천사 우천사 고귀한 날개 아래
흙으로 돌아가려 합니다.

천상으로 향하는 계단이 멀고 험하다 해도
그분의 눈부신 사랑에 비하면 고통일 수 없습니다.
아픔 속에서 나를 깨이게 하소서.
하늘이 열리던 그날처럼
나를 깨이게 하소서.
영광되고 하나이신 분이여,
영광되고 하나이신 분이여,
고통의 계단 위에서 참회하며
천상으로 향한 계단을 올라가나이다.
진노의 날이여 멈추소서.
진노의 날이여 멈추소서.
인내와 고통의 계단을 걷게 하소서.

병사들도 그 노래를 몇 번 들어본 적은 있었다. 전쟁으로 죽은 동료들을 매장할 때 대성당 안에서는 그 노래가 흘러나왔다. 그 노래는 죽은 자들을 추모하면서 부르는 진혼곡이었다. 그들은 지금 카라가 부르는 진혼곡의 저지 미노트 어 가사가 어떤 의미인지는 알아듣지 못했다. 하지만 그것이 장례식장에서 부르는 노래라는 것은 알고 있었다.

"너, 넌 뭐냐?! 국왕은 어디 있는 거냐?"

동료들을 선동했던 병사가 검을 겨눠 들면서 호기있게 소리쳤다. 하지만 그의 눈동자에도 공포는 깃들어 있었다. 달빛을 받으며 묘한 목소리로 장송곡을 부르는 여자의 모습은 끔찍했다.

"……"

노래를 마친 카라는 천천히 침대에서 일어서 다시 한 번 아쉬운 눈길로 달빛을 바라보았다. 보름달이었다. 보름달은 수도 저편에 있는 대성당 십자가에 반쯤 걸려 있었다. 십자가가 보름달을 찌를 때 지상에서는 악마가 태어난다. 카라는 조용하게 웃었다.

카라는 천천히 병사들을 향해 돌아섰다. 유난히 안광을 뿜어내는 그녀의 눈동자는 옆으로 찢어진 채 미소를 머금고 있었고, 달빛 아래서 시체처럼 창백한 얼굴에 유난히 붉은 입술은 입꼬리 부분만 묘하게 치켜 올라가 있었다. 카라는 두 팔을 좌우로 펼치며 다정한 목소리로 말했다.

"참- 멋진 보름달인 것 같지 않니?"

〈 4 〉

“여기서부터는 내 방식으로 일을 처리한다. 불만있는 사람?”

이언은 흔해빠진 싸구려 롱 소드를 들고서 힐끔 고개를 돌렸다. 에피가 들고 있는 촛불에 비친 이언의 옆모습은 더 이상 어찌할 수 없을 정도로 싸늘했다. 과연 악귀가 나타나면 저런 얼굴일 거라는 생각이 들 정도였다.

쇼는 대답조차 필요없다는 표정으로 롱 소드의 검날을 엄지손가락으로 만지작거렸다. 에피는 왼손에 촛대를 들고서 맨 뒤에 서서 혀를 내밀면서 뺨을 긁었다.

“에… 이언 오빠, 또 그때처럼 그럴려고 그러지?”

“그때?”

롱 소드의 검날에 이가 빠진 부분이 있는지 확인하던 쇼는 에피를 바라보았다. 에피는 맛없는 수프를 삼킨 듯한 우스꽝스러운 얼굴로 혀를 내민 표정을 지었다.

"저번에 이언 오빠랑 단둘이 뒷골목을 뒤지고 다녔잖아? 난 세상에 그런 방식으로도 사람을 상대할 수 있다는 거 처음 알았어."

"어떤 방식인데?"

"듣지 않는 게 좋을 거다. 붉은 사막에서 배운 방법이거든."

"붉은 사막? 거긴 어디야?"

쇼의 질문에 이언은 미간을 좁히며 쓰게 웃었다. 그의 입술에 감정을 읽기 힘든 묘한 미소가 머물다가 빠르게 사라졌다. 이언은 그늘진 얼굴로 나직하지만 어딘지 기분 나쁜 목소리로 말했다.

"발헤니아의 붉은 사막… 지독한 곳이지. 세상에 지옥이 존재한다면 붉은 사막이 바로 지옥 한가운데야."

"너, 동방 원정대에 있었냐?"

"내가 그런 인간으로 보여?"

"설마. 자네가 동방 원정대 출신의 기사라면 난 성당 기사단이다."

"맞는 말이야."

"근데 남작 오빠는 잘할까?"

맨 뒤에서 그들의 대화를 듣던 에피가 불쑥 물었다. 잠시 동안 고지식한 튜멜의 얼굴을 떠올렸던 이언과 쇼는 거의 동시에 한숨을 쉬었다. 곰곰이 생각해 봐도 튜멜은 파일런 디르거의 무리가 아니라, 레미처럼 아델만 국왕의 곁에 있었어야 한다고 생각했다. 어쩌다가 튜멜을 가장 피 튀기는 임무에 포함시켰는지 후회되기 시작했다.

"솔직히 말하면 그 바보를 디르거 경 쪽에 가담시킨 건 실수야. 가장 중요한 쪽은 디르거 경 쪽이잖아? 가장 위험하기도 하고. 그 밥값 못하는 바보를 거기에 넣다니, 우리가 무슨 생각을 했던 거지?"

쇼는 허공에 가볍게 롱 소드를 휘둘러보면서 중얼거렸다. 이언은 길게 심호흡을 하고는 이빨을 드러내며 웃었다.

"우리가 그 바보 남작의 보호자냐? 언제까지 녀석을 뒷바라지할 셈이야? 그리고 자기 스스로 탑 속에 들어가 열쇠를 창밖으로 던져 버리는 바보에게는 동정심도 생기지 않아."

"그 바보가 그렇다는 말이야?"

"지나간 과거를 미화시켜도 끔찍스러운 판국에, 그 바보 남작은 지나간 과거를 실제보다 더 끔찍하게 악화시켜. 구제의 방법도 없는 놈이야. 차라리 저 정신 나간 계집애처럼 솔직하기라도 하면 좀 좋아?"

"에? 나? 그래, 나 못 배워서 무식해. 그러니까 무식한 거 가지고 그만 좀 괴롭혀. 씨이! 내가 그렇게 만만해?"

"자아, 잡담은 이 정도로 충분해."

이언은 잠시 말을 끊고 동료들을 바라보며 웃었다. 물론 친절하고 온화한 웃음은 아니었다.

"초대를 받았으니 가야지?"

이언은 징을 박은 부츠로 출입 문을 걷어찼다. 화려한 장식이 들어간 출입 문은 요란한 소리를 내면서 열렸다. 원래 붙어 있던 사자왕 특유의 무겁고 튼튼한 나무 문을 떼어내고 지독하게 고급스러운 속물근성에 의해서 달아놓은 나무 문은 충격을 이기지 못하고 경첩 한쪽이 떨어져 나갔다. 간신히 문짝째 떨어지지 않고 비딱하게 매달린 출입 문이 멈추기도 전에 세 사람은 방 안으로 뛰어들었다.

"누구냐!"

침실 바닥에 모포를 깔고 잠들어 있던 호위병 두 명이 놀라서 일어서며 소리쳤다. 그들이 채 고개를 돌리기도 전에 어둠 저편에서 묵직한 부츠가 날아왔다. 쇼에게 발길질을 당한 병사는 코뼈가 내려앉으며 비명을 질렀고, 이언에게 맞은 상대는 앞니가 모조리 박살났다. 피가 흐르는 얼굴을 감싸 쥐고 나뒹군 병사들에게 서너 번 더 발길질을 해서 움직일 수 없도록 무력화시켜 버린 이언과 쇼는 거의 동시에 그들을 등지고 이동하기 시작했다.

"빠져 가지고……."

"병신. 호위병이라는 놈들이 개판이야!"

이언과 쇼는 거의 동시에 그렇게 내뱉었지만 자신들이 무력화시킨 병사들을 뒤돌아보진 않았다. 그럴 필요도 없이 그들은 이미 의식을 잃고 있었다.

"경비병! 경비병! 침입자다!"

"내가 처리하지."

바닥에서 자던 호위병 두 명이 무력화되는 동안에 화들짝 침대에서 내려온 키 작고 뚱뚱한 사내는 악에 받친 목소리로 경비병을 부르며 소리를 질렀다. 쇼는 롱 소드를 돌려 손잡이 쪽이 위로 향하게 만들어 허공으로 던졌고, 이언은 용케 한 손으로 그 롱 소드의 손잡이를 받았다. 쇼는 두 손으로 검집을 단단히 감아쥐고서 저벅저벅 걸어갔다.

빠악!

사내는 더 이상 소리를 지르지 못했다. 두 손으로 검집을 잡고 허리를 뒤로 젖혀 풀스윙으로 상대의 턱을 후려친 쇼는 등 뒤로 다가온 이언에게서 다시 롱 소드를 받았다. 혀를 깨물었는지 한 움큼의 피를 뱉어낸 사내는 더 이상 소리를 지르지도 못했고 반항할 엄두도 내지 못했다.

이언은 단 한 대를 때려 기절시키지 않은 상태로도 떠들지 못하게 만든 쇼의 실력에 순수하게 감탄했다. 그는 자신이 때렸다면 턱이 빠지거나 상대의 목숨이 위태로웠을 거라고 생각했다. 쇼는 가장 적당하게 사람을 때리는 방법을 알고 있었다. 이언은 하이 스카우터들 특유의 요령을 가진 쇼를 물끄러미 바라보았다.

실전을 경험하는 횟수를 따지면 하이 스카우터는 왕실 상비군보다 더 잦은 전투를 경험할 수 있었다. 하지만 대규모 전투에 대한 경험은 상비군인 중앙 기사단 병사들이 월등히 탁월했고, 또한 그런 대규모 전장에서의 생존 능력도 여타 다른 집단에 비할 바가 아니었다.

상식적으로 전장에서 최소 전술 단위는 일 개 백인대 120명 내외를 의미했다. 그 이하의 병력은 그들이 아무리 최정예라고 해도 중앙 기사단에서는 '병력없음'으로 판단했다. 온갖 특수 훈련을 받은 최정예 병사라도 백인대 이하의 규모라면 전장에서는 그들의 존재를 철저하게 무시했다.

그들이 일당백의 실력을 갖고 있다면 일당천의 병력을 투입하면 진압할 수 있기 때문이었다. 몇십 년 간 혹독한 훈련과 실전을 거친 대륙 최강의 기사—소위 소드 마스터라고 부를 수 있는—120명이라고 해도 2개 독립대 960명이 석궁을 날리면 5분 이내 전멸당하는 게 상식이었다. 5분이면 최소한 4,800발의 쿼렐이 120명에게 쏟아져 내리게 된다. 4,800발이라는 숫자는 이론적으로 일 개 기사대 2,000명을 몰살시키고도 절반 이상이 남는 숫자였다.

대륙 역사상 최강의 기사라는 데 이견이 없는, 아메린 최고의 기사였다고 확언할 수 있고 '폭풍의 기사'라는 칭호를 가졌던 테라크 '폭풍' 아크 세빌(Terakk 'storm' Arc Seviel:483-541)이 그런 전술 이론의 증거였다.

지금은 해체된 아메린 국왕 친위대를 창설한—아메린 내전 이후 국왕 친위대는 영구 해체, 현재 청기사단이 그 임무를 부여받고 있다—기사로서 아메린의 건국 영웅 '벼락의 기사'를 능가하는 검술을 가진 인물이었다고 전해진다.

한 전투에서 무려 100명이 넘는 제국 기사단을 쓰러뜨렸다는 과장된 전적까지 갖고 있는 인물이었다.

그런 그를 쓰러뜨린 것은 크림발츠였다. 거의 비슷한 시기에 제국에서 독립한 건국 직후 심각한 영토 쟁탈전을 벌이던 크림발츠와의 전투에서—아메린과 크림발츠의 오랜 마찰은 이 시대의 유산일지도 모른다—폭풍의 기사는 전사하고 말았다.

소드 마스터인 그를 쓰러뜨린 것은 그보다 탁월한 기사가 아니었다. 애초부터 크림발츠에는 그런 실력을 가진 기사가 없었다. 휘하 기사단을 이끌고 돌격하는 선두에 서 있던 그에게 무려 5,000발이 넘는 콰렐이 쏟아졌다. 그의 뒤를 따르는 480명의 기사들은 철저하게 무시하고 오직 한 사람을 겨냥해 궁병대들이 쉴 틈 없이 화살을 퍼부은 것이다. 전술의 상식을 깨는 일견 무모한 전술이었다.

크림발츠로서는 그 전투에서 패하는 한이 있어도 폭풍의 기사 세빌을 살려둘 생각이 애초부터 없었던 것이다. 크림발츠는 그 전투에서 480명의 기사단 돌격을 허용한 결과로 상당한 숫자의 중무병 보병들을 잃었지만 폭풍의 기사 세빌 경을 전사시키는 데 성공했다.

오직 한 사람을 향해서 집중된 5,000발의 콰렐 때문에 아메린 측에서는 세빌 경의 시신을 회수하는 데 실패했다. 수습할 시신이 그 콰렐의 바다에서는 존재하지 않았다. 지금까지도 그를 능가하는 기사가 나오지 않고 있다고 일컬어지는 역사상 최강의 기사는 그렇게 죽었고,

최강 기사라는 명예는 이제 더 이상 대륙 어디에도 없었다. 대륙에서는 감히 검을 겨룰 자가 없었다는 최강의 소드 마스터는 일개 평민들로 구성된 조잡한 궁병 부대에게 죽었다. 크림발츠로서는 확실히 남는 장사를 했던 것이다.

아메린은 전투의 중핵을 이루던 소드 마스터를 잃은 결과로 다음 전투에서 패배했고, 지금은 크림발츠 영토가 된 상당수 지방을 크림발츠에게 빼앗겼다. 그 후 아메린을 비롯한 대륙 국가 대다수가 한두 명의 정예 기사보다는 개개인의 능력은 그들보다 떨어져도 잘 훈련된 대규모 병사 우월론은 내세우게 된 것은 세빌 경의 죽음 이후였다.

전장을 바꿀 힘이 없었던, 그리고 세상을 바꿀 힘이 없었던 일개 개인의 죽음이었지만 아이러니하게도 그는 세상을 바꾸고 말았다. '잘 훈련된 대규모 병력은 무적이다. 한 명의 천재보다는 100명의 둔재들이 강하다' 라는 절대 믿음의 근원에는 비참하게 죽음을 맞은 대륙 최강의 기사 세빌 경이었다.

때문에 상비군이라고 할 수 있는 중앙 기사단 병사들은 끊임없는 전술 훈련과 실전을 경험하기 때문에 대규모 전장에서는 누구보다 생존성이 우수했다. 그에 비해서 하이 스카우터들은 실전 경험 자체는 일반 병사들의 몇 배가 높았지만, 그들에게는 10명 이상의, 특히나 전술 단위 이상의 대규모 병력이 충돌하는 경험이 결정적으로 결여되어 있었다. 개개인의 전투력이 높은 집단은 하이 스카우터였지만 100명 이상의 인원이 충돌하는 경우에 절대적으로 필요한 팀워과 상호 보완 전술 운용 능력이 없기 때문에 대규모 전장에서의 하이 스카우터 생존 능력은 절반 이하였다. 각국에서 하이 스카우터들을 군인으로 분류하지 않고 비전투, 혹은 준전투 집단으로 분류하는 이유는 그 때문이었다. 그들에게 척후 이상의 임무는 절대 불가능했다.

하지만 좁은 지역에서 소규모 병력이 불시에 충돌하는 경우에, 그 지역이 좁고 협소할수록, 그리고 그 충돌이 의외일수록 하이 스카우터들은 무적이었다. 그리고 좁은 지역에서 기습적으로 충돌하는 조우전에 강한 것은 튜멜 일행 전체의 전반적인 특징이었다.

"네, 네 이놈들! 내가 누군지 알아? 이러고도 무사… 커헉!"

마지막 용기를 쥐어짜내서 이언들에게 호통을 치려던 사내는 등허리 한복판에서 작렬한 쇼의 매질에 바닥에 개구리처럼 뻗어버렸다. 사내는 숨이 막히는지 벌겋게 달아오른 얼굴로 쿨럭거렸고, 어깨를 꿈틀굼틀 떨었다. 이언은 바닥에 길게 뻗어버린 사내를 내려다보면서 웃었다.

"용케 척추를 부러뜨리지 않았군."

"죽으면 곤란한 녀석이니까. 그 정도 힘 조절도 못하면 그건 하이 스카우터가 아니야."

개구리처럼 다리를 쭉 펴고 바닥에 뻗어버린 사내는 꿈틀거리며 뱃속에 든 것을 바닥에 하나 가득 쏟아놓았다. 이언은 방 안을 둘러보며 차갑게 웃었다.

"일개 왕실 의사 주제에 호위병을 둘씩이나 두고, 방 안의 이 가구들은 뭐야? 이 방에 비하면 국왕의 침실은 마구간이군 그래? 대륙 왕실 어디를 가도 이런 경우는 보지 못했어. 웃기지도 않아."

이언은 희끗희끗한 어둠 속에서 유난히 반짝거리는 이빨을 드러내고서 사내를 내려다보았다. 그리고는 롱 소드를 빙글 돌려 거꾸로 쥐고는 망설임없이 수직으로 내리찍었다.

"끄아악! 컥! 컥!"

"엄살 피우지 마! 의사니까 잘 알겠군. 손목을 자르고 네놈이 몇 시간이나 살아남아 있을 것 같냐? 아, 물론 양쪽 손목을 동시에 자르는 거니까 네 녀석의 잘난 의술로도 지혈할 수는 없을 거다. 지혈할 손목이 있어야 지혈을 하겠지. 그전에 묻겠다. 질문은 한 번이고 대답이 맘에 들지 않으면 그냥 손목을 잘라두고 여기를 나가겠다."

이언은 사내의 허벅지를 찔렀던 검을 뽑아 들어 에피가 밝혀놓은 촛불에 비춰보면서 중얼거리듯 말했다. 그는 마치 혼잣말처럼 중얼거렸지만 위액을 토하며 바닥에 널브러져 있던 사내에게는 끔찍스러운 공포로 다가왔다.

"국왕에게 투여하던 독약을 제조하고 아무것도 모르는 시녀에게 치료약이라고 속였던 게 너라는 것을 알고 있다. 너밖에 없을 테지. 이 사자성에서 정식 의사는 너 하나뿐이니까. 이 일에 관련된 놈들을 모조리 적어라. 나중에 조사해서 한 놈이라도 빠졌으면 세상에서 가장 끔찍하고 고통스러운 죽음이 뭔지 가르쳐 주겠다."

"이언 오빠, 그게 뭔데?"

에피의 질문에 이언은 히죽 웃으며 머리를 쓸어 올렸다. 그럴 때 이언의 몸짓은 카라와 비슷했다.

"자살하지 못하도록 혀를 자른 다음에 감시 탑 망루에 매달아두는 거. 모두가 보는 앞에서 천천히 말라죽는 건 정말 끔찍하지. 이 정도 비가 내리는 도시라면 죽을 때가 되면 시퍼렇고 퉁퉁 불어버린 몰골로 죽을걸?"

이언의 말은 그의 부츠에 목줄이 눌려 버둥거리는 사내에게 일부러 들으라는 의도가 다분히 포함되어 있었다. 음산하고 망설임없는 이언의 말투는 악마가 씌인 인간과 별로 다르지 않았다. 사내는 지금껏 자신이 살아오면서 마주쳤던 인간들과는 근본적으로 다른 인간이라는 것을 사무치게 깨닫고 있었다. 뱀파이어에게서 삶을 구원받았던 인간은 근본적으로 다른 무엇인가가 있었다. 이언은 달빛을 보면서 조용히 웃었다.

"카라가 너무 즐거워하지 않았으면 좋겠어."

쇼는 방금 전까지 사내가 잠들어 있던 푹신한 침대에 걸터앉으며 사내의 앞에 종이와 깃털 펜을 가져다 주었다. 사내는 떨리는 글씨로 이름들을 적어가기 시작했다. 사내는 그것이 피비린내 나는 살생부가 될 거라는 것을 알고 있었지만 지금은 자기 자신이 살아남는 게 중요했다. 이언의 음산함에 눌린 사내는 정확히 알지도 못하는, 하지만 가담했을 거라고 짐작하는 사람들의 명단까지 망설이지 않고 적어 나갔다. 마치 이 종이를 사람들의 명단으로 빼곡이 채우지 않으면 자신이 죽을 거라는 공포를 느꼈다.

"어째서 비밀 결사가 있었다고 생각했는가?"

아델만 국왕은 달빛을 받으며 앉아서 조용히 물었다. 간신히 방 안을 뒤져 양초와 부싯돌을 찾아낸 레미는 조용히 방 안에 불을 밝혔다. 천장에 채광용으로 끼워진 작은 유리창을 제외하면 사방은 밋밋한 대리석 벽으로 둘러져 있었고 방 안에는 아무런 장식도 없었고, 한쪽 구석에 덩그러니 놓여진 침대와 테이블이 전부였다.

레미는 조용하게 미소를 지으며 미리 가져다 놓은 와인—물론 쇼가 확인하여 독이 없는 것이 확실한—을 잔에 채워서 국왕에게 내밀었다. 그녀는 예법에 국왕에게 직접 잔을 건넬 수 없다는 것을 알고 있기 때문에 그가 앉은 테이블에 잔을 내려놓았고, 아델만 국왕은 조용히 잔을 집어 들었다.

아델만 국왕은 묵묵히 와인으로 타는 갈증을 삭혔고, 그동안 레미는 부드러운 실크 수건으로 국왕이 앉아 있는 테이블에 두껍게 내려앉은 먼지를 닦아냈다. 아주 오랫동안 손길이 닿지 않은 실내에는 먼지가 가득했다.

"상황을 유추해 보면 별로 어렵지 않은 결론이지요."

"상황이라……."

"일단 왕비님이 모든 배후에 서 있죠. 그분은 국왕 폐하가 알지 못하는 사이에 사자성의 실권을 잡았습니다. 사자성의 실권 중 가장 중요한 것이 무얼까요?"

레미는 국왕의 맞은편 테이블에 조용히 앉으며 살짝 웃었다. 핼쑥해진 얼굴에 기미가 생긴 그녀는 지금 아름다운 모습은 아니었다. 원래부터 뛰어나게 아름다운 얼굴도 아니었고, 여행에 지쳐 야위고 초라해진 그녀였지만 튜멜 남작의 영지에서 티타임을 가질 때 갖고 있던 묘한 위화감은 여전했다.

지금까지의 힘겨운 여행 속에서 잔뜩 초라해졌음에도 불구하고 섬세하고 정돈된 몸가짐을 유지하고 여전히 논리적인 사고력을 유지하는 그녀는 어딘지 이질적인 모습이었다. 그녀는 모처럼 멋진 식사를 마친 이후였기 때문에 표정이 얼마간 밝아져 있었다.

"일단 사자성의 권력이라고 하면 첫 번째가 군사력이겠죠. 왕권이라는 것은 군사력을 기반으로 하는 것이니까요. 국왕 폐하가 후작 가문으로 있을 때 갖고 계시던 사병들은 처음부터 왕비님의 군사력이었을 거라고 추측하고 있습니다. 하지만 그것만으로는 부족하죠. 왕비님의 의도는 잘 모르지만 일단 그것은 권력 찬탈과 별로 다르지 않다고 봐요. 권력 찬탈이 있을 때 그것을 진압하는 것은 근위대입니다. 그럼 계획이 탄로 났을 때 자신을 지킬 수 있는 방법이 뭐가 있을까요? 첫 번째는 근위대를 무력으로 누를 수 있는 더 강력한 군대이겠죠. 그리고 두 번째는…….”

“근위대 그 자체이겠지. 맞는 말이야.”

“이렇게 치밀한 계획이라면 그 계획이 빗나갔을 때를 대비하는 게 정석입니다. 만약에 그런 것도 상정하지 않았다면 우리는 왕비님을 두려워할 필요가 없습니다. 하지만 이 경우에는 전자가 될 거라고 생각합니다.”

“…….”

아델만 국왕은 목이 타는지 두 번째 와인을 손수 따라 마시면서 레미의 말에 귀를 기울였다. 레미는 두 손을 가지런히 탁자 위에 올려두고서 허리를 펴고 조용하고 차근차근하게 말을 이어 나갔다.

“하지만 전후 상황을 들어봤을 때, 왕비님이 근위대를 완전히 장악했을 거라고는 보기 힘들어요. 제가 봤을 때 왕비님은 근위대와 맹약기사단 중에서 맹약기사단을 선택했습니다.”

“맹약기사단은 라이어른의 최정예 군대니까.”

“왕비님의 계획이 라이어른의 통일이고, 그 힘을 바탕으로 크림발츠와 아메린으로부터 확실하게 독립하는 것이라면 맹약기사단의 군사력이 필요했을 겁니다. 근위대와 저울질을 했겠죠.”

“그녀는 내가 눈치 챌 거라고 생각하진 못한 거야. 그랬다면 근위대를 먼저 장악해 나를 죽이고 왕위에 오른 다음에 맹약기사단에 대한 지휘권을 손에 넣는 방법을 사용했겠지.”

“하지만 왕비님은 그럴 필요를 못 느꼈습니다. 단지 맹약기사단을 장악하고 그 군사력을 바탕으로 라이어른을 통일하는 것으로 충분하다고 생각했겠죠. 국왕 폐하께서는 그래도 그저 묵묵히 입을 다물고 계실 거라고 생각한 게 아닐까요? 그리고 국왕 폐하께서는 실제로 그러셨습니다. 솔직히 말하자면 어째서 왕비님이 지금까지 폐하는 놔두고 있다가 뒤늦게 살해하려고 하는지는 잘 모르겠습니다."

말을 끊은 레미는 입을 다물고 묵묵히 아델만 국왕을 똑바로 바라보았다. 국왕을 그런 식으로 정면으로 응시하는 것은 국왕에 대한 무례로 교수형 감이었다. 하지만 레미는 전혀 흔들림없이 당연하다는 눈으로 그를 응시했다. 아델만 국왕은 그녀의 솔직한 시선이 부담스러워 시선을 돌렸다. 촛불에 의지한 방 안은 어두웠다.

"맹약기사단을 장악하는 데 주력한 왕비라면 근위대까지 장악하는 것은 무리였을 겁니다. 만약에 저라면 택할 차선책이 있습니다."

"그게 뭐지?"

"근위대 고급 장교들을 중심으로 파벌을 만드는 겁니다. 되도록이면 상급 장교들이 유리하겠죠. 그들을 자신의 편으로 끌어들인 다음에 근위대 내부에서 은밀하게 비밀 결사 같은 파벌을 만들어 가담하지 않은 대다수 근위대를 장악하도록 하는 겁니다."

"비밀 결사에 속하지 않는 장교들이 가만있을까?"

"전후 사정을 보면 가능합니다. 에르만 하일리버라는 인물이 그 정점에 있을 테니까요."

"하일리버? 그 얼치기 바보가 뭘 할 수 있단 말인가?"

"얼치기 바보인지는 모르겠지만 이런 일에 가장 적합한 인물이라고 생각합니다. 그는 근위대장이 아니던가요?"

"내 가문의 기사대장이었다가 내가 즉위한 직후에 근위대장이 되었지. 그런 건 흔한 일이 아닌가?"

"그는 당연히 왕비님의 소모품일 겁니다. 그리고 그런 인물에게 적합한 것이 비밀 결사 같은 파벌을 만들어 내부 알력을 조장하는 일입니다. 지금 근위대 근무 일지를 살펴보지 않아서 확언은 못하겠습니다만, 근무 일지를 살펴보면 왕비가 사자성을 떠나 게일로 출정한 이후로 국왕 폐하의 근위병들은 특정 장교와 휘하 병사들로 짜여져 있을 것입니다. 그들이 바로 파벌이겠죠. 국왕 폐하의 호위에서 밀려나 사자성 수비 임무로 돌려진 장교들은 단지 자신들이 하일리버의 파벌에 들지 않아서 한직으로 물러난 정도로 생각할 겁니다. 국왕 시해 음모의 일환이라는 것은 상상도 못하겠죠. 제 동료들이 찾는 것은 그 근무 일지이고, 두 번째는 고급 장교들의 신병 확보입니다. 그리고 또 하나 필요한 것은 귀족 세력 및 관리들의 포섭입니다. 근위대는 일단 호위가 주임무이기 때문에 국왕 폐하의 독살 계획을 실천하기는 힘듭니다. 항상 폐하를 모시는 시녀와 시종 급에서 그런 일들 벌이는 게 당연하고 그러기 위해서는 일단 궁내의가 가담하는 게 확실합니다. 국왕 폐하의 건강을 체크하는 게 임무인 그가 독에 중독되는 것을 모를 리 없으니 궁내의가 그 사건의 중심에 있겠죠. 그리고 일개 궁내의가 선불리 그런 일을 하기는 힘듭니다. 든든한 배경이 없는 이상 사람들은 좀처럼 모험을 하지 않으려는 것이 본능이죠. 그렇다면 사자성에 상주하는 고급 관리들 상당수가 그 궁내의의 배후가 되어줄 필요가 있습니다. 그래야만 궁내의가 자신은 주모자가 아니라 그들의 명령을 받고 단순히 가담했다고 자기 합리화를 하겠죠. 이것이 제가 추측한 결과입니다. 뭐가 잘못되었습니까?"

자정을 기해 시작된 이 모든 계획을 입안한 사람은 의외로 레미였다. 홍겨웠던 저녁 식사를 마치고 입가심으로 와인 파티를 하던 와중에 레미는 갑자기 모두의 입을 막았다. 웃고 떠드는 식사 시간 내내 머리 속으로는 상황을 정돈하던 그녀였다. 그녀는 모닥불 하나 피우지 못했고, 차 한잔 끓일 줄 몰랐으며, 눈앞에서 누군가 피를 흘리는 모습을 보면 그대로 실신했다. 하지만 머리 속에서 차근차근 정황을 분석하고 결론을 추리하는 능력은 튜멜 일행 중에서 감히 흉내 낼 사람이 없는 그녀만의 능력이었다.

그녀는 아델만 국왕이 모인 자리에서 다시 회의를 시작했고, 저녁 식사 시간에 자신들의 음식에 독약이 들어 있지 않은 이유는 저녁 식사에 아델만 국왕이 참석하지 않았기 때문임을 간파했다. 자신이 독에 중독되었다는 것에 충격받은 아델만 국왕은 그날 저녁을 거르기로 결정했기 때문에 국왕과의 식사는 다음날 아침 식사로 연기된 상황이었다.

레미는 내일 아침 식사에는 극약이 섞일 것이고 튜멜 일행과 국왕을 한꺼번에 몰살시킬 것이라고 판단했다. 일단 국왕이 죽는다면 레미 자신을 비롯한 튜멜 일행에게 혐의를 씌워서 사건을 종결시킬 수 있다는 것이 레미의 추측이었다. 극약을 먹고 죽은 튜멜 일행의 시체에서 목을 베어낸 다음에 국왕 시해죄로 근위대가 즉결 처분했다고 하면 만사가 순조로울 터였다.

그래서 레미는 최소한 오늘 밤 자정 이후에는 움직여야 한다고 못을 박았다. 그녀의 추론을 듣던 아델만 국왕과 튜멜 일행은 혀를 빼문 얼굴로 그녀를 바라봐야 했다. 이언만이 피식 냉소를 날리며 귓구멍을 후볐고, 파일런은 벌써부터 자신의 클레이모어를 점검하고 있었다. 레미는 새벽이 밝기 전에 점거해야 하는 곳과 명단을 설명했고, 그녀의 설명을 근거로 파일런과 이언은 일행을 나눴다.

"자네는 누군가?"

"네에?"

레미는 아델만이 권하는 잔을 받아 와인을 혀끝으로 가볍게 맛보면서 살짝 웃었다. 쌉쌀한 레드 와인 특유의 풍미에 레미는 긴장을 풀며 미소 지었다.

"이 와인… 정말 좋은 와인이군요. 음… 아메린의 샤웬 평야 특산의 라 디볼 와인인 것 같은데요? 정말 훌륭한 와인이에요."

그녀의 대답에 아델만 국왕은 고개를 갸웃거리며 와인 병을 바라보았다. 아피아노 산 크리스털 병에 담겨진 레드 와인은 촛불 아래서 진짜 사람의 피처럼 보였다. 하지만 중요한 사실은 원래의 와인 병이 아니었고, 따라서 산지를 의미하는 라벨이 붙어 있지 않았다.

신맛이 강한 아메린 식 와인을 즐기는 아델만 국왕은 당연히 그 와인이 라 디볼 지방에서 생산되는 와인 중 하나라는 것을 알고 있었다. 대륙의 3대 최고급 와인 중 레드 와인으로서는 크림발츠도 따라가지 못한다는 와인이었다. 중요한 점은 레미가 단지 맛을 보는 것만으로 와인의 산지를 정확하게 구별했다는 점이었다.

"내 질문에 대한 대답은 아니라고 생각하네."

아델만 국왕은 가늘게 뜬 눈으로 투명한 크리스털 병에 옮겨진 레드 와인을 가볍게 흔들어 보이며 질문했다. 레미는 일행과 함께 금욕 수도원에 머물던 당시에 이미 수도원장과 와인의 맛에 대하여 토론한 전력이 있었다. 하지만 그것을 모르는 아델만 국왕은 고개를 갸웃거렸다. 레미는 태연한 얼굴로 살짝 웃었다.

"전 그냥 튜멜 남작님의 영지에서 그분에게 의지하고 있는 평범한 아녀자에 불과합니다, 국왕 폐하."

"평범하다라… 나는 지금 한 가지를 생각하고 있지. 뭔지 아나?"

레미는 대답을 대신하여 그저 살짝 미소 지었다.

"예전에 아내에게, 그러니까 페나 왕비에게 외교 서한이 온 적이 있었지. 페임가르트에 갔었다는 외정관이 어쩐 일인지 크림발츠의 국경 부근에서 암살당한 사건이 일어나기 직전이었다네. 아내는 페임가르트에 있다던 외정관이 어째서 크림발츠에 있었는지 말해 주지 않았네. 크림발츠에서 날아온 서한은 필경 그 외정관이 보내온 보고서일 테지."

"크림발츠가 그렇게 상황이 나쁜가 보죠? 듣기에는 조용하다고 들었는데 아니었나 보군요."

"크림발츠 자체는 아메린만큼이나 조용하지. 그 나라는 왕실만 항상 시끄럽고 누군가 죽어 나가지 영토 자체는 항상 조용하지 않나? 이 나라와는 정반대라고 할 수 있지. 자아, 그럼 여기서 의문이 하나 있지."

"네, 그 외정관이라는 분이 왕비에게 어떤 내용의 보고서를 올렸는지 그것이 문제이겠군요."

"역시 자네는 이해력이 좋아. 과연 거기에는 뭐가 적혀 있었을까? 내가 그녀의 집무실로 들어갔을 때 그녀는 마침 그 서류를 벽난로에 태워 버렸지. 내가 무슨 서류인데 태우냐고 묻자 그녀는 외정관이 정기적으로 보낸 일상 보고서였다고 했지. 하지만 정식 보고서는 절대로 태우지 못해. 왕실 기록관이 보관하는 것이 관례지. 그리고 지극히 일상적인 보고를 하는데 서류에 가문의 인장을 남기지 않아. 불에 미처 타버리기 전에 에윈 후작 가문의 문장을 봤지. 그건 '가장 중요한

극비 공문서' 라는 의미야."

"그런 일이 있었군요."

"난 아직도 그 서류의 내용을 모른다네. 하지만 아내의 입에서 자네들의 존재를 들은 것은 그 직후였다네. 그리고 어쩐 일인지 일개 시골 남작에게 사자왕 전하의 시해라는 엄청난 꼬리표가 붙었지. 난 무능력하고 우유부단한 사내지만 멍청한 국왕은 아니라고 믿네. 지금 벌어지는 일련의 사건들은 서로 너무 지나칠 만큼 매끄럽게 연결되고 있어 분명히 이면에서는 무언가 또 다른 의미가 내포되어 있다는 거라고 생각하네."

"그렇게 말씀하셔도 제가 드릴 말씀이 없습니다. 쓸모없는 지식이나마 제가 듣고 배운 것은 조금 있습니다만, 저는 힘없는 일개 아녀자에 불과합니다."

묵묵히 와인 잔을 기울이는 레미의 입가에는 조용하고 차분한 미소가 걸려 있었다. 조용한 얼굴로 기침을 하고서—이미 중독된 그는 좀처럼 쉽게 호전되지 않았다—고개를 든 아델만 국왕은 물끄러미 레미를 바라보면서 물었다.

"그럼 자네들이 이렇게 나를 돕는 이유는 뭔가? 솔직히 자네들 중에서 나에게 충성심을 보여야 할 의무를 가진 자들은 아무도 없지 않은가?"

"간단합니다. 케이시 파온 튜멜 남작님이 국왕께 충성하기로 결정했습니다. 그는 저희의 동료이고, 다른 사람은 어떨지 몰라도 저는 그분을 돕고 싶습니다. 북해의 권력을 포기하고 발트하임의 일개 남작으로 남기를 선택한 남자이니까요."

"인생이란 건 정말 허무하군. 내 땅에 살고 있는 일개 남작도 이렇게 신뢰할 수 있는 동료들을 두었고, 또한 그들에게서 신뢰를 받고 있건만, 한 나라의 국왕이라는 자는 군주로서의 덕목이 부족해 따르는 신하도 없고 아내마저 나를 배신했지. 마치 헤롤리우스의 희극 같은 상황이군. 군주 됨이 부족한 자가 권력을 잡으면 여러 사람이 불행해지는 법. 하하하."

레미는 병들고 고독해진 국왕을 어설프게 위로하지 않았다. 그럴 필요가 없다고 느끼는 그녀였다. 그는 자조적으로 웃고 있었지만 그렇다고 절망하지는 않았다. 그가 절망했다면 튜멜 일행에게 도와달라고 부탁하지도 않았고—한 나라의 국왕이 일개 남작에게 부탁을 하는 것은 흔한 일이 아니었다—왕비의 측근들을 사자성에서 몰아내는 일을 추진하지도 않았을 것이다.

'내가 비록 사자왕 전하만큼의 그릇은 되지 못하더라도 최후까지 성실하던 국왕이고 싶군. 군주 됨이 부족한 자가 일찌감치 포기하고 태만해진다면 이 나라 왕실 깃발을 믿고 따르는 자들의 인생은 누가 보상할 수 있다는 말인가?'

아델만 국왕은 독약 전문가라는 쇼의 말을 믿지 않았다. 그는 지금부터 치료를 계속하면 완치될 수 있다고 말했다. 아델만 국왕은 그가 초라한 몰골의 하이 스카우터였기 때문에 믿지 않는 것은 아니었다. 그가 겉모습처럼 초라한 하이 스카우터가 아니라는 것쯤을 알고 있었다. 단지 그는 자신의 몸 상태를 누구보다 확실하게 자각했다. 그는 자신이 완치될 거라고 믿지 않았다.

"……."

어디선가 희미하게 노랫소리가 들려오는 것처럼 느껴진 국왕은 고개를 들었다. 천장에 달려 있는 창문으로는 달빛이 보이지 않았다. 그저 축축하게 젖은 어둠이 저편에 있을 뿐이었다.

'내게 남겨진 시간이 얼마인지는 알지 못하지만… 적어도 죽을 때는 왕좌에 앉은 채 죽고 싶군.'

아델만 국왕은 튜멜 일행을 만나기 전에 삶에 대한 집착을 버렸던 자신을 자책했다. 한 나라의 군주가 어떻게 그렇게 쉽게 포기했는지 부끄러웠다. 어떻게 그렇게 왕실의 깃발에 기꺼이 따르는 자들의 삶과 믿음을 배신했는지 수치스러웠다. 아델만 국왕은 문득 오래전에 읽은 역사서의 한 귀퉁이에 남겨진 사건을 기억했다. 그는 고개를 들어 레미를 바라보았다.

"혹시 그대는 크림발츠의 여왕 주니렌과 14인의 기사에 대해서 알고 있나? 정확히는 모르지만 3세력 7세기경에 벌어졌던 일인데."

레미는 조용히 웃으며 '듣고 있으니 말씀하세요'라는 표정을 지었다.

"알고 있는지는 모르지만, 주니렌 3세 여왕의 동생이었던 엘시 에시언 파반트 왕자가 반란을 일으켰지. 한편의 희극 같은 사실은, 그 여왕을 구한 것은 스톨츠에서 온 이름없는 기사였다고 하더군. 이름이 뭐였는지는 잊어먹었군. 주니렌 여왕은 자신에게 홀로 충성하는 외국인 기사에게 몸을 의지해 그의 영지로 도망쳤지. 그 외국인 기사는 곧장 자신들의 친우들을 모았고, 추운 겨울 시골 영지에서 초라해진 여왕에게 14인의 기사들은 기꺼이 충성을 맹세했다고 하더군."

"여왕의 창기병이 결성된 이야기로군요. 그 유명한 이야기를 누가 모르겠어요."

대륙의 역대 기사단을 통틀어 가장 드라마틱한 창설 비화를 가진 여왕의 창기병이 그 위력을 크림발츠 인근 국가들에게 증명해 보일 때마다 그 이야기는 사람들의 입에 오르내렸다. 아이러니컬하게도 그 때 주니렌 여왕 앞에 무릎을 꿇었던 스톨츠 출신의 기사 페차 카이슨 자작과 그의 친우들이 맹세했던 아이델 서약은 충성의 서약이었음에도 불구하고 사랑의 맹세로 더 유명했다.

낭만적인 음유 시인과 극작가들이 그 아이델 서약을 멋대로 개작하여 주군에게 바치는 충성의 서약은 졸지에 한 여자에게 바치는 사랑의 맹세로 둔갑해 버렸다.

'이 뜨거운 가슴을 그대에게 전하기 위한 방법으로 나는 분연히 검을 들고 불의와 싸우는 방법을 선택했습니다. 내가 전장에서 흘리는 피는 그대를 향한 내 연정의 희생일 것이며, 내가 전장에서 거두는 승리는 그대를 향한 내 사랑을 증명하기 위한 승전의 나팔일 것입니다… 운운.'

당연한 말이지만 엄연한 공문서라고 할 수 있는 아이델 서약에 이런 낯뜨거운 핑크 빛 문구가 들어갈 리가 없었다. 하지만 사람들은 철저하게 군대식 용어로 작성된 원래의 아이델 서약보다는 어느 이름없는 극작가가 낯뜨거운 연애 편지를 도용해 멋대로 개작해 버려 저런 문구로 도배되어 버린 아이델 서약을 더 좋아했다.

"갑자기 그 이야기가 생각나서 말해 봤네. 생각해 보니 그런 순수한 충성심이 바탕이 되어 오늘날 크림발츠가 그리 강성해진 것이겠지. 초라해진 나를 위해서 충성을 서약하는 14인의 기사는 없지만 자네들을 신뢰하고 싶어졌다네. 운명이 나에게 한 번 더 기회를 주는 것이겠지."

레미는 조용하고 차분한 얼굴로 아델만 국왕의 말을 꾸준히 듣고 있었다. 아델만 국왕은 다시 한 번 격한 기침을 하고는 쓰게 웃었다.

"이번이 마지막이네. 딱 한 번만 더 묻겠네. 레미 아낙스라는 이름… 자네의 본명인가?"

"네, 저의 진짜 이름이에요."

레미는 조금도 망설이지 않았고 확실하게 대답했다. 그녀의 눈은 진지하게 아델만 국왕을 응시하고 있었다. 전혀 흔들림없는 그녀의 눈을 바라본 아델만 국왕은 한숨을 쉬었다. 아델만 국왕은 자신이 사람 보는 눈까지 녹슬지는 않았다고 생각했다.

그는 레미의 눈에서 어떤 거짓도 찾아낼 수 없었다. 그녀는 진실을 말하고 있었다. 무언가를 속이기 위해서 말하는 거짓이 그녀의 눈에는 한 틀도 담겨 있지 않았다.

'그런가? 레미 아낙스가 진짜 이름이었단 말인가…….'

〈5〉

예전에 하늘을 보며 따스한 정오의 햇살을 즐기던 시절이 있었다. 산들바람은 이름 모를 들꽃과 풀 내음을 머금고 있었고, 갓 하늘을 날기 시작하던 이름 모를 어린 새들이 서툴게 하늘에서 비틀거리던 모습. 그 어린 새들이 휘파람 소리 같은 울음소리를 남기며 서툴게, 그렇게 서툴게 하늘을 날고 있던 모습을 아직 기억한다.

가만히 생각해 보면 그 시절에는 행복이라는 것에 대하여 고민해 보지 않았다. 행복한지, 혹은 불행한지 고민하지 않으며 살아갈 수 있는 것은 그것만으로도 행복한 것이다. 그 시절의 일상에는 그런 고민이 없었다.

풀밭을 용케 넘어지지 않고 아장아장 걸어온 루스(Rurth Lenshath)는 그의 머리칼을 움켜쥐었다. 그는 빙긋 웃었다. 이제 조금씩 걷기 시작한 루스는—그럼에도 여전히 기어다니는 경우가 많았던—형언하기 힘들 만큼 작고 귀여운 손으로 그의 긴 머리칼을 움켜쥐고 까르륵 웃었다. 방금 하늘을 힘겹게 날아간 아기 새와 같은 모습이었다.

"아… 빠……."

루스는 아직도 그를 정확하게 '아빠'라고 부르지 못했다. 그는 자신이 어린 아들의 그 서툰 말을 알아듣는다는 데 즐거움을 느꼈다. 어쩌면 그가 요즘 아무런 고민도 없이 세상을 살아가는 것은 루스 때문일런지도 몰랐다.

그는 풀밭에 누운 채 큼지막한 두 손으로 아들을 안아 자신의 가슴 위에 올려두었다. 체구가 큰 그의 가슴은 이제 걷기 시작한 아들이 앉아 있기에 충분히 넓었다. 그는 눈을 가늘게 뜨면서 웃었고, 루스는 손가락을 빨면서 또다시 까르륵 웃었다.

"어이구, 우리 아들, 여기까지 걸어왔어?"

그는 루스를 간지럽히면서 웃었다. 루스는 간지럼을 피해 발버둥치면서도 웃었다. 아기 새와 같은 아들의 웃음소리는 듣기 좋았다.

"오전 내내 여기 있었던 거예요?"

그의 아내는 눈을 흘기며 다가와 그의 가슴에 앉아 있던 루스를 받아 들었다. 아내는 루스를 쓰다듬으면서 먼 산을 바라보았다. 산자락 아래로 펼쳐진 마을에서 종소리가 들려왔다. 산밖에 없는 고장이었지만 평화로웠다.

그는 눈을 감고서 휘파람을 불었다. 행복했는지 고민해 본 적이 없었다. 그 시절을 회상해 보면 그저 하루가 즐거웠고, 지금 자신이 행복한지를 반추해 볼 이유조차 없었다. 그런 시절이었다.

"당신이 죽였어! 당신이 루스를 죽인 거야!"

그가 반 년 동안의 원정에 참가했다가 돌아왔을 때, 아내는 핏발 선 눈으로 광기에 빠져 있었다. 루스는 벌써 오래전에 뒤뜰에 묻혔다. 더 이상 아들은 아장거리며 걷지 못했고, 꺄르륵 하고 웃지도 못했다.

그가 반 년 동안 집을 비운 사이에 집은 너무나 많이 변해 있었다. 그는 망연자실하게 서서 아무런 말도 하지 못했다. 벼락이라도 치며 비가 내리길 기원했지만 밤하늘은 너무나 맑았다. 루스가 죽었다.

그는 그 말을 결코 실감하지 못했다. 루스가 죽을 이유가 없었다. 자신이 없는 사이에 왜 죽어야 하는가? 그는 퀭한 눈으로 집 안을 뒤졌다. 착각일 것이다. 그는 마음속으로 그렇게 소리 질렀다.

아침 햇살이 창가로 스며들 때 그는 지쳐 버린 몸으로 복도에 누워 웃었다. 루스가 죽었다. 자신의 아들이, 그 어린 아들이 죽었다. 그의 웃음은 그치지 않았다. 그때부터였다. 그의 집안에 균열이 생긴 것은.

루스가 지탱하던 일상의 행복은 허무하게 붕괴했다. 아내는 그날 이후로 그에게 한마디 말도 걸지 않았고, 결코 단둘이 있으려고 하지 않았다. 루스는 뒤뜰에 묻혔고, 그의 행복도 역시 뒤뜰에 묻혔다.

그의 동생과 아내는 언제나 경멸에 가득 찬 눈으로 그를 바라보았다. 그는 술을 마셨고 도박에 손을 대기 시작했다. 일순간에 무너져 버린 일상의 행복처럼 그는 힘들게 쌓아온 자신의 모든 것들을 허무하게 한순간에 무너뜨렸다.

"커헉!"

묵직한 충격이 손목으로 전해져 왔다. 뼈가 부러지는 감촉. 어깨뼈와 쇄골이 부러진 병사는 비명을 지르며 나뒹굴었다. 레이드는 멋쩍은 얼굴로 수염을 쓱쓱 문질렀다. 그가 들고 있던 몽둥이에는 피가 뚝뚝 흐르고 있었다.

'나도 참 많이 변했군…….'

레이드는 뜬금없이 그런 생각을 했다. 왜 그런 생각을 했는지 자신도 알 수 없었다. 이런 급박한 상황에서 한가하게 감상에 빠지는 것은 원칙적으로는 있을 수 없었다.

"무기를 버려라! 국왕 폐하께 검을 겨눌 셈이냐?!"

뒤쪽 어딘가에서 튜멜 남작이 발끈한 목소리로 소리를 질렀고 누군가 묵살했다. 튜멜은 숨 가쁘게 헐떡이고 있었고, 그의 얼굴은 땀에 흠뻑 젖어 있었다. 용케 지금까지 검을 맞지 않고 버티고 있다는 것은 그가 확실히 성장했음을 의미했다. 하지만 그는 여전히 미련을 버리지 못했다.

"근위대… 근위대라는 자들이 오히려 국왕 폐하를 배신하다니! 너희들은 명예라는 것도 없는가? 신념이라는 것도 없는가?!"

튜멜의 목소리는 좁은 방 안에서 뒤엉켜 싸우는 소음에 섞여 힘을 잃었다. 아무도 그의 목소리에 귀를 기울이지 않았지만 그는 끈질기게 분노했고 소리를 질렀다.

'이런 자들이 어떻게 근위대원이 된 거지?'

튜멜은 근위대 고급 장교용 식당 안에서 난전으로 싸우고 있는 모습을 바라보면서 어금니를 으득 깨물었다.

"이제 그만 포기하는 게 좋을 거야. 고작 이 정도 인원을 가지고 무얼 하겠다는 건가? 우리 비밀 결사들의 힘을 깨닫지 못한 건가?"

튜멜은 살기등등한 눈으로 고개를 돌렸다. 근위대장 에르만 하일리버는 페나 왕비의 호위를 위해 전선으로 출진했고, 현재 사자성의 근위대는 근위부관 쿠르트(Kurt) 소령이 지휘하는 상황이었다.

사자성 본성에 있는 자신의 호화로운 침실에서 자다가 끌려 나온 쿠르트 소령은 레이드가 용병식으로 포박을 해놔서 전혀 움직이지 못했다. 그럼에도 불구하고 쿠르트 소령은 차갑게 비웃음을 입가에 매달고 있었다. 튜멜은 순간적으로 발끈하는 분노를 경험했다. 그는 왼쪽 허리에 매달려 있던 검집을 풀러냈다. 튜멜은 이언과 파일런, 쇼에게서 가장 확실하게 배운 방법을 알고 있었다.

"지금이라도 포승을 풀고 항복하면 목숨을 살려두··· 커헉!"

밧줄에 묶여 있던 쿠르트 소령은 턱이 어깨 부근까지 돌아가 버렸고, 부러진 이빨과 핏덩이를 내뱉으며 바닥으로 나뒹굴었다. 바닥으로 넘어진 쿠르트 소령의 머리와 어깨, 옆구리로 매서운 매질이 시작되었다. 튜멜은 여느 때처럼 소리를 지르지 않았다. 그가 저렇게 무서운 눈을 보인 적이 있던가 싶을 정도로 살기등등한 눈으로 쿠르트를 내려다보면서 검집으로 끊임없이 쿠르트를 내려쳤다.

퍽! 퍽! 빠악!

"컥! 그, 그만! 컥! 그만! 제발 그만! 커헉!"

햇볕 때문에 갈색으로 그을리고 얼굴을 대각선으로 가로지르는 칼자국 흉터가 남았지만 여전히 어눌해 보이던 튜멜은 눈썹을 잔뜩 곤두세우고 어금니를 앙다문 표정으로 쉬지 않고 매질을 했다.

그가 밧줄에 묶인 사람을 이렇게 가혹하게 때리는 모습을 레미나 다른 사람들이 봤다면 고개를 절레절레 저으며 한숨을 쉴 것이다. '예의가 부족해!' 라고 외치며 격식과 규범을 강조하던 케이시 튜멜 남작의 모습은 어디에도 없었다.

"쿨럭!"

매질이 멈췄을 때, 쿠르트 소령은 눈물과 콧물, 피로 범벅이 된 얼굴로 길게 누워서 꿈틀거렸다. 쿠르트 소령은 30대 후반의 나이도 부끄러워하지 않고 어린애처럼 울고 있었다. 튜멜은 신고 있던 가죽 부츠로 다시 한 번 소령의 복부를 걷어찼고, 소령은 자신이 누워 있던 바닥에 한 움큼 시큼한 위액을 쏟았다.

"인간이 다 인간이라고 생각하나?"

튜델은 어깨를 씩씩거리며 여전히 무서운 얼굴로 소령을 노려보았다. 소령은 또다시 샌님 같은 얼굴에 어울리지 않는 매질이 시작될까봐 두려워하는 얼굴로 벽 쪽으로 슬금슬금 물러섰다. 튜멜의 얼굴에는 여행을 떠나기 전에 테일부룩 영지에서의 인상은 거의 남아 있지 않았다.

"너희는 자긍심도 없는가? 주어진 의무를 지켜가는 사람이 갖는 자긍심도 없는가? 국왕 폐하께 보여야 하는 충성이 그렇게 하찮아 보이는가? 그렇게 우습고 하찮아 보이는가? 그렇게 생각하나? 귀족의 의무, 군인의 의무가 그렇게 가벼워 보이는가? 대답해!"

튜델은 다시 소령의 옆구리를 호되게 걷어찼다. 그의 얼굴은 흥분 때문에 붉게 달아올라 있었다.

"자신이 서 있는 곳에서 해야 하는 일들이 그렇게 우습나? 그게 그렇게도 하찮고 무의미한 일이라고 생각하나? 귀족으로서의 자존심도 없는가?!"

튜멜은 화가 났다. 예전에, 아주 오래전에 자신이 그렇게 두려워하면서 무작정 도망쳤던 의무였다. 그 의무가 강제적으로 주어진 것은 상관이 없었다. 그는 그저 막연히 두려웠다. 눈보라 속에서 동사 직전에 늙은 튜멜 남작의 도움을 받지 못했다면, 그 당시에 얼어죽었거나 혹은 지금까지 정처없이 떠돌며 비겁하게 도망쳤을 의무였다.

그는 늙은 노인에게서 인생을 배웠다. 그런데 이자들은 더 많은 의

무와 권리를 가진 주제에 오히려 더 큰 권리만을 노릴 뿐 자신들의 의무가 무엇인지 고민하지 않았다. 튜멜은 미치도록 분노했다.

"그러고도 너희들이……!"

퍼억!

"그만! 제발 그만!!"

"그러고도 너희가 국왕 폐하를 모시며… 이 나라를 지키는 자들인가? 고작 할 줄 아는 것이 국왕 폐하를 배신하는 것인가? 비밀 결사? 고작 머리 속에서 그런 것밖에 생각하지 못하는가? 라이어른의 통일? 난 그런 거 모른다! 그게 그렇게 중요한가? 라이어른의 통일이?!"

튜멜에게는 이제 더 이상 파일런 디르거의 절망적으로 예리한 클레이모어에 손발이 잘려 나가는 병사들의 비명 소리가 들리지 않았다. 더 이상 감히 파일런에게 덤벼드는 자들이 없었고, 바닥에는 10명도 넘는 병사들이 피를 흘리며 누워 있었다. 튜멜에게는 그런 것은 아무래도 좋았다. 그는 땀에 젖은 얼굴로 눈썹을 곤두세우고 매질을 했다.

"가장 기초적인 것도 지킬 줄 모르는 자들이 감히 라이어른을 통일한다고 떠들어? 당연한 의무도 지킬 능력이 없는 자들이 더 큰일을 한다고?! 그렇게 통일한 라이어른은 그럼 지킬 자신이 있다는 소린가?! 대답해! 마음에 안 들어! 비밀 결사고 뭐고 맘에 안 들어!"

근위부관과 장교들을 구하기 위해서—물론 비밀 결사에 속해 있는—들어온 병사들은 수적으로 우세했지만 머뭇거렸다. 근무가 끝난 술자리에서 곧잘 자신들을 선동하던 장교들이나 동료 병사들은 이런 일이 있을 거라고 말하지 않았다. 피 한 방울 흘릴 필요도 없이 그저 때맞춰 움직이면 모든 게 잘 되고 큰돈을 가지고 고향으로 내려갈 수 있다고 말했다.

어떻게 잘렸는지도 모르고 바닥에 떨어진 자신의 손목을 내려다보는 일이 생길 거라곤 말하지 않았다. 국왕은 건재했고, 국왕의 손님들은 악귀 같았다. 자신들을 지휘하던 근위부관은 호리호리하고 부실해 보이는 사내에게 매를 맞으며 피투성이로 울고 있었다.

"국왕이 흑마술을 쓴 거야! 국왕이라는 작자가 악마의 조종을 받는 자들을 불러온 거야! 그는 국왕의 자격이 없어! 악마와 계약을 하는 자가 어떻게 국왕이 된다는 거야?!"

평소에 얼굴을 붉혀가면서 선동하던 병사 한 명이 고래고래 악을 썼다. 파일런 디르거는 피에 젖은 날씬하고 예리한 클레이모어를 들고서 무표정하게 그들을 노려보았다. 그는 진정으로 전쟁의 우천사 크루엘의 강림이었다.

"…… ?"

튜멜은 고개를 들었다. 땀에 젖고 홍분에 빠진 그는 어깨를 씩씩거리며 가쁘게 헐떡거렸다. 그는 손에 들고 있던 롱 소드와 검집을 버렸다. 그리고 맨 앞에서 선동을 하고 있던 병사를 노려보면서 걸음을 내디뎠다.

"이리 내놔."

맨손으로 걸어온 튜멜은 레이드가 손에 들고 있던 나무 몽둥이를 빼앗았다. 레이드는 멋쩍은 얼굴로 뒤통수를 긁적거렸다.

"이거 봐! 저들은 고작 세 명이야! 아무리 악마의 하수인이라고 해도 고작 세 명이라고!"

그 병사는 여전히 목청껏 소리를 질렀다. 하지만 다른 병사들은 슬금슬금 뒷걸음질치기 시작했다. 근위부관을 그렇게 무섭게 매질하던 사내가 어딘가의 테이블이나 식탁의 다리를 부러뜨려 만든 몽둥이를 들고 다가오기 때문이었다.

"어?!"

동료들을 돌아보며 선동을 하던 병사는 섬뜩한 살기를 느끼며 고개를 돌렸다. 튜멜이 그곳에 서 있었다.

빠악!

"끄아악!"

튜멜은 몽둥이를 두 손으로 쥐고서 있는 힘껏 병사의 머리를 내리찍었다. 단 한 번에 머리가 깨진 병사는 피가 솟아오르는 머리를 부여잡으며 주저앉았다. 튜멜의 두 번째 매질이 시작되었다.

"네놈이 그러고도 발트하임의 근위대원이냐?! 국왕 폐하께 검을 들이대고도 이 나라의 백성이냐?!"

병사들은 뒷걸음질쳤다. 그들은 튜멜의 서슬 시퍼런 매질에 질려 있었다. 그들 중 누군가 튜멜에게 검을 찔러봤다면 그의 검술이 형편없음을 알 수 있을 터였다. 하지만 근위부관까지 스스럼없이 매질을 하는 그의 모습에 공포를 느꼈고, 그의 동료인 파일런 디르거의 무서운 검술을 두려워했다.

병사들은 당연히 튜멜이 동료인 파일런과 비슷한 검술의 소유자라고 생각했다. 아니, 오히려 늙은 파일런보다 더 뛰어난 검술을 가졌기 때문에 아직까지 전투에 참가하지 않았다고 생각했다.

조금만 이성적으로 생각하면 현재 튜멜이 검을 지니지 않았다는 것을 알 수 있었지만 병사들은 지금 섣불리 나서면 튜멜의 검에 목이 잘릴 거라는 착각에 사로잡혀 있었다. 게다가 그들에게는 지금 파일런의 클레이모어보다는 피에 젖은 튜멜의 몽둥이가 더 무서웠다.

'몽둥이로 근위대를 제압했다고 하면 아무도 믿지 않을 거야.'

레이드는 조만간 면도를 좀 해야겠다고 생각하면서 턱을 쓱쓱 문질렀다. 지금 이언이나 카라가 있었다면 튜멜과 볼 만한 싸움을 했을 거라는 생각이 들었지만 그 시끄러운 말싸움을 별로 듣고 싶지는 않았다.

그는 힐끔 바닥에 뒹굴고 있는 롱 소드를 내려다보았다. 누군가 튜멜에게 덤벼든다면 어쩔 수 없이 검을 쥐어야 한다고 생각했다. 에피에게 사과하는 것은 그 뒤에도 늦지 않을 것이다.

"에른하르트 대위님!"

"알고 있어."

에른하르트(Ernhart) 근위대 대위는 정원 저쪽의 사자성 모습을 바라보면서 무표정하게 부하의 보고를 제지했다. 마지막 보초 교대를 남겨둔 늦은 새벽의 사자성에 불이 밝혀져 있었다. 주로 본관 1층과 2층에 횃불이 빠르게 오가고 있었고, 사자성 근위대의 고함 소리가 희미하게 들려왔다. 사자성의 성벽을 지키던 병사들은 불안한 시선을 주고받으며 자꾸만 사자성을 힐끔거렸다.

"시작된 건가?"

에른하르트 대위는 턱에 남겨진 흉터를 일그러뜨리며 웃었다. 그가 진짜로 기다리던 보고는 조금 후에야 들어왔다. 경비부관은 헐떡이는 숨을 몰아쉬며 그에게 경례를 붙였다. 에른하르트는 물끄러미 사자성을 바라보며 묵묵히 보고를 기다렸다.

정원수들은 어둠에 잠겨 칙칙한 그림자처럼 보였고, 모처럼 구름이 사라져 달빛이 정원 구석구석 쏟아지는 밤이었다. 사자성의 불빛은 이제 누구나 깨달을 정도로 많아졌다.

“사자성 근위대의 행동이 이상합니다. 내부에서 전투가 벌어진 모양입니다. 내부 분열인 것은 아니라고 생각합니다.”

“그러면?”

“국왕 폐하의 손님들이 사자성을 장악하기 시작했습니다. 놈들의 숫자가 워낙 많아져 정확한 정황은 파악하기 힘들지만, 불이 밝혀진 창문을 기준으로 생각하면 상당한 혼란에 빠진 듯합니다. 그자들… 이런 일에 익숙한 자들인 것 같습니다. 불이 밝혀진 곳을 보면 그자들은 지금 사자성의 중요 거점들만 장악하고 있습니다. 처음 방문하는 이곳에서 거점 진압 전술을 사용하다니… 있을 수 없는 일입니다. 누군가 내통자가 있었을까요?”

“그자들… 국왕 폐하의 편인가?”

“알 수가 없습니다. 단지 궁내의와 시종장을 비롯한 사자성 관리들이 거의 진압된 상황이고, 근위부관의 침실 주변에서는 또 다른 일행이 농성에 돌입한 모양입니다. 근위부관을 인질로 잡았지만 병사들에게 퇴로를 차단당해서 고급 장교 식당에서 농성 중입니다. 현재 사자성 병력들이 그쪽으로 집결하고 있습니다. 조만간 농성이 깨질 것 같습니다. 그리고 국왕 폐하를 찾으라는 고함 소리도 들었습니다. 국왕 폐하께서는 어디론가 피신하신 듯합니다.”

“당연하겠지. 사자성 놈들이 국왕 폐하를 보호하기 위해서 찾을 리가 없어. 근위 경비대원 전원 기상을 명령한다! 성벽 관측 망루의 인원들만 남기고 아래쪽 베일리(Lower Bailey)에 전원 집결한다! 무장은 근접전 전용으로! 지금 당장!”

“하지만… 그러면 왕성 성벽 경비가 허술해집니다.”

“지금 그런 것을 따질 여유가 없다. 그리고! 병사들은 모두 붉은 띠를 두르도록 한다! 최대한 신속하고 조용히! 어서!"

에튼하르트의 지휘를 받는 근위대 성벽 경비대가 집결하는 데는 그리 오랜 시간이 걸리지 않았다. 페나 왕비가 사자성을 떠난 이후로 대위는 병사들의 원성을 묵살하면서 병사들의 군율을 점검한다는 명목으로 자주 병력 소집 훈련을 했었고, 지금은 그 결과가 나타났다.

방금 보초 근무를 마치고 들어가 막 잠들었던 병사들까지 호된 질책을 받으며 베일리로 끌려 나왔다. 하지만 그들은 그다지 불평하지도 않았고, 잔뜩 긴장한 얼굴로 숏 소드와 가볍고 작은 버클러(Buckler:소형의 원형 방패)를 들고 베일리에 정렬했다. 비밀 결사에 가담하지 않았기 때문에 힘들고 조건이 열악한 성벽 경비대로 쫓겨난 병사들이 많았다.

사자성 내부 근위대원들은 비를 맞을 필요도 없이 사자성의 식당에서 만들어지는 배급을 받았고, 근무가 끝나면 제대로 된 방 안에서 잘 수 있었다. 하지만 성벽 경비대는 성벽 아래에 만들어진 목조 막사에서 생활해야 했는데 인원에 비해서 항상 비좁았고 비가 새기 일쑤였다.

그리고 순환제로 돌아가면서 요리를 맡은 근무 조가 화덕에 커다란 냄비를 걸고서 수프와 요리를 한꺼번에 뒤섞어 요리하는 잡탕죽을 매 끼니마다 먹어야 했다. 비가 오는 날 밤이면 밤새워 비를 맞으며 성벽 근무를 서야 했고, 바짝 얼어버린 몸으로 막사로 돌아가면 천장에서 비가 새는 막사 안은 퀴퀴한 곰팡이 냄새와 땀 냄새로 머리가 아팠다.

밤새워 성벽에서 보초를 섰던 병사들은 젖은 몸에 담요를 두르고—그 때문에 막사 안과 담요는 언제나 시큼한 냄새가 났다—난민 수용소 같은 막사 구석에 비집고 누워서 천장에서 떨어지는 빗물을 머리에 맞으며 잠들어야 했다. 젖은 몸에서 시큼한 김이 모락모락 피어 오르는 동료들 틈에 끼어 잠드는 밤은 괴로웠다.

원래부터 내부 경비와 성벽 근무가 이원화되었던 것은 아니었다. 은밀히 비밀 결사가 근위대 내부에서 결성되면서 누구도 깨닫지 못하는 사이에 그 모임에 가담하지 않은 자들은 성벽 근무로 고정되고 내부 근무로 좀처럼 돌려지지 않았다.

고급 장교들 대부분이 비밀 결사에 우선적으로 가담한 탓에 넓은 사자성 성벽을 관리하는 장교는 에른하르트 대위와 소위 한 명이 있을 뿐이었다. 원래 영관급 장교의 지휘 아래 동서남북 네 방향으로 위관급 장교를 두 명씩 배치하는 것이 사자왕 베오하이트가 정해놓은 근무 수칙이었다. 물론 페나 왕비가 근위대 실권을 잡은 이후로는 전혀 지켜지지 않았다.

"제군들! 그동안 고생이 많았다. 하지만 우리는 이런 상황에 대비하여 그동안 고된 군무를 수행하고 있었다. 누가 옳은지는 모른다. 하지만 나는 내가 하는 일이 진정으로 조국을 위하는 일이라고 믿는다. 만에 하나 문제가 생겨도 그대들은 아무런 책임을 질 필요가 없다. 단지 내 명령이 두려워서 복종했다고 하라! 지금부터 우리는 우리가 지켜야 마땅한 사자성을 기습한다. 대형 무기를 가진 자들은 지금 당장 무기를 교체하라. 첫 번째 주의 사항은 비전투 요원을 다치게 하지 마라. 적극적으로 그들의 위험을 구제할 필요는 없지만 가급적이면 그들을 공격하지 않기를 바란다. 이것은 현장 지휘관들의 판단에 맡긴다. 두 번째, 내부 근위대와 조우했을 때 확실하게 그들을 진압하라. 원칙적으로 무장 해제가 최우선이지만 행여 반항 및 도주의 기미가 보이는 자들은 각자 판단으로 죽여도 좋다. 반항하지 않고 투항하는 자들은 포로로 대우하라! 마지막으로 지금 붉은 띠를 두르지 않은 자들은 동료에게 빌려 붉은 띠를 둘러라! 지금 이 순간부터 붉은 띠가 없는 근위대원은 모두 적으로 간주한다. 각 지휘관들 보고!"

무거운 갑옷을 벗고 가벼운 흉갑만 착용한 에른하르트는 등 뒤에서 고함이 터져 나오는 사자성의 상황에 신경 쓰지 않은 채 살벌한 시선으로 부하들을 노려보았다.

"제1독립대 정원 확인! 장비 확인! 전투 대기!"

휘하 백인대장들에게 병력 점호를 받은 독립대장들이 잔뜩 긴장한 목소리로 목청껏 보고했다.

"제2독립대 정원! 장비 이상 무! 전투 대기!"

"제3독립대 정원! 장비 이상 무! 전투 대기!"

"제4독립대 성벽 근무 조 2개 백인대 결원! 정원 확인! 장비 확인! 전투 대기 완료!"

"전 독립대 전투 대기 완료!"

마지막으로 각 독립대장들의 보고를 받은 경비부관이 다시 에른하르트에게 보고를 했다. 에른하르트는 심호흡을 하고는 롱 소드를 뽑아 들었다.

"전원 무장!"

"전워언! 무자앙―!"

에른하르트의 명령이 끝나자 경비부관이 돌아서며 똑같이 검을 뽑아 들면서 구령을 붙였고, 각 독립대장들이 다시 검을 뽑아 들면서 구령을 복창했다. 지휘관 별로 순차적으로 내려온 동명 복창이 백인대장의 입에서 떨어졌을 때, 비로소 일선 병사들이 검을 뽑아 들었다. 병사들은 저마다 검을 뽑아 들고 버클러를 움켜잡았다.

누군가 마른침을 삼키며 소곤거리는 목소리로 신에게 기도를 드렸다. 스스로를 격려하기 위해서 숏 소드의 검신으로 버클러 모서리를 툭툭 때리는 자도 있었다.

에른하르트의 롱 소드가 횃불에 번쩍이며 사자성을 가리켰다. 그는 조금도 망설이지 않는 목소리로 명령했다.

"돌격! 배신자들을 섬멸하라!"

그의 명령이 떨어지자 각 지휘관들은 다시 동명 복창을 하면서 휘하 병력에게 돌격 명령을 하달하면서 검을 휘둘렀다.

"제1독립대! 부대 앞으로!"

"제1백인대! 돌격!"

"제2백인대! 돌겨억! 나보다 늦는 놈은 죽여 버린다!"

"빨리 뛰어, 이 개새끼들아!"

백인대의 선두에 서 있던 단위 부대 기수들이 달리는 것을 시작으로 경비 근위대원들은 일제히 사자성을 향해 달리기 시작했다. 스피어에 매단 백인대 깃발들은 소속 부대를 식별하기 위한 줄무늬가 들어가 있었다. 붉은 깃발에 흰색의 굵은 띠가 두 개 들어간 것은 제1독립대 제1백인대라는 의미였다. 즉, 최고 지휘부 직속 부대였다.

그 뒤로 굵은 띠 한 개와 얇은 띠 두 개가 들어간 제2백인대의 기수가 뛰기 시작했고, 병사들은 오직 소속 백인대 깃발만을 노려보면서 돌격했다. 전장에서 대열을 유지하고 소속 부대를 이탈하지 않는다는 것은 어려운 일이었다.

멋대로 뒤엉킨 사람들의 숲 속에서 길을 잃지 않는 방법은 소속 백인대 깃발을 열심히 따라가는 것뿐이었다. 병사들은 소속 부대를 잃는 것만큼 전장에서 위험한 것은 없다는 것을 알고 있었고, 어떠한 난

전 속에서도 자신의 부대 깃발을 찾아내는 훈련을 거듭 받아왔다. 기수들은 그런 의미에서 백인대장과 함께 부대에서 가장 중요한 인물이었다. 기수에게는 항상 4인 이상의 엄호 병력이 붙었고, 기수들은 백인대장의 명령에 따라 돌격, 우회, 후퇴 등의 신호를 병사들에게 내렸다.

거대한 표지판이나 지팡이처럼 보이는 폴암(Polearm)을 든 각 독립대 기수들은 전열의 가장 선두에서 뛰고 있었고, 각 백인대의 기수들은 소속을 표시하는 깃발을 매단 스피어를 들고 독립대 기수를 좇아서 뛰었다.

백인대의 기수는 스피어맨(Spearman)이라고 불렸는데, 백인대의 깃발을 항상 스피어에 매달기 때문에 붙여진 이름이었다. 스피어맨이라는 말은 단순히 스피어로 무장한 병사라는 의미도 있었지만 백인대의 기수를 의미하기도 했다.

독립대 이상의 대병력을 이끄는 기수들은 폴암이라고 불렸다. 원래 폴암은 스피어 류를 제외한 할버드나 파르티잔, 폴엑스 같은 무기류를 지칭하는 말이었다. 또한 폴암은 독특한 상징 표지를 매단 부대 표지를 지칭하기도 했으며, 독립대 이상의 기수들도 폴암이라고 불렸다. 부대에 따라서 소속 부대 표지를 매다는 무기는 제각각 달랐다. 할버드에 표지를 매다는 경우도 있었고, 글레이브에 매다는 경우도 있었다. 경우에 따라서는 그냥 밋밋한 강철제 스태프에 부대 표지를 매다는 폴암도 있었다. 공통점이 있다면 어느 것이나 그 자체로도 이미 위력적인 무기라는 사실이었다.

난전에서의 백인대 깃발과 혼동을 피하기 위하여 폴암들은 깃발이 아닌 청동, 황동 같은 금속제 장식품이나 표지판으로 소속 부대를 의미하는 경우가 많았다. 할버드를 정신없이 휘감은 뱀이나 박쥐 같은 날개를 펼친 드래곤, 가시가 달린 도마뱀은 가장 즐겨 쓰이는 부대 표지였다. 일선 부대들은 저마다 시인성이 뚜렷하면서 기꺼이 자랑할 만한 폴암을 만들기 위해서 고심했다.

횃불 하나 밝혀지지 않은 어두운 사자성의 정원은 병사들의 고함 소리와 병장기가 덜그럭거리는 소리로 가득 찼다. 바로 그때 머리 위에서 날카로운 휘파람 소리가 들려왔다.

"콰렐이다!"

사자성의 복도에 있는 창문에서 콰렐들이 날아오기 시작했다. 사자성의 복도 창문에는 유리가 끼워져 있지 않았고, 대신에 석궁을 거치 사격하기 위한 홈이 패어져 있었다. 겉멋으로 제국 시대부터 내려온 성곽은 아니었다.

"아악!"

"컥!"

"살려줘!"

병사들은 정식 보병 전투용 대형 방패인 스큐툼(Scutum) 같은 것을 장비하지 않았기 때문에 머리 위에서 쏟아지는 콰렐을 막지 못했다. 그들이 팔에 장비하고 있는 버클러는 직경이 고작 30센티 미만이었다. 크기는 둘째 치고 버클러는 콰렐의 관통력을 저지할 방어력이 턱없이 부족했다.

콰렐에 이마를 관통당한 병사가 흰자위를 치뜬 눈으로 넘어졌고, 그 곁에서 달리던 병사의 목을 또 다른 콰렐이 관통했다.

"멈추면 죽는다! 달려!"

백인대장들은 콰렐에 놀라 멈춰 선 부하들의 멱살을 잡고 다그쳤다. 까마귀가 새겨진 청동 판이 붙어 있는 폴암을 높이 치켜든 독립대의 기수는 폴암으로 크게 원을 그리고 다시 그것을 전방으로 향했다.

'돌격!'

근위대원들 중에서 그 깃발 신호의 의미를 모르는 자는 없었다. 쏟아져 너린 콰렐에 놀라 멈춰 섰던 병사들은 다시 검과 방패를 부딪쳐 소리를 내면서 고함을 질렀다.

"개새끼들에게 복수하자!"

누군가 고함을 질렀다. 혹독한 차별을 받으며 그들의 불만은 폭발 직전까지 치달은 상태였다. 언제 불만이 터져도 이상하지 않은 상황에서 모처럼 기회가 생겼다. 병사들은 분노하고 있었다. 왕비 파, 또는 국왕 파라는 것은 절대로 중요하지 않았다. 똑같은 병사들인데 누구는 아늑한 사자성에서 근무하고 누구는 수용소 같은 막사에서 근무해야 한다는 불만이 더 중요했다.

"부대 앞으로! 돌격! 돌격하란 말이다!"

"도망치는 놈은 내 손으로 죽여 버린다!"

사방에서 백인대장들이 120명의 부하들을 다그치는 고함 소리가 터져 나왔다. 백인대 기수들이 다시 한 번 백인대 깃발을 높이 쳐들고 크게 원을 그리고 전방으로 내뻗었다. 그 돌격 신호는 병사들에게 콰렐의 두려움을 잊게 만들었고, 동료들에게 콰렐을 쏜 자들에 대한 증오를 일깨웠다.

애초부터 콰렐 사격은 복도를 지나가다가 우연히 경비 근위대의 돌격을 목격한 병사들이 산발적으로 발사한 것이었다. 실제로 석궁의 위력에 걸맞는 사상자는 생기지 않았고, 사수들은 재장전 사격을 포기하고 어디론가 도망쳐 버렸다.

"찢어 죽여 버리자!"

"다 때려죽여!"

백인대장들은 가장 선두에서 돌격해 들어가면서 병사들을 선동했다. 미처 농성 준비를 하지 못한—성벽 경비대원들이 사자성으로 들어오는 사태가 발생할 것이라고 예상한 자는 아무도 없었다—사자성의 정문은 간단하게 열렸다.

"병신들아! 대열을 짜라! 대열을 짜라고!"

"부대! 위치로!"

"막스! 어딨어?! 내 오른쪽을 맡아줘!"

"한쯔! 빨리와!"

훈련의 질과 양 자체는 사자성 내부 근위대와 성벽 경비 근위대 양쪽 모두 차이가 없었다. 어차피 그들은 모두 근위대원들이었다. 전투의 승패는 미리 실내전을 예상하고 거기에 맞춰 무장한 상태로 기습한 경비 근위대가 조금 더 유리했다.

국왕을 찾기 위해 성 내부를 뒤지던 내부 근위대원들은 문을 부수고 들어온 경비 근위대의 존재에 놀랐지만 조직적으로 대응하지 못했다. 그들에게는 치명적으로 지휘관들이 부족했다.

고급 장교들은 이미 잠을 자다가 파일런의 클레이모어에 목이 날아가 버린 상황이었고, 근위부관은 튜멜에게 녹초가 되도록 맞고서 의식을 잃었다. 병사들은 지휘관도, 대열도 없이 개별적으로 우왕좌왕했다.

그에 비해서 경비 근위대들은 백인대장과 열장, 조장 등 일선 하급 지휘관들의 지휘를 받고 있었다. 백인대장의 지휘를 받아 복도를 메우는 방식으로 인간의 벽을 만들어 돌격하는 경비 근위대는 위력적이었다. 그 벽과 충돌한 병사들은 한 명씩 차례로 각개격파를 당하며 죽음을 맞이했다.

두 명, 또는 세 명씩 뭉쳐 다니는 경비 근위대원들에게 내부 근위대원들은 차례로 한 명씩 무력하게 도륙당했다. 두 명이 방패로 방어하는 동안에 다른 한 명이 숏 소드로 상대의 배를 갈랐다. 피가 바닥을 적시고 뜨거운 내장들이 병사의 무릎을 타고 발치로 흘러내렸다.

내부 근위대원들에게 또 한 가지 치명적인 문제가 있었다. 그들은 평소의 근위대 근무를 하던 버릇 그대로 할버드를 들고 나왔던 것이다. 왕성 내부에서의 할버드는 무장하고 있다는 위력 시위용 병기로써의 성격이 강했다.

세 명이 나란히 걸으면 꽉 차는 복도에서 2미터가 넘는 할버드는 거추장스러웠다. 두세 명이 어깨를 나란히 하고서 버클러로 할버드를 막는 동안에 다른 두세 명이 상대의 목에 숏 소드를 찔러 넣었다. 원칙적으로 할버드를 버클러 같은 소형 방패로 막는 것은 거의 불가능했지만 좁은 실내에서 할버드는 느렸고, 두세 명이 함께 방어했기 때문에 피해를 입지 않았다.

"거른스! 네놈이!"

롱 소드를 들고 있던 내부 근위대 백인대장이 얼마 전까지 자신의 부하였던 병사를 발견하고는 고함을 질렀다. 자신의 파벌에 좀처럼 성의를 보이지 않은 보복으로 성벽 근무로 내쫓아 버린 병사였다.

게른스라고 불리워진 병사는 숏 소드와 방패를 엇갈리며 백인대장의 롱 소드를 막아냈다. 그동안 그의 등 뒤에서 나타난 다른 병사가 백인대장의 옆구리에 검을 찔러 넣었다.

"프란쯔! 네, 네놈도……."

백인대장은 눈을 부릅뜨고 비명을 질렀다. 그도 게른스처럼 백인대장에 의해서 내쫓긴 병사였다. 프란쯔라고 불리운 병사는 차갑게 웃으며 더욱 깊숙이 숏 소드를 찔러 넣었다.

롱 소드를 막아냈던 게른스라는 병사는 백인대장의 목을 검으로 찔렀다. 백인대장은 부릅뜬 눈을 희번득거리며 무릎을 꿇었다. 게른스와 프란쯔는 검을 뽑더니 인정사정없이 자신들을 쫓아냈던 백인대장의 머리와 가슴을 검으로 내려쳤다. 피가 솟구쳐 올랐고 검이 근육을 난도질하는 소리가 복도를 가득 메웠다.

"죽어라! 이 돼지 같은 놈!"

"개자식! 죽어!!"

"언젠가는 널 죽이고 싶었다!"

퍽! 퍽! 퍽!

원한에 가득 찬 두 병사들은 이미 움직이지 않는 백인대장에게 여전히 집요하게 검을 내려치고 내장이 흘러나오는 복부에 또다시 검을 찌르고 휘저었다.

"제3백인대! 1층 시종 숙소를 진압한다! 움직이는 놈들은 다 죽여!"

"개새끼들을 다 죽여 버려!"

병사들은 모르고 있었지만 백인대장 이상의 지휘관급에서는 벌써 만에 하나 지금처럼 사자성 난입시 각 백인대별로 거점 진압 목표들이 숙지되어 있었다. 병사들은 단지 백인대장들이 즉흥적으로 명령을 내리는 것이라고 생각했지만 사실은 달랐다. 에른하르트 대위는 지휘관들에게 사자성 난입시 각 백인대가 진압할 거점을 미리 지정해 둔 상태였다.

횃불이 일렁거리는 사이로 악에 받친 고함 소리와 검이 인간의 뼈를 부수는 소리, 그리고 마지막 숨결을 비명에 흘려보내는 절규에 젖은 사자성은 을씨년스러운 어둠 속에서 묵묵히 자리를 지켰다.

병사들의 광기와 광기가 정면으로 충돌하면서 어두운 대리석 바닥을 피와 죽음으로 검게 적셨다. 백인대장들은 한결같이 부하들의 선두에 서서 피와 내장을 뒤집어쓴 몰골로 겁에 질린 병사들의 머리를 도끼로 내리찍었다. 광기에 취한 병사들은 백인대장의 도끼에 맞아 머리가 절반쯤 떨어져 나간 모습으로 죽어 있는 시체의 배를 가르고 목을 잘라냈다. 누군가의 복부에서 흘러나온 창자가 밟혀 울컥! 소리를 내면서 터졌다. 병사들은 그 섬뜩한 소리에도 아랑곳하지 않고 얼마 전까지 동료였던 병사들의 혀를 잘라내고 귀를 잘라냈다.

"어… 어… 어……."

산 채로 혀가 잘린 병사는 왈칵 쏟아져 나오는 피를 입에 물고서 버둥거렸다. 희번득한 흰자위를 드러낸 병사들이 그의 팔다리를 잡고 눌렀다. 혀가 잘린 병사는 버둥거렸지만 가슴팍으로 검붉은 피만 토해낼 뿐 무력했다. 피에 젖은 숏 소드가 섬뜩하게 번들거렸다.

"이 새끼야! 우리가 비 맞는 동안에 너희들은 편했지? 맛 좀 봐라!"

"어… 어어… 어……."

"낄낄! 산 채로 해부당하는 기분이 어때?"

동료들이 그의 팔다리를 잡고 누르는 동안에 숏 소드를 휘두르던 병사는 그의 갑옷을 벗겼다. 한밤중에 자다 뛰어나왔던 불쌍한 병사는 엉성한 가죽 흉갑만 입고 있었다. 병사는 그의 명치에 검을 찔러 넣고는 천천히 아래로 그어내렸다.

사라락.

검이 복부 근육을 자르는 동안에 혀가 잘린 병사는 부들부들 경련을 일으키며 컥컥거렸다. 피부와 복부 근육이 잘려 나가면서 그의 내장들이 압력을 이기지 못하고 갈라진 틈 새로 흘러나왔다.

"어… 어… 어……."

그는 핏발 선 눈으로 피를 토하며 자신의 복부에서 흘러나오기 시작하는 자신의 내장들을 내려다보았다. 혀가 잘리고 입속에 핏덩이가 가득 차 비명은커녕 숨도 쉬지 못하던 병사는 그륵거리는 소리를 내면서 꿈틀거렸다. 목구멍에서 역류한 피가 기도로 들어가 폐를 가득 채웠고, 호흡 곤란과 출혈 쇼크, 혈압 강하를 일으킨 그의 눈은 초점이 풀렸다.

"아하하! 천벌이다!"

"속이 다 시원하네!"

살아 있는 사람의 배를 갈랐던 경비 근위대 병사들은 다시 대열을 짜고 복도 저편으로 뛰어가 버렸다.

시체들 사이에 홀로 남겨진 병사는 움찔움찔 어깨를 떨면서 이미 감각이 죽어버린 두 손으로 바닥으로 흘러내린 자신의 내장을 그러모으기 시작했다. 그의 얼굴에는 고통도 공포도 없었다. 그는 무표정한 얼굴로 묵묵히 밭을 가는 농부처럼 자신의 내장을 다시 자신의 복부로 주워 담았다.

그가 절반쯤 주워 담았을 때 그의 손은 더 이상 움직이지 않았고, 피에 젖은 대리석 바닥에 눕혀진 그의 얼굴에는 피가 섞여진 눈물이 흘러내렸다.

'엄마… 무서워…….'

마지막까지 꺼지지 않던 그의 의식 한 귀퉁이에서 맴돌던 단어는 그렇게 무력하게 꺼져 버렸다. 강변에 지어진 초라한 오두막에서 묵묵히 그물을 손질하던 늙은 어머니의 주름진 손길이 떠올랐다. 산 채로 해부당했던 어린 병사는 자신의 내장을 두 손 가득 안고서 차갑게 식어갔다.

그가 마지막까지 열심히 끌어 모았던 내장을 또 다른 병사들이 밟으며 지나갔고, 그의 내장들은 무력하게 터지고 짓이겨졌다.

〈 6 〉

모처럼 화사한 햇살이 창문으로 스며드는 아침을 맞이한다는 것은 라이어른에서, 특히 발트하임의 수도 아인돌프에서는 그다지 흔치 않은 일이었다. 값비싼 황금을 곱게 갈아 잿빛 대리석 창틀 위에 곱게 뿌려둔 것 같은 정경을 배경으로 새들의 지저귐과 빗물을 마시며 울창해진 나무들 사이로 바람이 스치는 쏴아아— 하는 지극히 일상적인 소리들이 시간에게 생명력을 부여했다. 모처럼 구름이 걷힌 하늘은 질 좋은 고급 사파이어 빛으로 사람들의 가슴을 설레이게 만들어주었다.

레미 아낙스는 조용히 창가를 거닐며 그런 자연의 아침을 만끽했다. 만끽할 것이 풍부한 멋진 아침이었지만 그녀의 표정은 결코 밝지 않았다. 그녀는 여행을 하는 동안에 부쩍 머리결이 나빠진 긴 머리를 라이어른 식으로 둥글게 감아서 틀어 올렸고, 고집스럽게 회색 원피스를 입고 있었다.

질기고 낙낙한 천으로 만들어진 원피스는 그녀를 마치 경건한 수녀처럼 보이는 착각을 불러일으켰다. 위태로운 관능을 뿌리고 다니는 세속 수녀 출신의 카라보다 그녀가 더 경건한 수녀처럼 보이는 것은 의외였다. 카라가 세속 수녀, 그것도 성가대 출신이라는 것을 납득할 수 있게 만드는 경우는 단 한 가지—성가를 부를 때—뿐이었다. 눈 밑으로 기미가 생기고 부쩍 야윈 레미는 뛰어난 미모를 가진 미녀는 아니었지만 누구나 한번쯤 돌아보게 만드는 묘한 분위기를 모포처럼 둘러쓰고 있었다.

튜겔 남작의 영지 테일부룩에 있을 때 그녀는 그저 평범한 인상을 가진 여자에 불과했지만 거친 여행을 하는 동안에 그녀의 인상도 튜멜처럼 변해 있었다. 길고 힘든 여행의 경험이 없던 튜멜과 그녀만이 여행을 하는 동안에 인상이 변한 것이다. 그녀는 굳은살 하나 박히지 않은 매끄러운 손가락으로 야윈 만큼 갸름해지고 매끈해진 턱 선을 가만히 쓰다듬었다. 창밖을 바라보는 그녀의 눈동자는 좀처럼 그 감정을 헤아리기 힘들게 만들고 있었다.

"그대는 이런 결과를 예상하고 있었나?"

소리 죽여 기침을 참고 있던 아델만 국왕은 지극히 일상적인 소리로 가득 채워진 침묵—그것은 다른 의미로 침묵이었다—을 힘겹게 깨면서 물었다. 새소리와 바람 소리로 가득한 일상적인 침묵을 한낱 인간의 목소리로 날려 버리는 것에 죄책감을 느끼는 음성이었다.

레미 아낙스는 조용히 고개를 돌렸다. 그녀는 입술을 꾹 다물고 독서에 열중하던 노교수 같은 표정을 조금 느슨하게 풀었다.

"아니요. 아무것도 모르는 제가 어찌 그런 것을 예상했겠습니까,

국왕이시여."

"……."

아델만 국왕은 미간을 좁히며 생각에 잠긴 눈으로 잠시 동안 그녀를 바라보았다.

"저는 단지 이 음모의 선두에서 일을 진행시키는 자들을 찾아내야 한다고 생각했을 뿐입니다. 궁내의가 개입되지 않았다면 폐하께서 독에 중독되었다는 사실이 비밀로 붙여질 수 없다고 생각했습니다. 그리고 궁내의가 그런 돌출 행동을 할 수 있었던 것은 이곳 사자성의 무력을 지배하는 자가 뒷배경이 되어야 한다는 정도의 어설픈 추측은 가능하지요."

"근위대 내부의 분열도 예상하고 있었나?"

아델만 국왕의 질문에 레미는 희미하게 웃었다. 아주 희미한 웃음이었다.

"어떤 조직이 존재한다면……."

레미는 말을 잠시 끊으며 고개를 돌려 창밖을 바라보았다.

"그 조직의 수혜를 받지 못하는 자들이 불만을 갖게 되는 법입니다. 저는 제가 처음 이 사자성으로 왔을 때 사자성의 성문을 경비하던 근위대원들의 초췌한 모습과 섬뜩한 눈빛을 기억하고 있지요. 그리고 사자성 내부에서 근무하던 근위대원들의 나른하고 혈색 좋은 얼굴들과는 참 인상적인 대조를 이루고 있었다고 생각합니다. 처음에는 그들이 이단 심판을 받은 저희에 대한 적개심이라고 생각했지만 앞뒤가 맞지 않았습니다. 전후 사정을 듣고서야 왕실 내부의 그런 권력 투쟁이 있었다면 근위대 내부에서도 알력이 발생했을 거라고 예상했습니다. 단지 그런 알력을 이용하여 군사적 충돌을 감행할 지휘관이 있었다고는 미처 예상하지 못했습니다. 단지 막연한 추측이 잘 맞았을 뿐입니다."

아델만 국왕은 신음처럼 들리는 감탄사를 내뱉었다. 사자성 안에서 밖으로 나갈 일이 거의 없었던—그리고 그럴 기력도 없었던—아델만으로서는 절대로 발견하지 못할 사실이었다.

"자네가 보기에 그 에른하르트라는 자는 믿을 만한 자일 것 같은가?"

"그건 국왕께서 판단하실 문제입니다. 저는 그저 평범한 아녀자에 불과합니다."

"한 가지 묻고 싶은 말이 있다네. 만약에 자네가 지금 해변에 서 있다면, 그리고 아무도 가보지 못한 수평선 너머에 그 무엇보다 가치있는 보석, 혹은 이상향이 있다면 그대는 어떻게 하겠는가?"

아델만은 답을 구하는 눈으로 레미를 바라보았다. 레미는 그 질문에 빙긋 웃었다. 아델만은 의아한 눈으로 그녀의 미소가 어떤 의미인지 파악하려는 표정을 지었다. 레미는 어깨를 으쓱하면서 다시 창밖으로 고개를 돌리며 입을 열었다. 한 나라의 국왕 앞에서 이렇게 고개를 돌리고 말하는 것 또한 교수형을 당하기에 충분한 중죄에 해당했지만 그녀는 전혀 개의치 않고 있었다.

"아무도 도달하지 못했던 수평선이라면 기꺼이 단념하고 자신이 서 있는 해변가의 아름다움에 만족하는 사람도 있겠죠. 그리고 어떤 희생을 치르더라도 그 수평선 너머로 도달하려는 사람도 있겠죠. 제가 알기로 딱 한 사람만이 그 해답에 도달한 적이 있었습니다."

"그게 누군가?"

"하페우스 3세. 대륙을 통일한 전무후무한 최초이자 최후의 황제이죠.”

“뭐?”

아델만 국왕이 놀란 눈빛으로 레미를 바라보았다. 레미는 손끝으로 거칠고 투박한 대리석 창틀을 쓰다듬으며 조용하게 대답했다.

“헤롤리우스만이 하페우스 3세에 관한 글을 남긴 것은 아닙니다. 세르비안 남작도 그에 못지 않게 좋은 글을 남겼죠.”

“세르비안? 그 바람둥이 방탕아를 말하는가? 자네는 그런 자의 글도 읽었는가?”

아델만은 이번에는 정말 놀랐다는 얼굴로 그녀를 바라보았다.

하페우스 3세가 쌓아 올렸던 제국이 허무하게 무너지고 서로가 죽고 죽이는 전란의 시대 한가운데서 살아가던 세르비안은 오명과 악명, 그리고 그 저의를 알 수 없는 지독한 기행으로 역사상 최악의 인물로 기록되고 있었다.

따분한 오후의 무료함을 달래기 위해서 제국 기사단으로 하여금 평범한 농촌 마을을 초토화시키고, 그 장면을 마을 언덕에서 구경하면서 포도를 따 먹는 악행으로 유명한 제국의 마지막 황제조차도 세르비안 남작에게는 최악의 인물 지위를 넘겨줘야 했을 정도였다.

겨우 42년을 살아가는 동안에 그는 12명의 유부녀와 23명의 처녀들과 정을 통했고, 마지막에는 자신의 침실에서 광분한 남자의 비수에 어이없이 비참한 죽임을 당하는 것으로 생을 마감한 사내였다.

그가 세상에 남긴 것은 35명에 달하는 연인들과 ‘비겁자의 삶’이라는 미완성 회고록, 그리고 인간이 가질 수 있는 온갖 종류의 욕설들과 자극적인 꼬리표들뿐이었다. 그는 한 가문의 서자로 태어나 전쟁터에서 기사도를 지키지 못하고 도망쳐 전쟁과 음모로 점철된 암흑 시대의 전란기를 침실에서 자신이 사랑했던 여자들과 보낸 남자였다.

'세르비안의 피'는 통제 불능의 지독한 바람기를 의미했고, '세르비안의 그것'은 추잡스러운 사내라는 의미로 통했다. '세르비안의…'로 시작되는 일련의 모든 어휘들은 그 당사자가 인간 이하의 존재라는 모멸적인 의미로 쓰였다.

그 이름은 때로는 여자들에게도 쓰였는데, '세르비안의 애인'이라는 의미는 정숙하지 못하고 몸가짐이 헤픈 여자를 경멸적으로 일컫는 말이었다. 또한 '세르비안의 저택'은 소위 말하는 사창가를 의미했다.

몇 세기, 몇 세대에 걸쳐서 한 인물을 이렇게 집요하고 가학적으로 경멸하는 예는 그를 제외하고 대륙의 역사 어디에도 없었다. 그것은 광기에 가까울 정도의 집요함이었다.

"참 아이러니한 사실이라고 생각해요. 세르비안 남작은 미완성 회고록에서 인간들의 무모함과 우매함을 비판했죠. 하지만 그는 그가 그렇게 경멸해 마지않던 방법으로 지난 몇 세기에 걸쳐서 매도당하고 비난받았죠. 비를 피할 한 조각의 휴식처에 만족했던 그였지만 그는 죽어서도 무덤이라는 안식처를 얻지 못했어요."

"그건 왜지?"

"침실에서 자고 있던 그를 찔러 죽인 남자는 그것만으로도 분이 풀리지 않았는지 죽은 그의 시체를 토막내서 강에다 던져 버렸으니까요. 한 개인에 대하여 이렇게 집요한 증오를 보인 예는 찾아보기 힘들죠."

"자고로 인간이라면 시체에게까지 죄를 묻지 않는 법이라고 했거늘……."

"그런 그가 하페우스에 관하여 남긴 말이 있어요. 덕망이 없다 보니 그가 하페우스 3세에 관하여 남긴 글들은 아무도 주목하지 않았죠."

레미는 쓸쓸한 미소를 지은 채 눈을 감았다. 아델만 국왕은 그녀의 말에 귀를 기울이며 세르비안 남작은 도대체 어떤 사내였을까를 생각하기 시작했다.

'그는 홀로 남겨진 평원으로 유배되었고, 세상을 증오하며 저주했다. 하지만 그곳에서 그는 '제국의 별'을 보았고, 제국을 세웠다. 그는 말했다. 누군가 검은 광야에 서게 된다면, 그것만으로도 그는 광야의 왕이 될 수 있다. 태어나면서 인간은 그 자신의 왕이 된다. 누군가 광야에서 홀로 설 수 있는 용기를 가졌다면 그는 광야의 왕이 될 것이다. 하지만 과연 한 조각의 땅을 차지하기 위해서 광기의 이빨을 드러낸 저 추악한 이 시대의 인간들 중에서 그의 말을 진정으로 이해하는 자들은 과연 몇이나 될까? 이 더럽고 추악한 현실 속에서 많고 많은 우매한 자들이 제국의 별을 발견하기 위해서 검은 광야를 찾는다. 나무 한 그루 자라지 않는 버려진 광야를 차지하기 위해서 지난 몇 년간 몇만 명의 인간들이 허무하게 죽어갔는가? 이 얼마나 희극적인 일인가? 그들은 검은 광야를 차지함으로써 자신이 제국의 별을 발견할 수 있다고 믿고 있으며, 또한 그것을 이유로 한 가정의 아버지, 혹은 한 여인의 애인을 죽음으로 몰아넣는다. 헤롤리우스, 그가 말한 제국의 별이란 엘프 여인의 슬픈 눈물이었다고 노래했다. 하지만 사람들은 그것을 믿지 않는다. 누군가는 제국의 별이란 능력을 가진 자의 눈에만 발견되는 별이라고 했고, 혹자는 엘프의 눈물이 굳어 만들어진 보석—엘프의 마력이 깃든 보석—이라고 말한다. 하지만 나는 그렇게 생각하지 않는다. 그가 보았던 제국의 별이란 눈물은 맞을 것이다. 하지만 중요한 것은 그 상대가 엘프였다는 것이 아니라 여인이었다는 점이다. 사람들은 왜 간과하고 있는 것인가? 견딜 수 없는 슬픔에 빠진 여인의 눈물이 가진 그 무한한 마력을? 나는 여러 가지 문헌을 가지고 나름대로 조사를 해보았다. 그리고 한 가지 가설을 도출해 냈다. 하페우스 3세가 광야에서 만난 존재는 대현자도, 엘프도 아닌 한 사람의 인간, 그것도 모두가 입 모아 비천하고 더럽다고 외치는 집시족 여자가 아니었을까? 나는 어떤 작은 도시의 기록에서 그 비슷한 시기에 집시족의 한 갈래인 베세라 족이 그 근처를 지났다는 신빙성있는 기록을 찾아냈다. 지금도 그렇지만 집시족들은 악마의 사술을 쓰며 정착한 자들의 땅에 역병을 퍼뜨리고 가버린다고 알려져 있다. 그 때문에 그들은 지속적으로 탄압을 받으며 때로는 이유없는 학살까지 당해왔고, 현재에 이르러 그들과 마주치는 것은 결코 쉽지 않다. 이것은 그저 우연에 불과한 나의 맹목적인 추측에 불과할지도 모른다. 하지만 나는 설명할 수 없는 어떠한 힘—이걸 영감이라고 불러도 좋을 것이다—에 의하여 하페우스 3세가 만난 존재란 다름 아닌 집시족의 어느 여자였을 것이라고 추측한다. 집시족도 나름대로 규율이 있고, 그들도 엄연한 인간이다. 그 여자는 하페우스 3세와 운명적인 사랑—나는 이것을 믿는다—에 빠졌을 것이고, 외부인과 접촉한 죄를 물어 부족에서 쫓겨났을 것이다. 귀족의 몸이면서 집시와 사랑에 빠졌던 하페우스 3세는 그녀가 집시라는 사실에 개의치 않았지만 그녀는 그렇지 못했을 것이다. 형제들에게 생명의 위협을 받던 그와 부족에게서 버림받은 집시 여인은 아무도 없는 검은평원 한가운데서 뜨거운 사랑에 빠졌을 것이다. 사랑에 예민한 내 심장이 그렇다고 지금 이 순간에도 외치고 있다. 하지만 그녀는 자신의 미천한 신분—다시 말하지만 집시족들은 지금도 그때도 인간으로 취급받지 못하는 야만스러운 세상 사람들의 비열함에 익숙해져 있다—이 왕권 다툼에서 밀려난 왕족의 흠집이 되는 것을 원치 않았다. 하룻밤의 사랑을 나누고 잠에서 깨어난 하페우스 3세가 본 것은 자신의 롱 소드로 자결한 그녀의 시체였다. 그녀는 마지막 순간에 그의 검으로 죽음을 맞이하기를 원했던 것이다. 아침이 밝아올 때 채 마르지 못한 눈물 한 방울이 그녀의 눈가에 보석처럼, 저 값비싼 다이아몬드처럼 아름답게 매달려 있었을 것이다. 그는 연인의 피에 젖은 자신의 롱 소드를 저주하면서 울부짖었을 것이다. 이 검에 남겨진 피의 대가는 몇천 배, 몇만 배의 이자를 붙여서 돌려주겠노라고! 장삿속에 밝은 아피아노의 고리대금업자만큼이나 집요하게 되갚아주겠노라고! 얼마나 장엄한 광경인 것인가? 연인의 부질없고 맹목적인 사랑의 대가로 그는 깨달음을 얻은 것이다. 자신의 망설임과 의혹이 가져온 애인의 죽음을! 그는 세상에 홀로 서기로 결심했을 것이다. 광야에 홀로 설 용기를 가진 자는 제국의 별을 볼 것이고, 그 자신은 이미 왕이 되어 있을 것이라고! 그는 애인의 시체 곁에서 홀로 아침을 맞이했던 것이다!'

레미는 갑작스럽게 입을 다물었다. 아델만 국왕은 기침을 억누르며 창백한 얼굴로 턱을 고이고 생각에 잠겨 있었다. 레미는 잠시 동안 눈을 감은 채 세르비안 남작의 회고록에서 인용한 부분을 곱씹어보았다. 그녀조차도 그의 문장들을 인용하기는 했지만 자신은 없었다.

제국의 별이란 대부분의 사람들이 예상하듯 불길한 혜성일 수도 있었고, 마력이 봉인된 보석일 수도 있었다. 헤롤리우스가 말했던 엘프의 눈물이었을 수도 있었고, 세르비안 남작이 말했듯 평범한 여자의 죽음이었을 수도 있었다. 이제는 그 누구도 하페우스 3세가 되지 못했고, 진실을 알 수 있는 자는 이 세상에 더 이상 존재하지 않았다. 그녀는 중요한 것은 그것이 아니라고 생각했다.

“그… 세르비안이라는 남자는 몽상가였군…….”

“저도 그렇게 생각합니다, 국왕이시여.”

“이 사자성에도 그자의 책이 있을까? 없을 거라고는 생각하지만…….”

“그건 저에게 묻는 것보다는 다른 사람에게 묻는 것이 더 빠를 것입니다.”

“그럼 하페우스 3세는 그 상황에서 어떤 선택을 했을까?”

“그도 인간이었습니다. 하지만 그는 적어도 고민하지는 않았을 것이라고 생각합니다. 해변에 남아서 해변의 아름다움에 만족했을지도 모르고, 아무도 되돌아오지 못한 수평선 너머로 찾아갔을지도 모릅니다. 하지만 그는 어떤 선택을 했더라도 자신의 길이 옳은 것인가를 고민하지는 않았을 거라고 생각합니다. 아니, 그는 주변의 모든 사람들을 이끌고 선택을 했을 것이고, 그들에게 일말의 의혹도 남겨두지 않았을 겁니다. 사람들은 그의 이름에 취해 그가 선택한 결말을 향해 걸어갔을 테죠. 그는 그런 남자였으니까요. 하지만 그는 그 질문에 대한 대답을 몸으로 보여준 남자였죠. 대륙을 통일해 버렸으니까요.”

“그럼 세르비안 남작은?”

아델만 국왕의 질문에 레미는 빙긋 웃었다. 그녀는 전혀 망설이지 않고서 대답을 했다.

“당연히 해변에 머물렀을 거라고 생각해요. 엄청나게 많은 여인네들에게 둘러싸여서.”

“하하하.”

아델만 국왕은 모처럼 밝은 표정으로 웃었다. 그는 기침이 터져 나올까 봐 한 손으로 실크 가운의 옷깃을 움켜쥔 채로 기침을 하듯 웃었다.

레미는 천천히 아델만 국왕에게로 다가갔다. 그녀는 작고 납작한 촛불 위에서 따스하게 데워져 있는 차를 잔에 따라서 국왕에게 건네주었다. 신맛이 감도는 알싸한 향기를 뿜어내던 차는 적갈색으로 찰랑거렸다.

그녀는 그것이 어떤 차인지는 알지 못했다. 단지 쇼가 처방해 준 차라는 것에 믿음을 갖고 있었다. 쇼는 시종을 불러 그녀로서는 알아듣기 힘든 종류의 몇 가지를 주문했다. 그의 말에 의하면 이 차는 기침을 멎게 만들고 체내의 독소를 최대한 빨리 배출하도록 하는 기능을 한다고 설명했다. 실제로 어제 오후부터 엄청난 양의 이 차를 마신 아델만 국왕은 여전히 창백하고 각혈을 했지만 적어도 기침은 눈에 띄게 줄어 있었다.

"자네라면 그 상황에서 어떻게 했을 텐가?"

"도망쳤습니다, 국왕이시여."

레미는 희미하게 웃으며 찻주전자를 다시 촛불 위에 올려두었다.

아델만 국왕은 쓰게 웃으며 차를 마셨다. 그는 잠시 동안 눈살을 찌푸리다가 다시 차를 마시기 시작했다. 정상적인 사람이라면 한 모금을 마시는 것만으로도 그대로 뱉어버릴 만큼 지독한 맛이었다. 시큼하면서 쓰고 알싸한 차맛은 자극적이었고 구역질을 불러왔다. 아델만 국왕은 그런 차를 묵묵히 표정 하나 변하지 않고 참을성있게 마셨다. 시험 삼아 그 차를 마셔봤다가 뱉어낸 전력이 있던 레미는 아델만 국왕의 조용한 인내력에 감탄했다.

“이 끔찍한 차도 계속 마시니 나쁘지는 않군. 자네는 정말 뛰어난 동료를 두었더군. 웬만한 의사보다 솜씨가 좋아.”

“독에 관련된 문제에 한해서만 그런 걸로 알고 있습니다, 국왕이시여.”

“뭐 어쨌거나 나로서는 고마운 일이로군. 근데 다른 동료들은 지금 뭐 하고 있는가? 말뿐인 치하라도 하고 싶은데.”

“수줍음을 많이 타는 성격들이라서요. 사람 죽이는 걸 좋아해서 그런 상황을 즐기는 것뿐이라고 말할 겁니다.”

레미는 희미하게 흔들리는 미소를 지었다.

기적적으로 맑은 하늘에서는 기적적으로 맑은 햇살이 쏟아져 내렸다. 쇼는 넓은 테라스—구조적으로는 테라스였지만 일개 백인대가 나란히 정렬할 수 있을 만큼 넓었다—구석에 의자를 가져다 두고서 그 햇살을 만끽하고 있었다. 지난밤의 악몽 같았던 살육의 증거를 지우기 위해서 병사들이 바쁘게 뛰어다니는 소란스러움에 잠긴 사자성에서의 기묘한 평화였다. 커다란 물통과 빳빳한 솔을 든 병사들은 사자성 안팎으로 낭자한 핏자국을 지우기 위해서 아침부터 분주하게 뛰고 있었다. 저 아래 어디에선가 병사들이 솔질하는 소리가 쇼에게 들려왔다.

쇼는 칙칙하고 더러운 대리석 난간에 두 발을 올려두고 눈을 감고 있었다. 핏자국을 말끔히 닦아낸 그의 롱 소드는 의자의 팔걸이에 기대어 있었고, 아델만 국왕이 하사해 준 고급스러운 옷을 입고 있었다. 그는 마치 햇살을 즐기며 잠들어 있는 듯이 보였지만 왼팔이 소리없이 움직여 눈가에서 귀찮게 구는 머리칼을 쓸어 넘겼다. 지극히 단조롭고 멍청한 표정의 그는 어딘지 평소와 많이 달랐다.

'이래도 좋은 걸까?'

그는 스스로에게 자문했다. 하지만 스스로에게 쉽게 자답하지는 못했다. 그는 애초부터 해답이 없었던 질문을 던진 자신을 비웃었다. 잘 단련된 그의 귓가로 소리가 들려왔다. 갑옷을 입지 않아 가벼운 데다 발끝을 가볍게 끌듯이 낮고 빠른 중심 이동을 하는 발걸음이었다.

동료들의 걷는 습관을 모두 기억하는 쇼는 그 발소리의 주인공이 누구인지 알 수 있었다. 그 발자국 소리가 의자 가까이까지 왔을 때 쇼는 징을 박은 부츠가 내는 특유의 소리를 구별했다.

"한가롭게 일광욕이라니."

"시비 걸려고 온 거냐?"

쇼는 눈을 감은 채 대꾸했다. 이언은 대리석 난간에 위태롭게 걸터앉았다. 그는 축축하고 뜨거운 공기를 천천히 들이마셨다. 그리고는 쇼에게 오갈 데 없는 질문을 불쑥 던졌다.

"먹을래?"

밑도 끝도 없는 그 황당한 질문에 쇼는 천천히 눈을 떴다. 그는 먼저 갑작스러운 햇살에 눈이 부셔 미간을 잔뜩 찡그렸다. 그리고 시력이 돌아오자 이언을 바라보았다.

이언은 들고 있던 쟁반을 대리석 난간에 올려두었다. 대리석 난간의 폭은 50센티에 달했지만 표면이 거칠고 울퉁불퉁했기 때문에 쟁반은 좀 위태롭게 보였다.

"뭐냐, 그건?"

"정체 불명의 생선을 식초와 소금에 번갈아 절여놓은 거, 그리고 호밀빵이야. 에피가 챙겨주던데? 네 녀석이 배가 고플 거라면서."

근위대의 내분은 생각 이상으로 치열하고 처절했고, 그 속에서 튜멜 일행은 스스로를 지키기 위해서 전력을 다해야 했다. 먼동이 트고 간신히 전투가 멎었을 때 아침 식사를 준비할 정신을 가진 사람은 아무도 없었다. 병사들은 꼬박 밤을 새우며 싸운 피로도 잊은 채 시체들을 치우고 핏자국을 지우기 위해—국왕이 머무는 왕성에 핏자국을 남겨두는 것은 있을 수 없는 일이었다—분주하게 뛰어다녔고, 튜멜 일행은 간신히 피에 젖은 몸을 씻을 기회를 얻을 수 있었다.

가장 체력이 약한 튜멜은 몸을 씻자마자 그대로 쓰러져 잠들어 버렸고, 파일런은 묵묵히 그를 침실로 질질 끌고 가 침대 위에 던져 버렸다. 항상 지치지 않는 기력을 자랑하는 레이드와 에피 부녀는 아무도 아침 식사를 차려줄 기미가 없자—그런 일을 지시할 사람도, 요리를 만들 정신이 남아 있는 무딘 사람도 없었다—아예 조리실로 쳐들어갔다.

간신히 근위대의 내분에 휘말려 죽는 사태를 모면했다고 안도하는 요리사들은 검과 몽둥이를 들고 쳐들어온 부녀의 모습에 기겁을 했다. 그리고 부녀는 만족스럽게 식사를 마쳤다.

"그 정신 나간 계집애는 신경이 뭘로 만들어진 거냐? 도무지 이해할 수가 없어."

"상관없잖아? 넌 배가 안 고프냐?"

이언은 갖고 있던 단검으로 칙칙한 회색 호밀빵을 절반으로 잘라 기름기와 식초로 번들거리는 초절임 생선을 가운데 끼웠다. 이름을 알 수 없는 한 뼘 길이의 민물 생선은 은어처럼 은빛으로 반짝이는 비늘을 갖고 있었다. 머리와 내장을 떼어내고 절반으로 잘라 식초와 소금에 번갈아 절여둔 초절임은 발트하임 같은 내륙 국가에서는 거의 유일하게 먹을 수 있는 생선 요리였다. 푸석거리는 빵 사이에 초절임 생선을 끼운 이언은 손가락에 묻은 식초를 입으로 빨면서 그 신맛에 어깨를 움츠렸다.

"배고픔에는 익숙해져 있으니까."

쇼는 시큰둥하게 대답하고는 은어처럼 보이는 생선을 집게손가락을 들고서 미심쩍은 얼굴로 찬찬히 살펴보았다. 바다가 없는 베일 태생인 그는 생선 요리는 익숙하지도 않았고 별로 좋아하지도 않았다. 그는 혀를 차면서 자신의 단검으로 빵을 잘라 초절임 생선을 끼워 넣었다.

"난 고아 출신이라 어려서 수도원에서 자랐지."

쇼는 빵과 초절임 생선을 함께 베어먹으며 중얼거리듯 말했다.

"말이 좋아서 수도원이지, 수도원에서 자라는 고아들은 그렇게 행복하지 못해. 정확하게 말하면 그건 지옥이었어. 아마 한 5살쯤에 거기 들어갔던 것 같은데 17살에 거기서 도망쳐 나올 때까지 12년 동안 빵이란 건 한 번도 구경해 보지 못했어. 아침에는 썩은 양배추로 끓인 멀건 수프 한 접시가 전부였고, 저녁에는 가축 먹이로 쓰는 밀겨로 만든 역겨운 죽 한 그릇이 나왔지. 그게 하루 식사의 전부였어. 그나마도 두 그릇은 절대 주지 않기 때문에 앉은 그 자리에서 재빨리 먹어치우지 못하면 힘센 놈들에게 뺏겨. 한번은 덩치를 믿고 내 그릇을 빼앗으려는 녀석의 눈을 숟가락으로 찔러 애꾸눈으로 만들어 버렸지. 그런 세계였어."

쇼는 마치 남의 이야기를 하는 듯이 담담하게 자신의 과거사를 말하며 묵묵히 빵과 생선을 씹었다. 조용하게 자기 몫으로 들어온 식사를 하고 있었지만 그 고요함과는 대조적으로 그가 먹어치우는 속도는 놀랄 만큼 빨랐다.

이언은 시큰둥하고 차가운 얼굴로 눈 한번 깜박거리지 않은 채 무

신경하게 듣고 있었다. 튜멜이라면 그 수도원의 이름을 물으며 신앙의 의미를 시끄럽게 떠들었을 것이고 레미였다면 눈물을 흘렸을지도 몰랐다. 하지만 쇼는 이언의 냉정하고 싸늘한 이기적인 태도가 더 마음에 들었다.

"미안하군. 난 좋은 집안에서 태어나 호의호식하면서 어린 시절을 보냈다. 7살 때부터 아버지에게서 어떻게 하면 효과적으로 사람을 죽일 수 있는지를 배웠다는 것을 제외하면 괜찮은 집안이었지. 근데 그런 것만 먹고도 용케 살아남았군."

"수사들 몰래 풀뿌리, 나무 열매, 음식 찌꺼기, 쥐, 벌레… 이런 것들을 닥치는 대로 먹었지. 배가 고팠으니까. 그럴 용기가 없는 놈들은 1년도 견디지 못하고 죽어버리지. 게다가 6살이 넘으면 하루 종일 수도원에서 밭일을 해야 해. 하루는 너무 배가 고파서 밭에서 캐낸 감자를 몰래 먹어치웠어. 흙조차 털어낼 여유도 없었어. 당연히 그 광경을 목격한 수사는 고래고래 고함을 지르며 몽둥이로 나를 때렸지. 정말 그때는 아픈 것도 몰랐어. 그 흙투성이 감자 한 알을 먹어치우기 위해 버둥거렸거든. 그걸 다 먹었을 때, 나는 수사의 몽둥이에 맞아 한쪽 다리가 부러졌다는 것을 깨달았어. 지금도 다리에 흉터가 남아 있지. 절름발이가 되지 않은 건 하늘이 도왔던 거야. 덕분에 나는 음식을 가지고 투정을 부리지 않아. 뭐, 가끔은 농담 삼아 그러기도 하지만. 그리고 이런 배고픔에 너무나 익숙해져 있지."

쇼는 대리석 난간 위에 올려진, 오래전 어린 시절에 부러졌었던 다리를 물끄러미 바라보면서 손에 묻은 기름기를 닦아냈다.

"멋진 어린 시절을 보냈군."

"용이 스카우터가 되고 나서부터는 밥 굶을 일은 없어서 좋았지.

세상 사람들 모두가 굶어도 하이 스카우터와 용병들 밥은 굶기지 않는다는 말이 있잖아? 그래서 용병이 될까 하다가 하이 스카우터가 된 거야. 정말로 밥은 굶기지 않더군. 하루에 한 번씩은 고기를 먹었으니 말이야. 거의가 근무 시간에 사냥하러 다니는 고생을 했던 결과지만……."

쇼는 입가에 묻은 기름을 소매로 쓰윽 닦아내고는 조금 허무한 웃음을 지었다. 이언은 아직까지 자신의 빵을 미처 먹어치우지 못하고 있었다. 가늘게 뜬 쇼의 시선은 강 쪽에서 불어온 바람에 펄럭이는 왕실 깃발을 바라보고 있었다.

"그래서 그랬는지 예전부터 귀족들을 보면 이가 갈렸어. 그런 세계도 존재한다는 것을 상상도 못하는 녀석들이 잘난 척하고 자신은 고귀한 인간인 것처럼 구는 게 역겨웠지. 그래서 참 많은 귀족들을 죽여왔지."

"…하이 스카우터 주제에 귀족을 죽일 기회가 많았다고?"

이언은 저의를 알 수 없는 깊은 눈동자로 차갑게 쇼를 내려다보면서 물었다. 언제나 이언의 말투에는 예리한 가시가 돋쳐 있었고, 그의 시선에는 얼음보다 차가운 섬뜩함이 맴돌고 있었다. 쇼는 이언의 입가에 머무는 기분 나쁜 냉소가 짜증스러워졌다. 그는 무의식적으로 변명을 늘어놓기 시작했다.

"그, 그야… 왕실 반란이나 잡다한 이유로 국경을 넘어 도망치려는 작자들이 제법 많았으니까… 그런 놈들을 곱게 죽이는 것도 하이 스카우터들의 임무였어."

"그렇겠지, 아마도……."

"근데 아낙스 양을 보고 있노라면 좀 다른 생각을 갖게 하더군."

이언은 쇼가 불쑥 레미를 거론했을 때 전혀 놀라지 않았다. 쇼가 튜멜이나 레미에게는 적당한 거리를 두고 있다는 사실은 누구나 알고 있었고 당사자들도 이미 깨닫고 있었다. 쇼가 친하게 지내는 사람은 레이드뿐이었고, 그나마 에피와 이언은 거리감이 좀 덜한 편이었다.

"아낙스 양과 튜멜 남작을 어떻게 생각하나?"

"성질 나쁜 노처녀와 어설픈 바보 남작. 환상의 커플이지."

이언은 추호의 망설임도 없이 그렇게 대답했다. 쇼는 문득 이언이 다른 사람들을 어떻게 생각하는지 궁금해졌다.

"그럼 다른 사람들은?"

"걸어다니는 성채, 미련한 도박꾼, 정신없는 계집애, 미친 마녀."

"그러면 나는?"

"눈먼 칼잡이. 아주 위험하지."

"죽을래?"

쇼는 아주 조용하게 발끈했다. 그는 이를 갈면서 이언을 노려보았다. 당장이라도 검을 뽑아 이언의 심장을 찔러도 이상하지 않을 분위기였다.

눈먼 칼잡이라는 말은 아군도 적군도 구별 못하고 무분별하게 검을 휘두르고 보는 인간을 지칭하는 말이었다. 실컷 찌르고 보니 아군이었다… 라는 식의 존재를 비꼬는 말이었다.

"하여간……."

쇼는 한숨을 쉬면서 다시 의자에 몸을 파묻었다.

"어쨌거나 두 사람은 내가 지금까지 봐왔던 귀족들과는 다르더군. 특히 아낙스 양은 대체 무엇 때문에 그렇게 몸을 사리는지 모르겠지만, 뭐 나 같은 인간이야 죽어도 이해 못할 이유일 거라고 봐. 하여간 뭔가가 달라."

쇼는 눈을 감았다. 여행을 하는 동안에 그는 튜멜과 레미가 일행들 속에서 얼마나 방해가 되는 존재인지 절실히 깨달았다. 일단 전투에 돌입하면 그들 두 사람은 일행 모두에게 정말 위태로운 약점이었다.

전투라는 것은 결과를 전혀 예측할 수 없기 때문에 눈 감고 하는 주사위 도박과도 같았다. 30년 동안 수없는 전투를 경험한 최강의 기사가 처음 전투에 참전한 이름없는 병사의 창에 찔려 죽음을 당하는 예는 무수하게 많았다.

대륙 최강의 기사라고 불사신은 아니었고, 절정에 달한 그들의 기교와 경험들도 한낱 어이없는 눈먼 창끝에 무너지는 경우가 아주 흔했다. 그렇듯 결과를 예측할 수 없는 전투 속에서 스스로를 지키는 것도 힘든데 타인을 지킨다는 것은 정말 어이가 없는 일이었다.

하지만 쇼는 그들을 결코 귀찮은 짐이라고 여기긴 힘들었다. 튜멜 남작은 항상 그에게 기본적인 예절도 모르는 무례한 놈이라고 신경질을 냈다. 그러면서 그는 끊임없이 쇼에게 그 예절을 가르치려 들었다. 쇼가 그 예절들을 배우려고 하는지는 튜멜에게 전혀 중요하지 않았다. 튜멜은 쇼가 당연히 알고 있어야 하는 것을 모르고 있는 것이라고 판단하고 있었다.

쇼는 지난 경험을 비추어 그런 귀족을 만난 적이 있었는지 자문해 보았다. 튜멜은 비록 모른다는 사실에 대하여 화를 냈고, 지독하게 짜증스러운 설교조였지만 그에게 무언가를 가르치려 들었다. 그가 알고 있는 귀족들이란 그를 무식하고 더러운 놈으로 치부하고 말았지 왜 그렇게 생각하는지를 설명해 주지는 않았다.

그리고 쇼는 마지막 불침번을 서고 밤이슬에 흠뻑 젖은 채 아침을 맞이했을 때 조용히 수건을 건네주던 레미의 미소를 기억했다.

"미안해요, 도움이 되지 못해서."

그녀는 축축하게 젖은 자신에게 수건을 내밀며 그렇게 말했었다. 그는 그때 솔직히 당황했었다.

뭐가 미안하다는 것인가? 그는 당연해야 할 것이 당연하지 않게 받아들여지는 것에 당황했다. 그러고 보면 그녀는 유난히 미안하다는 소리를 자주 했다.

"미안해요, 먼저 식사를 했어요."

"미안해요, 먼저 씻을게요."

"미안해요, 번거롭게 해서."

그는 이들과 함께 여행을 하기 전까지 자신의 인생에서 듣던 것보다 더 많은—그는 문득 그전까지 타인에게 미안하다는 말을 들은 적이 있는지 더듬어보았지만 기억이 나지 않았다—횟수의 미안하다는 소리를 레미 혼자에게서 들었다.

쇼는 타인에게서 미안하다는 말을 듣는 것이 이렇게 묘한 기분이었는가를 처음으로 배웠다. 그는 그 묘한 기분이 싫었다. 그래서 쇼는 레미와 어느 정도 거리를 두고 행동했다. 그녀에게서 미안하다는 말을 듣는 것이 어쩐지 어색했기 때문이다. 그리고 그녀가 동료들에게 '미안해요' 만큼이나 자주 하는 말은 '고마워요' 였다. 쇼는 그 말도 어색했다.

그는 태어나서 처음으로 레미 아낙스라는 여자가 어떤 인생을 살아 왔는지 궁금하다고 생각했다. 그녀가 어떤 삶을 살며 어떤 인간들을 만나왔는지 의문이 들었다.

처음에 그는 자신이 레미를 사랑하는 것이 아닌가 하고 당황했었다. 하지만 곰곰이 생각해 본 결과 그는 그것이 '사랑' 은 아니라고 확신할 수 있었다. 그는 태어나서 한 번도 여자를 사랑해 본 적이 없었다. 하지만 그것이 사랑이 아니라는 것은 확신할 수 있었다. 좀 더 시간이 지난 후에야 그는 그 감정의 정체를 알 수 있었다.

"만약에 말이야……."

한참 동안 입을 다물고 생각에 잠겨 있던 쇼는 조심스럽게 입을 열었다. 잿빛 구름이 잠깐 동안 해를 가렸고 두 사람에게 짙은 그늘을 드리웠다. 쇼는 갑작스러운 어둠에 당황하여 하늘을 올려다보다가 한숨을 내쉬었다. 그리고 다시 말을 이어 나갔다.

"어쩔 수 없이 동료를 죽여야 하는 상황이라면 넌 어떻게 할 거지? 다른 대안은 없어. 그게 임무가 되었든, 또 다른 동료를 살리기 위해서였든. 넌 그때 어떻게 할 거지?"

쇼는 탐색하는 눈으로 이언을 바라보며 물었다. 이언은 쇼의 예상대로 전혀 망설이지 않았고 쉽게 대답을 했다.

"당연히 죽여 버리겠지. 난 그런 걸로 고민하지 않아. 죽여야 한다면 내 가족도 죽일 수 있어. 난 그런 인간이니까."

"그런 대답이 나올 줄 알았다."

쇼는 다시 눈을 감으며 조용히 웃었다. 이유 모를 안도감이 따스한 기운처럼 그의 몸을 나른하게 만들어주었다.

〈7〉

"정말 어이가 없어."

갈렝(Gallant) 남작은 허탈하게 한숨을 쉬면서 눈썹을 꿈틀거렸다. 따가운 햇살이 그의 반듯한 이마 위로 쏟아져 내렸다. 멋지게 나이를 먹었다는 평가가 어색하지 않는 모습을 가진 중년 귀족인 갈렝은 팔짱을 끼고 서서 물끄러미 성벽 아래를 내려다보았다.

"이, 이제 어떡하실 겁니까, 영주님?"

경비대장은 불안한 목소리로 물었다. 갈렝은 무거운 시선으로 고개를 돌려 성벽 위에 서 있던 병사들을 둘러보았다. 그와 시선과 마주친 병사들은 찔끔 놀라며 고개를 돌렸다. 병사들은 차가운 땀방울이 목덜미를 적시는 고통을 참고 있었다. 호기롭게 창대를 꼬나 쥐었던 병사들도 이제는 갈렝의 눈치를 보고 있는 상황이었다. 가슴 밑바닥에서 스멀스멀 기어 올라온 공포가 병사들의 어깨에 올라타면서 습하고 끈적거리는 숨결을 내뿜었다. 오랫동안 근무했던 나이가 지긋한 병사들마저 평소에 보여주던 그 믿음직스러운 모습을 보여주지 못했다.

갈렝 남작에게 두통을 안겨주고 병사들의 전투 의욕을 꺾어놓은 상대는 한 치의 흐트러짐도 없었다. 아침 햇살이 교회 종탑의 모서리에 걸릴 무렵에 나타난 그들은 성벽 근처에 집결해 있었다. 언제나 소란스럽던 도시는 유령 도시처럼 조용했고, 눈치없는 비둘기들만이 정적을 깨며 하늘을 날았다.

아침부터 사정없이 쏟아져 내리는 뜨거운 햇살을 그대로 받으며 한 점 그늘도 없는 곳에 서 있는데도 병사들은 전혀 동요하지 않았다. 전령을 의미하는 띠를 두른 병사들이 반듯하게 도열한 병사들 사이를 달렸고, 백인대장들이 매 시간 휘하 병사들의 대열을 점검했다. 누가 봐도 철저하게 훈련된 병사들의 모습이었다.

성벽에서 화살을 쏘아 올린다면 고스란히 뒤집어써야 하는 거리인데도 그들의 얼굴에는 불안이나 걱정이 없었다. 그들은 지극히 무표정한 얼굴로 묵묵히 자신의 자리를 지켰다. 이 무시무시한 신경전을 벌이는 동안에 갈렝 남작의 병사들은 빠르게 사기를 소모해야만 했다.

그들은 전혀 공격할 기미가 없었고, 그렇다고 공성전을 앞두고 성벽의 취약지를 찾지도 않았다. 그저 묵묵히 서서 시간을 소모하고 있었다. 공성전을 벌이기에는 턱없이 부족한 병력이었지만, 오전 내내 그들과 마주한 갈렝 남작의 병사들은 모든 면에서 유리한 입장인데도 오히려 불안감을 느끼고 있었다. 성벽 위에서 농성전을 대비하던 병사들의 머리 속에서 서서히 '어째서'라는 의문이 맴돌기 시작했다.

누가 봐도 전술적으로 유리한 상황이었다. 그런데 우리는 왜 불안한 걸까? 저들은 어째서 저렇게 위험한 거리까지 접근했는데도 태연한 걸까? 혹시 어딘가에 숨겨둔 병력이 지금 이 시간에도 꾸준히 이 성벽을 공략할 준비를 하고 있는 것은 아닐까? 그렇다면 우리가 저들을 그냥 지켜보고 있는 건 더욱 위험한 건 아닐까?

병사들의 머리 속에서는 그런 상념들이 빠르게 밀려들었다. 전투에 앞서서 잡념이 많아지면 결정적으로 집중력이 흐트러진다. 갈렝 남작의 병사들은 지금 그런 위험에 빠져 있었다.

갈렝 남작의 병사들은 많지 않은 숫자였지만 영주의 성을 방어하는 데는 충분한 숫자의 병력이었다. 갈렝 남작은 오전 내내 성벽의 정면에 도열한 병사들의 저의를 고민하고 있었고, 병사들은 불안스러운 눈으로 서로의 눈치를 살폈다.

그는 유능하지는 않았지만 무능한 영주도 아니었다. 적의 전력도 파악되지 않은 상황에서 눈에 보이는 적이 전부라고 생각하며 싸움을 거는 만용을 부리지는 않았다. 갈렝 남작은 팔짱을 끼고 서서 묵묵히 언덕 아래에 진을 짜고 있는 병사들을 바라보았다.

"역시 공격을 하지 않는군요. 머리가 몸보다 앞서는 영주라는 소리가 맞나 봅니다."

룰러프 시펠 대위는 관측이 용이한 언덕에 서서 그렇게 말했다. 따가운 한여름의 햇살을 막기 위해 챙이 넓은 헌병대 가죽 모자를 눌러 쓴 그는 수통을 기울여 미지근한 물을 마셨다.

"병사들의 상태는?"

"방금 전에 점검이 끝났습니다. 라 루즈에서 오랫동안 휴식을 취했기 때문에 문제는 없습니다. 오히려 좀 근질근질한 모양입니다."

크림발츠 헌병대 대장 켓셀 아마인 중령은 팔짱을 끼고 묵묵히 성벽을 바라보았다. 그는 이따금씩 제복의 옷깃을 추스르며 목덜미의 흉터가 드러나지 않도록 신경 쓰고 있을 뿐 거의 움직이지 않았다.

"놈들이 동요하는군."

"이제 슬슬 힘들겠죠. 오전 내내 이러고 있었으니 불안할 겁니다."

아마인은 입을 다물고 조용히 성벽을 노려보았다. 공격 명령을 내릴 거라고 기대했던 시펠 대위는 속으로 혀를 차면서 다시 수통의 물을 마셨다.

제복 위에 입은 갑옷이 햇볕에 달아올라 괴로웠기 때문에 시펠 대위는 그늘에 길게 누워서 한숨 자고 싶었다. 하지만 직속 상관인 아마인 중령이 오전 내내 그늘 한 점 없는 언덕 꼭대기에 서 있는 이상 부관인 그가 요령을 피울 수는 없었다.

'신나게 싸울 수 있는 부대라고 생각했는데 전투다운 전투는 한 번도 못하고 고생만 죽어라 하는군. 짜증나.'

시펠 대위는 모자가 만들어준 그늘 속에서 미간을 잔뜩 좁힌 얼굴로 수통의 물을 벌컥거리며 마셨다. 하지만 그는 결코 아마인에게 쓸데없는 소리를 지껄이고 싶지는 않았다.

크림발츠 왕실 근위대 장교 출신인 아마인의 배후에 민트 케언 칙명관이 있다는 사실은 공공연한 비밀이었다. 그런 엄청난 배후를 가진 상관에게 밉보였다가는 군 생활은 둘째 치고, 과연 크림발츠에서 목숨을 부지하며 살아갈지조차 의문이었다.

차갑고 지독하게 융통성없는 아마인은 장교라고 특권을 누리며 해이해지는 것을 절대로 용납하지 못했다. 켓셀 아마인 중령은 일선 병사들에게는 친절했고, 백인대장들에게는 겸손을 보였고, 상급 지휘관들에게는 악마 같은 인물이었다.

시펠 대위가 유난히 더위를 타며 힘들어하는 것은 그런 아마인 곁에서 하루 종일 서 있어야 했기 때문이었다.

"이제 어쩌실 예정입니까?"

"조금 더 기다린다. 조만간 지쳐서 제풀에 쓰러질 거다."

"네, 알겠습니다."

'그전에 제가 먼저 쓰러지겠습니다, 중령님.'

물론 시펠 대위는 그런 말을 입에 담을 정도로 대범하고 영웅적인 성격은 아니었다. 그는 다시 한 번 수통을 기울여 물을 마셨다. 미적지근한 물은 그를 자꾸만 짜증스럽게 만들었다.

'더 이상 봐주지 않고 도려내겠다는 것일까?'

갈렝 남작은 솔직히 크림발츠 육군 헌병대라는 군대가 뭐 하는 군대인지는 몰랐지만, 적어도 그들이 어째서 자신의 영지로 진군해 들어왔는지는 알고 있었다.

몇 달 전부터 이곳 오제를 중심으로 공공연하게 나돌기 시작한 마약초 때문이었다. 아직까지 평민들에게는 크게 유포되지 않았지만 오제의 영주인 갈렝 남작이 생각하기에도 이제는 위험 수위를 넘고 있었다. 대대적인 수색과 점검을 통해 관련자들을 처벌하고 있었지만 점 조직으로 운영되는 마약초 유통 경로를 뿌리째 근절하는 것은 불가능했다.

게다가 오제의 영주가 녹해로부터 마약초를 들여와 위디렌 강을 이용하여 수송한다는 소문이 수도를 중심으로 나돌고 있었다. 오제는 그 수상한 약초의 중간 거점이라는 이야기였다. 오제는 녹해의 거대

항구 상도뉴에서 위디렌 강을 거슬러 올라갈 때 필연적으로 거쳐 가는 중계 도시였다. 라 루즈가 수도 하리야나의 수상 진출 교두보적인 성격이 강하다면 오제는 중부 지방 전체를 대상으로 하는 중계 도시였다.

오제에서 동쪽으로는 크림발츠의 식량 창고라고 부를 수 있는 루아르 지방의 밀평원(Wheat Plain) 지역으로 진출이 가능했고, 서쪽으로는 와인 제조로 유명한 투앙 지방으로 진출할 수 있었다.

상도뉴는 크림발츠 최대의 항구 도시였고, 녹해의 식민지 실리 섬에서 가장 가까운 대형 항구였다. 그래서 실리 섬과 남쪽 대륙 식민지로부터 들어오는 모든 화물들은 상도뉴에서 하역되었고 목적지에 따라 분류되었다. 여기서 투앙 지방으로 향하는 대부분의 화물들은 다시 배에 선적되어 클레르상트나 생 나엘, 캥페르(Quimper) 등의 항구 도시로 향했고, 크림발츠 중부나 북부 산악 지방으로 향하는 화물들은 일단 오제까지 강을 거슬러 올라와 오제에서 육로로 수송되었다. 그렇게 때문에 오제는 옛날부터 육로의 수로가 집결되는 거점 도시였다. 오제는 원래 백작령이었는데 갈렝 백작의 사후, 아직 아버지의 귀족 지위를 승계받지 못한 갈렝 남작이 현재 이곳을 소유하고 있었다.

주세펜 오제 갈렝(Jusepern Auxe Gallant) 남작은 슬며시 입술을 깨물었다. 그는 크림발츠 헌병대의 병사들을 보면서 어째서 아버지가 죽은 지 반 년이나 지났는데도 자신에게 백작 지위가 승계되지 않았는지 이해한다는 표정을 지었다. 그는 그동안 수도에 몇 번이나 편지를 보냈고, 직접 르빨 소 생 마리 백작을 찾기도 했었다. 하지만 그는 여전히 자신의 문장에 남아 있는 십자가(Cross:적자 장남을 의미)를 떼어낼 수 없었다.

갈렝 남작은 고개를 들어 성벽의 감시 망루 지붕에서 휘날리는 문장기를 올려다보았다. 오제 영지의 깃발과 함께 휘날리는 갈렝 가문의 문장기에는 뚜렷한 십자가가 각인되어 있었다.

'내 영지 주변에서 나도는 마약초를 핑계로 백작 승계를 미루는 거야. 나에게 오제를 넘겨줄 수 없다는 의미겠지? 내 아버지가 소 생 마리 백작의 오랜 친구이기 때문에? 그런가, 케언 칙명관?'

갈렝 남작은 요즘 정세가 심상찮다는 것을 느끼고 있었다. 소문에 의하던 여왕 폐하는 슬픔의 탑에 칩거한 채 누구와의 알현도 전부 거부하고 있었고, 칙명관 암살이라는 엄청난 음모를 꾸미던 왕자 파는 아헨디스 자작이 밤늦게 귀가하던 칙명관을 습격했던 사건을 계기로 와해되었다. 다수의 과격한 왕자 파 귀족들이 처형되었고, 단순 가담자들은 서둘러 수도를 탈출해 국외로 도망쳤다.

게다가 수도에는 한때 '악마'라는 정체 불명의 살인자들이 나타나 내성에 거주하는 귀족들을 습격했다는 소문도 있었다. 케언 칙명관은 그 악마에게 사랑하는 조카를 잃고 혼절까지 했을 정도였다. 건강하고 대범한 그가 거품을 물고 쓰러졌다는 일화는 평민들까지 알고 있을 정도로 유명했다.

갈렝 남작은 그런 소문에 흥미롭게 귀 기울일 여유가 없었다. 크림발츠의 군인들 사이에서 마약초가 나돌기 시작했고, 그 배후로 자신의 이름이 지목되고 있었다. 게다가 오제를 중심으로 하는 해적들이 하천 화물선을 습격하는 사건이 폭증했다. 갈렝 남작은 해적들을 소탕하려고 몇 번이나 병사들을 동원했지만, 위디렌 강은 오제를 지나면서부터 지류가 많아졌고 으슥한 습지대와 깊숙한 강어귀가 많았다. 해적들은 그 와중에도 느리지만 꾸준한 속도로 세력을 확장하고 있었다.

갈렝 남작은 그 해적들이 자연 발생적인 집단이라고는 보기 힘들었다. 그는 많은 돈과 시간, 그리고 결속력이 약한 해적들을 규합하기에 충분한 역량을 가진 지도자가 있어야만 그런 일이 가능하다는 것을 알고 있었다. 군대 출신자가 아니면 불가능한 일이었다.

칙명관이 집권하면서 루아르 지방과 쇼앙트 지방을 중심으로 옛날부터 고질적인 문제가 되던 산적과 도적들이 토벌되었고, 대규모 국가 사업을 벌이기 시작하면서 도적들의 세력까지 노동 인력으로 흡수되었다. 애초부터 먹고 살기 힘들어서 도적의 길로 들어선 자들이 태반이었기 때문이다. 하지만 오제를 중심으로 하는 지역에서는 오히려 도적과 해적들이 늘어나고 있었다.

그는 무능한 영주는 아니었지만 그에게 닥친 과제들은 한결같이 일개 지방 영주의 역량을 능가하는 일들이었다. 그는 몇 번이고 수도에 병력 파병을 요청했지만 그의 요구는 묵살되었다.

'빌어먹을!'

그는 이마를 짚으며 눈살을 찌푸렸다. 소 생 마리 백작은 그의 아버지 갈렝 백작의 오랜 친구였고, 아버지가 죽은 후 그는 아버지의 인맥을 존중하는 의미로 소 생 마리 백작에게 적지 않은 액수의 기부금을 지불했다.

그는 에피온 후작의 집권은 관심이 없었지만 아버지의 뜻을 존중하고 있었다. 그는 야심이 없었고 자신이 물려받은 현실이 움직이는 것 또한 원치 않았다. 갈렝 가문의 외아들로 태어나 당연하게 영지를 상속받았으니, 이제는 그 영지를 무리없이 운영하는 걸로 족했다. 하지만 현실은 전혀 그렇지 못했다.

갈렝 백작이 죽자 기다렸다는 듯이 사건들이 터져 나왔고, 무능하지 않았던 그로서도 자체 수습이 불가능했다. 하지만 소 생 마리 백작은 그의 생각처럼 쉽게 군대를 움직여주지 않았다. 수도와 베르뉘에는 분명히 중앙 기사단 예비 연대가 주둔하고 있었고, 그 예비 연대라는 것은 바로 이럴 때를 위한 군대였다.

귀족원의 수장으로 있는 소 생 마리 백작이라면 분명히 귀족원으로부터 '중앙 기사단 운용 제안'을 의결할 수 있을 터였다. 칙명관은 별다른 이유가 없는 한 그 제안을 승인할 것이고, 총기사단장 또한 소 생 마리 백작 측 사람이니 예비 연대 운용에는 아무런 문제가 없었다. 그는 그렇게 간단한 문제가 몇 달씩 지연되는 이유를 대충은 알고 있었다.

소 생 마리 백작이 에피온 후작을 국왕으로 추대하기 위한 파벌의 정점에 있는 존재라는 것은 공공연한 비밀이었다. 칙명관은 여왕의 남편이었기 때문에 당연히 현재 치세 중인 여왕의 편이었고 백작과 대립 관계에 있었다.

갈렝 남작은 게다가 얼마 전에 여왕의 창기병 참모부가 소집되었다는 소문을 들었다. 그 소문이 진짜인지는 확인할 길이 없었지만 만약에 사실이라면 심상찮은 일이었다.

참모부가 만장일치로 의결을 하면 바로 크림발츠 최강의 군대, 국왕 친위대 여왕의 창기병이 임전 태세에 임한다는 의미가 되었다. 창기병이 움직이는 것은 누구도 원치 않았다.

갈렝 남작이 생각하기에 예비 연대가 움직이지 않는 이유는 간단했다. 창기병의 참모부가 소집되고 칙명관의 행보가 민감한 요즘 시국에, 여차하면 자신을 지켜줄 무력인 예비 연대를 섣불리 움직이려 하지 않는 것이 분명했다.

'하지만 어려울 때 도와주지 않는다면 그 많은 액수를 기부한 의미는 뭐지? 애써 파벌에 들어간 이유가 뭐지? 신의를 지키지 않는 가문 따위와 계속 관계를 유지시킬 필요가 없어.'

갈렝 남작은 짜증스러운 기분으로 한숨을 쉬었다. 그리고 고개를 돌렸다. 경비대장은 땀에 젖은 얼굴로 그의 눈치를 살피고 있었다.

"말을 준비해라. 내가 나가보겠다."

"네? 그건 너무 위험합니다!"

"시끄러! 그리고 내 동생을 불러와."

"까셀님을 말입니까? 예… 예이……."

피오니스 까셀(Pyonis Cassel)은 갈렝 남작의 배다른 동생이었다. 까셀은 서자였기 때문에 갈렝이라는 성을 물려받지 못했다.

서자에게는 몇 가지 예외를 제외하면 가문을 승계할 자격이 없었다. 그리고 서자에게도 여러 가지 경우가 있었는데, 우선 후첩이나 두 번째 부인으로 인정받은 여자가 낳은 아들인 경우에는 가문의 성씨를 사용할 수는 있었지만 상속권은 없었다. 그리고 그렇게도 인정받지 못한 여자에게서 태어난 아들은 아버지의 성씨와 상관없는 성씨를 부여받았다. 까셀은 후자의 경우였기 때문에 피오니스 갈렝이 아닌, 피오니스 까셀이 되었다.

갈렝 백작이 해외 원정 중에 현지 여자에게서 얻은 아들이 까셀이었다. 백작은 여자를 데려오지 않았고, 갓 태어난 까셀만을 데려왔다. 그렇기 때문에 까셀은 성을 물려받지 못한 서자가 되었다.

"부르셨나요, 영.주.님?"

갈렝 남작은 못마땅한 눈으로 이복 동생을 노려보았다. 그보다 15살이나 어린, 올해 갓 20살이 된 까셀은 비굴하게 히죽 웃었다. 검은 머리칼에 천성적인 구릿빛 피부를 가진 이복 동생의 얼굴을 보니 갈렝 남작은 욕지기부터 치밀었다.

"이렇게 위태로운 상황인데 팔자 좋게 어디 처박혀 있었던 거냐?!"

"헤에! 그런가요?"

까셀은 휘파람을 불며 고개를 돌려 성벽 저 너머에 집결해 있는 헌병대를 힐끔거렸다.

"정말 위험하군요. 그렇지만 제가 어떻게 감히 영주님 가문의 일에 참견을 하겠습니까? 저 같은 밥벌레는 어차피 쓸모도 없잖습니까?"

퍽!

갈렝 남작의 주먹이 까셀의 턱에 명중했다. 까셀은 한 걸음 물러서며 비틀거렸다. 그는 입 안에 고인 피를 뱉어내며 다시 비굴하게 웃었다.

"때리지는 마세요, 영주님. 제가 맘에 안 들면 그냥 쫓아내는 걸로 충분하시잖아요."

"그 더러운 입을 닫고 똑똑히 들어! 지금부터 내가 돌아올 동안까지 이곳을 맡아라. 만약 내가 돌아오지 못한다면 모든 판단을 너에게 맡긴다. 농성전에 돌입하든 무조건 항복을 하든 네가 알아서 해라."

"예? 제가 어떻게 여길 맡습니까? 전 서자입니다만……?"

까셀은 어이없는 얼굴로 그렇게 말했다. 갈렝 남작은 혐오스러운 이복 동생을 노려보며 으르렁거렸다. 까셀은 어려서부터 행실이 좋지 못했다. 서자라고는 해도 엄연히 영주의 핏줄을 타고났는데도 무언가 훔치다 걸리기 일쑤였고, 20년을 살아오는 동안 내내 빈둥거리기만 했을 뿐 아무것도 하지 않았다. 갈렝 집안에서 그는 말 그대로 밥벌레에 불과했다. 집안의 하인들과 병사들은 까셀의 모계 쪽 핏줄이 워낙 천박해서 그쪽을 타고났다고 수군거리기 예사였다.

"어디를 가시는 겁니까, 영주님?"

"저쪽 지휘관과 담판을 벌일 생각이다. 가족처럼 지내온 내 병사들을 저렇게 잘 훈련된 군대와 싸우게 할 수는 없다. 게다가 여기서 전투를 벌이면 대대로 이곳 오제에서 살아오던 시민들에게도 불똥이 튄다. 갈렝 가문의 긍지를 더럽힐 생각은 없다. 그래서 내가 가는 것이다."

"그래도 영주님이 가시는 건 너무 위험하지 않을까요? 행여 포로로 잡히거나 죽… 뭐, 하여간… 위험하죠. 차라리 제가 가는 편이……."

퍽!

갈렝 남작의 두 번째 주먹이 다시 까셀의 턱에 명중했다. 까셀은 한 걸음 물러서다가 바닥에 나뒹굴었다. 그는 얼빠진 얼굴로 남작을 올려다보았다. 배다른 형은 마치 성벽 감시탑 같은 위엄을 가지고 서 있었다.

"한 번이라도 밥값을 해라! 이런 담판에 서자 따위를 내세울 것 같으냐? 갈렝 가문이 그렇게 우습게 보이냐? 네놈을 내쫓지 않고 이런 일을 맡기는 것은 그래도 우리 가문의 피를 절반이나마 받았기 때문이다. 나를 실망시키지 말아라!"

갈렝 남작은 자신의 롱 소드를 풀어 까셀에게 던져 주었다. 그리고 갑옷을 벗기 시작했다. 까셀은 멍청한 얼굴로 롱 소드를 받아 들었다. 태어나서 딱 한 번 만져 본 기억이 있는 갈렝 가문의 롱 소드였다. 까셀은 문득 어린 시절에 이것을 만졌던 기억을 떠올리며 피식 웃었다.

갈렝 가문의 문장이 찍힌 롱 소드를 만졌다는 죄목으로 두들겨 맞은 까셀은 왼팔이 부러져야 했다. 그가 7살 때 일이었다. 제대로 치료조차 받지 못했던 까셀은 지금도 왼팔을 자유롭게 쓰지 못했다. 그럭저럭 움직이기는 하지만 찻잔보다 무거운 물건은 절대로 들지 못했다. 까셀은 부자연스러운 왼팔로 롱 소드의 검집을 받쳐 들면서 자조적으로 웃었다. 단순히 만졌다는 이유만으로 그의 왼팔을 빼앗아갔던 롱 소드가 이제는 그가 만지기를 강요하고 있었다.

"내가 뭘 시켰는지 기억하겠지?"

갑옷을 벗고 가문의 격식에 맞춰 옷차림을 가다듬던 갈렝은 서슬 시퍼런 말투로 물었다. 까셀은 화들짝 놀라며 일어섰고, 다시 비굴하게 눈치를 보면서 웃었다.

"여이… 영주님, 잘 알아들었습니다요. 헤헤헤."

"그 헤벌쭉한 입 다물고 정신 똑바로 차려! 갈렝 가문이 존속할 수 있을지 없을지도 모르는 상황이다. 재수없게 히죽거리지 마!"

"네, 영주님."

'그래 봐야 갈렝 가문의 일이잖습니까? 전 까셀인데요.'

까셀은 입속으로 웅얼거리며 슬쩍 한 걸음 물러섰다. 갈렝이 또 분을 참지 못하고 주먹을 날릴 것만 같았다. 갈렝은 등을 돌리며 지나가듯 한마디를 내뱉었다.

"넌 언제까지 그렇게 살고 싶은 거냐?"

"……."

까셀이 고개를 돌렸을 때 갈렝은 서둘러 성벽 뒤쪽에 있는 계단을 달려 베일리 쪽으로 내려가고 있었다. 까셀은 이복 형이 베일리에 준비된 말을 타고 성문을 통해 밖으로 나가는 것을 바라보았다. 갈렝이 성문을 통과하자 까셀은 서둘러 성벽 난간 쪽으로 뛰어갔다. 그리고 성벽에 매달려 이복 형이 말을 타고 멀어져 가는 모습을 바라보았다. 뜨거운 바람이 까셀의 이마에 맺혔던 땀방울을 털어냈다. 그는 히죽 웃으며 중얼거렸다.

"당신이 죽으면 내가 이곳 영주가 되는 건가? 그것도 나쁘지 않겠어."

그가 중얼거린 말은 누구의 귀에도 들어가지 못하고 사라져 버렸다. 하지만 까셀은 아주 만족스럽게 웃었다. 모처럼 만족스러운 웃음이었다.

"오제 영지의 영주 주세펜 오제 갈렝이오."

"크림발츠 육군 헌병대 대장 캣셀 아마인 중령입니다."

갈렝이 두 명의 병사들에게 안내를 받아 언덕 위로 올라왔을 때 아마인은 여전히 서 있었다.

"생각보다 멋진 항구 도시군요."

아마인은 그답지 않게 언덕 너머로 보이는 오제 시내를 보면서 말했다. 영주의 성은 시 외곽 지역에 위치하고 있었고, 위디렌 강물이 많은 지류로 갈라지기 시작하는 지점에 항구가 위치하고 있었다. 사태의 심상찮음을 직감했는지 부둣가는 한산했고, 몇 척의 화물선들은 오제에 정박하는 대신에 다시 강을 따라 얼마간 거리를 두고 내려가 버렸다. 매시 정각을 알려주는 교회의 종소리도 멈춘 지 오래였다.

"무얼 원하는 건가?"

"라 루즈의 영주가 마약초에 중독되어 미쳐 버린 걸 아십니까?"

"그전부터 그런 소문이 있었지. 그래서?"

"얼마 전에 라 루즈를 토벌했습니다. 그 지역 일대의 마약초 거래

상들을 모두 공개 처형했습니다."

"그래서?"

갈렝 남작은 헌병대의 병사들 숫자에 주눅 들지 않은 채 당당하게 대꾸했다. 아마인의 뒤쪽에 서 있던 시펠 대위가 눈썹을 조금 꿈틀거렸다. 하지만 잘 훈련된 군인답게 쉽사리 앞으로 나서지는 않았다. 대위는 수통을 만지작거렸지만 쉽사리 물을 마시지 못했다.

"조사 결과 그 마약초들이 좀 더 하류 쪽에서 올라온다는 것을 발견했습니다. 그 경로를 추적한 결과……."

"이곳 오제라는 말이군? 어이가 없군. 누가 자신의 영지에서 그런 짓을 하겠나? 자네도 소문처럼 이곳이 마약초의 중계 기지라고 생각하는 건가? 어디 변경의 시골 영지도 아니고 수도가 지척인 이런 도시에서 그런 짓을 하는 정신 나간 영주가 어디 있다는 건가? 응?"

"바르 그런 허점을 노릴 수도 있겠죠."

"그런 말이 어딨나! 우리 갈렝 가문은 대대로 중앙에 진출하지 않고 이 도시를 다스리는 데 충실한 것을 자랑으로 삼던 가문이다! 그 가문의 명예를 내가 먹칠할 거라고 생각하나? 그렇게 생각하나?"

"그건 모르는 겁니다, 남작님."

"나는 최선을 다해서 그 마약초들을 색출해 왔다! 이 도시만큼 마약초의 피해를 입지 않은 도시를 본 적 있는가?"

"바로 그게 이상하다는 겁니다."

"무슨 소리야?!"

아마인은 옷깃 속으로 손을 집어넣어 보랏빛 흉터를 만지작거리며 낮고 분명한 목소리로 입을 열었다.

"이곳이 그 물건의 중계 기지가 아닐까 의심하는 건 그 이유입니다.

마약초가 이 도시에서 발견되는 숫자가 지나치게 적습니다. 아무래도 이곳에 유포시키는 바보 짓을 하지 않은 거라고 생각합니다. 시선이 집중되는 걸 원치 않는다면 말입니다."

"그건 무슨 억지야? 내가 그 마약초 색출을 위해서 내건 포상금이 얼마인지 알아?"

"바로 그겁니다. 아무도 의심하지 않을 테죠. 마약초 퇴치를 진두지휘하는 영주와 비정상적으로 깨끗한 도시, 또한 육로와 수로의 교통 요지, 크림발츠 건국과 함께한 유서 깊은 가문의 긍지, 그 가문의 후계자로 성실하기로 소문난 젊은 영주. 좀 이상하지 않습니까?"

"이이… 그 따위 소리가 설득력이 있을 거라고 보는가?!"

"상관없습니다. 조사해 보면 나올 테죠."

아마인은 차갑고 냉정한 군인의 말투로 대답했다. 그의 눈에는 타협의 여지가 없었다. 갈렝 남작은 얼굴을 붉히다가 길게 한숨을 쉬었다. 그리고 꿈꾸는 시선으로 오제의 시가지를 내려다보았다.

"정확하게 원하는 게 뭔가? 이 도시를 차지하고 싶은 건가?"

"단지 마약초를 색출하고 싶을 뿐입니다."

"그리고 그 책임을 물어서 나를 제거하고 이 도시를 직할령으로 되돌리고 싶은 거지? 칙명관께서는 벌써 시장 선출까지 마친 상태겠지?"

"무슨 말씀이신지 모르겠습니다."

"갈렝 가문이 소 생 마리 백작과 가깝게 지내고는 있지만 그건 단지 가문 대대로 오랜 친분 관계를 유지했기 때문에 불과하네. 그걸로 갈렝 가문이 친후작 파라고 생각하지는 말아주게. 우리 가문은, 그리고 나도 수도의 정치 판도에는 관심이 없네. 어떡하면 이걸 믿어주겠나?"

"……."

아마인은 흙터에서 손을 떼면서 고개를 돌렸다. 그의 얼굴에는 표정이 전혀 없었기 때문에 갈렝으로서는 그의 감정을 읽는 게 불가능했다. 한참 동안 아마인의 얼굴을 노려보던 갈렝은 한숨을 쉬었다. 그리고 아쉬운 눈길로 오제의 시가지를 다시 한 번 바라보았다.

"좋아. 내가 죽음으로써 결백이 증명된다면 기꺼이 죽어주지. 단, 조건이 있네."

"뭡니까?"

"첫째, 행여 이 도시에 그 마약초 유통망이 존재한다면 씨를 말려주게. 가문의 영지에 그런 조직이 있다는 것 자체가 크나큰 수치야. 둘째, 이곳 시민들에게는 아무런 책임을 묻지 말게. 라 루즈에서 자네들이 민간인들을 건드리지 않았다는 소문은 들었네. 그러니 이곳에서도 죄없는 시민들을 괴롭히거나 가혹 행위를 하지 말아주게. 그리고 마지막으로… 내 동생을 부탁하네."

"동생이요?"

"피오니스 까셀이라고, 올해 겨우 20살이네. 우리 집안의 서자야. 내가 죽으면 갈렝 가문의 피를 가진 유일한 남자라네. 서자 출신이라 자라면서 업신여김도 많이 받았고 모계 쪽 핏줄 탓인지 게으르고 됨됨이에 문제가 많다네. 하지만 동생이 영주로 남도록 힘써주게. 자네들은 그저 이 도시가 교통의 요지이기 때문에 이러는 거 아닌가? 그러니 어차피 허수아비에게 이 영지를 맡길 생각이라면 내 동생을 그 허수아비로 써달라는 거야. 게으르고 무능하니까 사심을 품지도 않을 거고, 자네들이 영주 자리에 앉혀준다면 자네들에게 절대 충성할 남자라네. 약속하겠나?"

"뭔가 착각하시는군요. 우리는 당신을 노리는 게 아닙니다. 마약초의 유통 경로를 토벌하려는 것뿐입니다."

갈렝은 절망적인 얼굴로 한숨을 쉬었다. 아마인은 좀처럼 속내를 비치지 않았다. 갈렝은 마치 빙벽을 상대하는 기분이 들었다.

"내가 죽는 걸 원한다면 죽어주겠어. 그렇게 말 돌릴 필요가 없다네. 자네가 약속했다고 믿겠네."

갈렝은 옷깃 속에 숨겨두었던 단검을 꺼냈다. 빠르게 심호흡을 한 갈렝은 망설임없이 자신의 목을 겨누고 단검을 찔렀다. 망설이면 삶에 대한 집착이 손을 무디게 만들 것만 같았다. 자신이 죽으면 시민들과 의붓 동생을 살릴 수 있었다.

"……!!"

갈렝 남작은 시큰거리는 손목을 부여잡은 채 의아한 눈으로 아마인을 바라보았다. 단검을 쳐낸 아마인은 롱 소드의 검날을 힐끔거리고는 검집으로 되돌렸다. 시펠 대위가 재빨리 다가와 단검을 회수했다. 아마인은 무표정한 눈으로 갈렝 남작을 바라보며 입을 열었다.

"우리는 당신의 지위를 빼앗을 생각이 없습니다. 당신은 마약초 소탕에 적극 협조해 주시면 충분합니다."

"……."

갈렝 남작은 꿈꾸는 듯한 시선으로 아마인을 바라보았다. 아마인은 묵묵히 목덜미에 맺힌 땀을 훔쳐 냈다.

"그렇다면 어째서 진작에 나에게 말을 하지 않았나?"

"전 병력이 성벽에 집결해 활을 준비하고 있는데 병사들을 어떻게 보냅니까? 당신이 자신의 병사들과 시민들을 아끼는 만큼 저도 헌병대 병사들을 소중히 여기고 있습니다. 당신이 대화를 제의할 때까지 기다리고 있었을 뿐입니다. 설마 본인이 직접 나올 줄을 몰랐습니다. 제 부하들을 성안으로 들어가게 허락해 주시기 바랍니다."

아마인은 등을 돌리고 병사들에게 걸어가 버렸다. 갈렝 남작은 그제야 이해가 간다는 얼굴로 무릎을 꿇었다. 긴장이 풀리자 피로가 밀려들었다.

'아! 내가 오해를 했구나…….'

갈렝 남작은 그런 생각을 하면서 이마를 타고 흐르는 땀을 닦아냈다.

묵묵히 걷던 아마인은 어깨 너머로 슬쩍 갈렝 남작의 모습을 힐끔거렸다.

"오제를 진압하는 방법은 전혀 다른 방법을 써야 한다네."

라 루즈를 점령하고 헌병대의 거점 도시로 확보한 이후 왕성을 찾아갔을 때 케언 칙명관은 웃으면서 그렇게 말했다. 아마인은 묵묵히 케언의 설명을 기다렸다.

"갈렝 가문은 크림발츠에서도 손꼽히는 가문이야. 건국 전쟁에도 참전한 가문인데도 중앙으로 진출을 사양할 정도로 자존심이 강한 가문이지. 이건 이 가문의 전통이라고 생각해."

케언은 비서관이 뒷조사를 해온 서류를 뒤적거리며 말을 이었다.

"이 정도 시간이면 라 루즈를 무력 점령한 헌병대의 소문이 충분히 갈렝 가문의 귀에 들어갔을 거야. 혹시 미심쩍으면 척후병을 오제로 보내서 오제 시민들이 그 소문을 알고 있는지 확인해 봐. 이 방법은 갈렝 남작이 그 소문을 알고 있어야 하는 거니까."

"이미 척후조 정찰을 보냈습니다. 라 루즈를 확보한 이후로 주변

도시에 대한 지속적인 감시를 하고 있습니다."

"역시 자넨 솜씨가 깔끔해서 좋아. 그럼 다시 본론으로 되돌아가지. 이번에는 되도록 무력 사용을 자제해. 그저 위력 시위로도 충분해. 그 방법은 자네가 알아서 하게. 그러면 당연히 갈렝 남작은 긴장할 거야. 하루쯤 위력 시위를 하면 전령을 보내든 직접 오든 대화를 요구할 걸세. 만약 그렇지 않는다면 그때까지 기다려. 그는 자신이 슬라임 후작파에 속한다는 것을 알고 있어. 하지만 소문대로라면 그는 정치에 관심이 없어. 영지와 가문이 존속하는 방법을 택할 걸세. 조용히 살고 싶겠지. 갈렝 남작을 남겨둔 채 오제를 접수해야 하는 게 관건이라네. 명심하도록."

"회유가 그에게 통할까요?"

아마인의 질문에 케언은 싱긋 웃었다. 그리고 우유를 듬뿍 넣은 차를 마시며 손가락으로 이마를 톡톡 두드렸다.

"이건 회유가 아니야. 공갈 협박이지. 오제를 내놓지 않으면 여길 쑥대밭으로 만들어 버릴 테다! 뭐, 이런 식이지. 하지만 갈렝 남작에게는 회유와 협력을 요청하는 걸로 보여야 하네. 웃으면서 협박할 수 있는 기교가 필요하지. 자네 혼자서 힘들다면 비서관을 보낼 수도 있어."

"아닙니다. 칙명관님이 표면에 나서는 건 좋지 않습니다. 에피온 후작 파에서도 신경을 곤두세우고 칙명관님의 행보를 주시하고 있습니다."

"좋아. 되도록 빨리 해결하게. 중앙 기사단을 오제로 파병해 달라는 문건을 내가 중도 차단하는 데는 한계가 있다네. 조만간 소 생 마리 백작의 귀에 갈렝 남작이 기사단 지원을 요청한다는 소식이 들어갈 거다. 선대 갈렝 백작과 소 생 마리 백작이 오랜 친구 사이니까 소 생 마리 백작은 무리를 해서라도 갈렝 남작을 도와주려 할 거야."

"그러니까 우리 측에서 먼저 도와줘서 두 가문의 관계를 끊어야 하는 거군요? 맞게 이해했습니까?"

"바로 그거야. 갈렝 가문이 그저 맹독적으로 후작 파를 지지하는 피라미라면 간단하게 죽여서 제거하겠지만, 실제로 갈렝 가문은 중앙에 진출하지 않은 거물이야. 우리 쪽으로 포섭하는 게 수지 타산에 맞아."

"이유가 과연 그것뿐입니까?"

아마인은 이제 자신이 모시는 상관인 케언이 어떤 남자라는 것을 잘 알고 있었다. 그는 질문이 담긴 시선으로 케언을 바라보았다. 케언은 싱긋 웃으며 머리를 벅벅 긁었다.

"자네도 많이 늘었군. 당연히 아니지. 좋아, 이번 일의 목적을 전부 알려주지. 첫째, 크림발츠 최고의 중계 도시에 대한 거점 확보. 둘째, 갈렝 가문과 소 생 마리 백작의 유대 관계 파괴. 갈렝 가문의 영향력을 생각하면 꼭 필요해. 셋째, 후작 파 내부로 우리 측 스파이 삽입."

"스파이요?"

"갈렝 남작에게는 배다른 동생이 있지. 피오니스 까셀. 20살. 손버릇 나쁘고 좀 비굴한 녀석이라는군. 서자라서 어려서부터 학대를 받으며 자라서 심각하게 삐뚤어진 모양이야. 스파이로서는 제격이지. 녀석을 후작 파 내부에 집어넣는 거야. 갈렝 남작은 그러기 위한 매개체로 이용 가치가 있어. 갈렝 남작이 살아 있다면 그를 이용해서 까셀을 조종하는 게 쉽겠지. 이번 일이 왜 중요한지 알겠나?"

"알겠습니다. 실수없이 처리하겠습니다."

"명심해. 갈렝 남작이 살아 있어야지 까셀을 조종할 수 있다는 거. 그가 죽어버리면 까셀도 별로 쓸모가 없어."

케언은 갈렝 남작의 가문과 오제에 관한 서류들을 모두 벽난로에 집어넣고 불을 붙이면서 말했다. 불길은 빠르게 그 서류들을 태워 재로 만들어 버렸다. 그리고 그 내용은 케언과 아마인의 머리 속에 확실하게 각인되었다.

"전원 행군 준비! 갈렝 성으로 들어간다."

아마인이 명령하자 룰러프 시펠 대위는 빠르게 구체적인 명령을 내리기 시작했다. 그런 대위의 모습을 물끄러미 바라보던 아마인은 무표정하게 다시 흉터를 만지작거렸다.

"지금 뭐 하는 짓들이야? 왕실 근위대의 에른하르트 대위다! 전원 무장 해제 실시! 지금 당장!"

갑작스럽게 대치한 근위대 병사들과 수도 경비대원들은 한 걸음 물러섰다. 하지만 경비대원들은 좀처럼 쉽게 무기를 버리지 않았다. 서로 다른 제복을 걸친 병사들은 살기등등한 눈으로 상대를 노려보았다.

"개소리 하지 마라! 국왕 폐하를 미끼로 반란을 벌인 주제에! 네놈들이나 무장 해제해!"

"반란은 진압되었다. 지금 근위대의 명령을 거부하는 건가?"

"썅! 우리가 근위대 똘마니인 줄 알아?!"

"작대기나 들고 뒷골목 깡패들이나 상대하던 놈들이 겁대가리를 상실했냐? 죽고 싶어!"

"웃기지 마! 깃발 들고 어슬렁거리면서 폼이나 잡던 놈들 주제에!"

근위대 지휘관들은 허탈한 얼굴로 팔짱을 끼고 헛웃음을 지었다. 팽팽하게 대치한 양측에서는 이제 욕설과 비방이 난무하기 시작하고 있었다. 혼전에 대비하여 밀집 대형으로 동료들과 어깨를 붙이고 서 있는 병사들은 잔뜩 독이 오른 얼굴로 소리를 질렀다.

근위대와 수도 경비대의 무력 충돌을 우려한 시민들은 덧문까지 걸어 잠그고 아무도 바깥일에 관심을 기울이지 않았다. 내전과 배신, 침략으로 점철된 암흑 시대를 거치는 동안에 시민들은 몸으로 배운 진실이 있었다. 그것은 군대가 충돌할 때 근처에서 얼쩡거리는 짓이 비참하고 억울하게 죽기에 충분한 '죄'가 된다는 사실이었다. 죄없이 죽어간다는 말은 전혀 먹혀들지 않았다. 군대가 싸우는데 곁에 있다는 것은 죽어 마땅한 죄였다. 적어도 현실적으로는 그랬다.

"국왕 폐하께 대한 반란은 이미 진압되었다. 그리고 반란의 수괴들에 대한 형 집행은 이미 끝났다."

"글쎄, 처형당한 근위대 장교들에 관한 소문은 들었다. 하지만 그들이 반란군이라는 증거는 어디 있지? 네놈들이 반란을 일으켜 국왕 폐하를 지키던 근위대들을 죽였을지도 모르지."

발트하임의 수도 아인돌프의 경비대장은 좀처럼 쉽게 물러서지 않았다. 에른하르트는 수도 경비대가 의외로 강하게 나오는 배경이 무엇인지 알 것 같았다. 평소에 쓰던 곤봉이 아닌, 롱 소드와 하드레더라는 중무장을 갖춘 수도 경비대원들은 딱딱하게 굳은 얼굴로 근위대의 기세에 주눅 들지 않았다. 자신들의 지휘관을 신뢰한다는 증거였다.

"수도 경비대에 대한 지휘권 접수는 국왕 폐하의 명령이다. 지금 국왕 폐하의 명령을 거부하는 것인가? 그게 반역죄라는 걸 알고나 있는가? 지금 이 시간 이후로 수도 경비대는 근위대 휘하로 편입한다. 이것은 국왕 폐하의 명령이다."

"만약 너희들이 반란군이라서 국왕 폐하의 안전을 인질로 잡고서 거짓 정보를 흘리는 것이라면? 근위대가 사자성을 무력 점거한 상황에서 중앙 기사단도, 맹약기사단도 없으니 수도에 남은 무력 집단은 이제 우리뿐이야! 전후 상황도 모르는 상황에서 수도에서 유일하게 남은 무력을 쉽게 포기할 거 같은가? 우리까지 무장 해제당하면 수도 방어는 끝나! 그걸 쉽게 포기할 것 같아? 국왕 폐하는? 이곳 시민들은? 성직자들은? 그들을 누가 지킬 수 있지? 우리 수도 경비대가 심심해서 모인 카드 놀음꾼 집단이냐!"

텁수룩한 수염을 기르고 풍채가 좋은 수도 경비대장은 꼬장꼬장하고 걸걸한 목소리로 고함을 질렀다. 그 박력에 놀란 근위대는 어깨를 움찔거렸고, 자신들의 지휘관을 절대 신뢰하는 수도 경비대원들은 입꼬리를 올리며 피식 웃었다.

"이거, 정말로 곤란하군."

에른하르트는 이마를 짚으며 어이없는 얼굴로 웃었다.

"왕실 예법관은 어딨나? 사찰부장은? 궁내부장과 국왕 비서관은 어딨나? 그들이 국왕 폐하의 명령서를 가져온다면 믿을지도 모른다."

"방금 말한 그 4명은 사자성 교회 앞마당에 있다. 물론 머리만 남아 있지. 몸은 아마 쓰레기장 어딘가 처박혀 있을 거다. 여기 나오기는 개인적인 사정들이 좀 나쁘지."

"귀족들까지 말살해 버린 거냐? 그 따위 허술한 반란이 성공할 것 같은가?"

"미안하지만 무장 봉기를 일으킨 일부 근위대의 배후 조종자들이 그 녀석들이었다."

"보통은 반란을 일으키면 그렇게들 말하며 정적들을 숙청하지. 수도 경비대를 하고 있다고 모두들 바보인 줄 아는 건가?"

이미 근위대와 정면으로 충돌한 수도 경비대는 그 지휘관부터 일선 병사들까지 쉽사리 물러서지 않았다. 내성 문 너머에서 성문이 열리기를 기다리며 매복하고 있던 수도 경비대원들은 성문이 열리고 근위대가 외성 시가지로 나오는 순간에 바로 모습을 드러냈다. 그들은 근위대에게 전혀 주눅 들지 않았다.

원래 도시의 치안 유지, 비상시 성벽 방어 임무를 맡은 수도 경비대는 국경 지역을 순찰하는 스카우터와 함께 양대 준전투 집단이었다. 애초부터 능동적인 군사 작전을 펴기 위한 적극적 개념의 전투 집단은 아니었다. 단지 외적이 침입했을 때 진짜 군대인 중앙 기사단이 움직일 등안까지 시간을 벌어주기 위한 존재였다. 그리고 비전시 상황에서 위력 시위를 통한 치안 활동이 주력 임무였기 때문에 실전 수행 능력은 별로 높지 않았다.

그런 면에서 근위대 또한 공세보다는 수세 위주로 훈련된 병사들이라는 점에서 경비대와 별로 다르지 않았다.

근위대와 친위대를 구분하는 가장 큰 차이점은 그 전투 집단이 공세 위주의 작전 능력을 가졌는가, 혹은 수세 위주의 작전 능력을 가졌는가로 구분할 수 있었다. 양쪽 모두 평소에 국왕의 곁에서 국왕을 호위하고 귀족들에 대한 도발 억제력 구실을 하는 군대라는 점에서는 같았다.

똑같이 국왕이 직접적으로 소유한 독립된 무력이라는 점에서는 같았지만 친위대의 경우에는 무력 점령 등의 적극적인 무력 행사를 위한 집단이었다. 그들이 중앙 기사단을 지휘하는 총기사단장의 지휘에서 독립되어 개별 작전권을 부여받는 막대한 특혜를 갖는 이유는, 친위대의 출전은 국왕이 직접 출전한 것과 같은 의미를 내포하기 때문이었다.

암흑 시대 이후로 국왕이 위험한 전장에 직접 참가하는 경우는 극히 드물었고, 그 대안으로 오직 국왕의 명령으로만 움직이는 친위대라는 군대가 조직되고 관리되었다. 똑같이 1개 연대가 무력 충돌하는 경우라도 중앙 기사단끼리의 무력 충돌은 왕실 역사서에 '국경 분쟁'으로 기록되지만, 국왕 친위대가 충돌하는 경우에는 국가 간의 '전면전쟁'으로 기록된다.

크림발츠의 여왕의 창기병, 아메린의 청기사단, 폴리안의 진홍기사단은 그 대표적인 국왕 친위대였다. 참고로 라이어른 6개 국 중에서 국왕 친위대를 운용하는 국가는 없었다. 정세가 불안전한 라이어른에서 친위대를 조직하고 운용하다가 무력 충돌이 발생하면 라이어른 내전이나 강대국의 라이어른 침략전으로 비화될 위험성을 내포하기 때문이었다. 친위대가 전장에 개입하면 적국에서도 친위대를 출전시켰고, 그 말의 의미는 양측 모두 국왕이 참여한 총력전을 벌이겠다는 의지의 표현이었다.

때문에 가장 고도로 정예화된 친위대였지만 현실적으로는 거의 사용되지 않았다. 친위대원 선발 과정의 첫 번째 판단 요소가 충성심인 것은 그만큼 친위대가 위험하고 예민한 무력이라는 반증이었다.

그에 비하여 근위대는 국왕 호위와 왕성 방어, 왕족 경호 등의 수동적인 임무에 치중되어 있었다. 근위대가 전선에 투입되는 것은 친위대와는 달리 국왕이 더 이상 투입시킬 병력이 없음을 의미했다. 국왕

자신을 호위하는 근위대까지 실전에 투입시킨다는 것은 국왕이 쥐어짜낼 군대가 바닥났음을 의미했고, 그 전쟁의 패색이 짙었음을 의미했다. 때문에 근위대가 전쟁에 투입되면 적국 병사들의 사기가 오르는 역효과를 가져오곤 했다.

비슷한 임무를 가진 군대로 보이는 근위대와 친위대의 명칭적인 차이는 그 현실적인 영향력만큼이나 의미가 전혀 달랐다.

그리고 지금의 아델만 국왕은 근위대를 실전에 투입시키고 있었다. 근위대가 움직이는 것은 국왕이 가진 군대 재고가 바닥났음을 의미한다는 격언은 이곳에서부터 절실하게 증명되고 있었다.

그런 근위대의 성격상 그들도 수도 경비대를 조롱할 만큼의 여유는 없었다. 실전 수행 능력이 부족하기는 근위대나 수도 경비대나 오십 보 백 보밖에 다르지 않았다. 단지 국왕의 직접적인 명령을 받는 '권위'를 가지고 있다는 것이 유일한 차이점이었다. 하지만 근위대의 고질적인 3대 약점이라는 실전 경험 부족, 적극적인 공격 전술 수행 능력 결여, 마지막으로 지금처럼 국왕의 권위가 흔들릴 경우 대외적인 통제력 상실이 어김없이 표면화되고 있었다.

국왕의 권위가 절대적일 때 근위대에게 저항하는 것은 국왕에 대한 반역을 의미했다. 때문에 근위대는 실제 전투 없이 그 목적을 수행할 수 있었다. 그렇지만 반대로 그러한 근위대의 권위가 상실되었을 때, 근위대는 별로 유능한 군대가 아니었다. 그리고 평상시 그 권위에 의존했을 때 생기는 추가적인 문제점 또한 유난스럽게 부각되기 마련이다.

"헛! 아침저녁으로 겉멋에 빠져 근무 교대 의식이나 벌이던 놈들이 무슨 배짱으로 국왕께 반란을 벌인 거냐?"

"옷차림만 그럴싸할 뿐이지 실제로 하는 게 창 들고 성벽에 서 있는 거뿐이잖아?"

"계집애들처럼 옷차림만 신경 쓰던 놈들이 싸움은 할 줄 아냐? 옷에 흙이라도 묻으면 어쩔려고?"

매일처럼 술 취한 건달들, 난폭하고 거친 도둑이나 강도, 세상에서 가장 난폭한 직업이라는 선원들을 상대하던 수도 경비대원들은 듣기에도 끔찍한 욕설을 섞어가며 조롱하고 있었다.

한밤중에 두 파로 나뉘어 유혈 충돌을 벌였던 근위대원들은 여전히 그 살기를 접지 못했고, 울컥 화가 난 얼굴로 부주의하게 검과 방패를 부딪쳐 소리를 냈다. 여기저기서 산발적으로 터지는 병장기 소리 덕분에 긴장의 수위는 붕괴 직전까지 치달았다.

"쌍! 내부 경비대 놈들도 쓸어버렸는데 이 자식들도 죽여 버리자!"

"씨발! 자치 대원이면 몽둥이 들고 술 취한 건달들이나 상대해!"

이미 피를 봤던 근위대는 핏발 선 눈으로 으르렁거리며 더욱 기세를 올렸다. 저마다의 명분과 적대감을 가진 두 개의 무력 집단은 시간이 지날수록 난폭해졌다.

"이거 정말로 곤란하군."

잠시 동안 사태를 관망하던 에른하르트는 쓰게 웃으며 한숨을 쉬었다. 그의 부관인 신참 소위는 핼쑥한 얼굴로 땀을 흘렸다.

"다른 사람들은 몰라도 저 수도 경비대장은 확실히 국왕 편이야."

쇼는 태연한 얼굴로 과일을 베어 먹으며 중얼거렸다. 곁에 서 있던 레이드는 허허 웃으면서 고개를 주억거렸다. 그들은 근위대 지휘부 배후에 서서 사태의 추이를 주욱 지켜보고 있었다.

튼튼한 천으로 만들어진 검은색 상하의를 걸친 쇼는 롱 소드를 비스듬히 등허리에 메고 있었다. 척후 임무를 맡았을 때는 검을 허리에 차는 것보다 등에 메는 것이 행동 제약이 적었다. 게다가 검이 부주의하게 소리를 내거나 나뭇가지에 걸려 바스락거리지 않도록 검집은 단단히 고정되어 있었고, 검집과 검은 얇은 실로 묶여 있었다.

성벽 외부로 정찰을 나가기 위해 옷을 갈아입고 기도비닉을 유지하기 위한 준비를 갖추던 쇼의 모습을 보며 레이드는 순수하게 감탄했다. 레이드는 검집과 검을 하나로 묶는 이유를 쇼에게 물어보았다. 그 질문에 쇼는 시큰둥한 얼굴로 대꾸했다.

"어떤 자세에서도 검이 검집에서 흘러나오지 않도록 하는 거야. 부주의하게 소리 내지 않도록. 게다가 거꾸로 매달렸다가 검이 쑤욱 빠져 버린 얼간이들은 실전에서는 죽어. 이 정도 굵기의 실이면 검을 잡아 뽑는 순간에 대번 끊어져. 어떤 머저리들은 너무 질긴 실을 써서 검을 뽑지 못해서 죽기도 하지."

"어디서 그런 걸 배웠어?"

"하이 스카우터 전투 교범에서."

"그렇군……."

레미의 지시에 의해서 성밖으로 정찰을 나가려던 쇼는 수도 경비대라는 뜻밖의 장해물을 만난 상황이었다. 하지만 그는 별로 짜증을 내지 않았다. 그에게 아델만 국왕에 대한 충성심을 기대하는 것은 무리였다. 단지 레미의 부탁이기 때문에 움직이는 것뿐이었다.

"라이어른 놈들은 다들 이렇게 꽉 막혔냐? 베일 사람들은 이 정도로 닭대가리는 아니야."

"거 듣기 정말 거북하군. 왜 베일 인들은 사람들이고 라이어른 인들은 놈들인데?"

레이드는 말과는 달리 전혀 화나지 않는 얼굴로 웃었다. 쇼는 베어 먹고 남은 과일 찌꺼기를 던져 버리며 머리를 긁었다.

"돌아버리겠네. 지금쯤 성벽을 나가야 좌사자 성채에 도달해. 하이 스카우터라고 날아다니는 건 아니라구. 이거 뭐 하는 짓들이야?"

"나도 아낙스 양이 시킨 일을 맡으려면 조금 서둘러야 하는데. 이거 골치 아파."

말과는 달리 레이드는 전혀 '골치 아파' 하지는 않았다. 그저 계면쩍은 얼굴로 웃을 뿐이었다. 결국 쇼는 자신만의 방식으로 행동하기로 결정했다. 그리고 곧바로 움직였다. 베일의 하이 스카우터들은 결정과 행동이 빠르기로 유명한 자들의 집단이었다. 선 조치 후 보고, 즉 먼저 행동에 옮기고 나중에 지휘부에 보고하는 임기응변적인 대응이 유난히 빠르게 훈련되었다. 외곽 초소에서 책임자가 있는 막사까지 험한 산길로 사나흘 거리가 적지 않은 스카우터들만의 특징이었다.

"아낙스 양은 혹시 이것까지 예상하고 우리를 근위대와 함께 보낸 걸까? 자네 생각은 어때?"

"그 여자 머리 속에 뭐가 들었는지를 누가 알아? 하여간 이건 정말 맘에 안 들어. 이런 건 하이 스카우터 교범에 없어. 하이 스카우터가 협상이나 설득을 한다는 건 자존심이 허락 못해."

쇼는 갑자기 근처에 서 있던 백인대장의 허리춤에서 검을 뽑아 들었다. 방심하다가 무기를 빼앗긴 백인대장은 멍하니 어이가 없는 얼굴로 쇼를 바라보았다. 쇼는 단조로운 얼굴에 섬뜩한 광기를 담고서 한가운데로 걸어나갔다.

"무, 무슨… 에?"

당장 뛰어나가 쇼를 끌어오려던 소위는 에른하르트를 바라보았다. 에른하르트는 웃고 있었다.

"국왕 폐하를 지켜낸 자들이다. 무슨 짓을 하는지 한번 보고 싶어졌네. 과연 문제의 소지가 있을지 확인해 볼까?"

에른하르트는 별로 초조하지 않은 얼굴로 웃었다. 그런 에른하르트의 모습을 보고 있던 레이드는 턱을 긁으며 눈을 가늘게 떴다. 하지만 잠시 후 그는 다시 쇼를 바라보았다.

근위대와 수도 경비대가 대치한 상황의 한가운데로 걸어나간 쇼는 롱 소드를 장난스럽게 까딱거리며 좌우를 둘러보았다. 그리고 잔뜩 비웃음이 가득한 얼굴로 양쪽 모두를 보고 중얼거렸다.

"병신들끼리 잘들 한다."

그의 말은 아슬아슬한 균형을 유지하던 적대감을 결정적으로 폭발시키기에 충분했다. 당장 양측 모두로부터 고함 소리와 욕설이 터져 나왔다. 술렁거리는 소리가 빠르게 병사들 사이로 전염되었다.

"시끄러! 이 쓰레기들아! 죽는 게 그렇게 무섭나? 응? 죽는 게 무서워서 그렇게 수다나 떨고 있는 거냐? 자신있는 놈들은 나랑 놀아보자! 어차피 죽는 인생 한번 신나게 놀아보고 죽자! 누구부터 죽여줄까?"

흐린 하늘을 배경으로 서서 쇼는 그 누구보다 살기등등한 목소리로 소리쳤다. 병사들은 욕설을 내뱉던 좀 전과는 달리 아무도 나서지 않았다. 쇼는 병사들을 압도할 만큼의 위압감이나 위엄을 갖고 있지는 않았다. 하지만 그는 미친 사람이 얼마나 위험할 수 있는지 몸소 보여주었다.

쇼는 허리춤의 주머니에서 조그만 약병을 꺼냈다. 그리고 내용물을 자신이 들고 있던 검에 쏟아 부었다. 갈색의 걸쭉한 액체가 찐득하니

검신에 달라붙었다. 쇼는 붕붕 소리를 내면서 검을 몇 번 휘둘러 액체가 고루 검신에 퍼지도록 만들었다. 뜬금없는 그의 행동에 병사들은 의아한 얼굴로 가만히 있었다. 쇼는 만족스럽게 검신을 확인하더니 히죽 웃었다.

"한 숟가락이면 최소한 100명은 죽일 수 있는 맹독이다. 한 병을 꼬박 비웠으니 몇 명이나 죽일 수 있을까? 자신있는 놈들은 덤벼봐. 지옥이 뭔지 보여주마. 스치기만 해도 그 자리에서 피를 토하며 죽을 거다. 그 알량한 갑옷을 믿고 한번 덤벼봐! 어때? 자신있어? 한번 즐겨보자구! 옛말에 결혼 못한 노처녀와 하이 스카우터는 건들지 말라고 했다. 왜 그런지 가르쳐 줄까? 덤벼봐, 병신들아! 눈먼 칼잡이가 얼마나 무서운지 알아?!"

레이드는 쇼의 미친 짓에 혀를 내둘렀다. 배짱과 깡을 빼면 아무것도 남지 않는다는 하이 스카우터가 어떤 존재인지 이제는 알 것 같았다. 허세를 부리기는 용병들도 만만찮았지만 하이 스카우터에 비하면 애교였다. 쇼는 근위대와 수도 경비대 모두를 적으로 돌리고 있었다. 흥분한 누군가가 쾨렐 한 발만 날려도 쇼는 얌전히 저 세상으로 가야 했다. 그런데도 쇼는 전혀 주눅 들지 않았다.

"흙 묻은 감자를 먹다가 다리가 부러져 본 적 있냐? 세상 사람들 모두를 독살해도 지키고 싶은 여동생이 있냐? 그런 것도 없는 놈들은 살아갈 가치도 없는 놈들이야! 눈먼 칼잡이가 될 용기도 없는 겁쟁이들은 죽여도 문제될 건 없지. 하하하!"

눈먼 칼잡이라는 말은 전투에 돌입하면 적과 아군도 구분하지 못하고 무조건 죽이는 미친 병사를 조롱하는 말이었다. 그리고 전투 중에는 그런 인간이 가장 위험한 인간이었다. 쇼는 평소와는 다른 거칠고 광기 어린 웃음을 터뜨렸다.

그 갑작스럽고 대책없이 무모한 살기에 모두가 당황했다. 시장터를 하릴없이 어슬렁거리는 게으른 사내들과 하등 다를 게 없는 외모를 가진 그였다. 어떤 여자라도 절대로 사랑에 빠지지 않을 정도로 무미건조한 외모를 가진 쇼는 무서운 살기를 내뿜었다. 상처 입은 맹수가 새끼를 지킬 때나 가질 법한 살기였다. 모두는 오싹한 살기를 느끼며 한 걸음 물러섰다. 핏발 선 적대감은 싸늘하게 식어버렸다.

"국왕께서는 일부 근위대원들이 반란을 시도한 것에 진노하고 계신다. 그래서 수도에 주둔하는 모든 병력을 동원해서 반란자들의 잔당을 소탕하라고 명령하셨다. 그런 국왕의 명령을 거부하는 자는 결국 반란자들뿐이겠지. 바로 네놈들처럼!"

"웃기지 마라! 네놈들이야말로 반란자들이 아니라는 걸 어떻게 증명하지? 네놈들이 국왕 폐하를 인질로 잡고 있을 수도 있잖아! 국왕 폐하의 뜻이라는 것을 어떻게 증명할 거지?"

누군가 소리치자 쇼는 걸음을 멈추고 히죽 웃었다. 그리고 차가운 목소리로 으르렁거렸다.

"증명? 증명 따위는 필요없어, 이 바보새끼야! 이게 그 증명이다! 반항하는 놈은 모두 반란자로 간주하고 죽여 버리겠다! 요즘 쌓인 것도 많고 누군가를 제대로 죽여보지 못해서 욕구 불만이라 울적했다. 국왕 피하께서는 반란자들이라면 누구든 죽여도 좋다고 하셨다. 네놈들이 반란자들인지 아닌지는 관심없다. 단지 내 손에 죽은 놈들은 자동적으로 반란자들이 되는 거지. 이해했냐? 누구부터 반란자가 되고 싶냐?"

"그, 그런 미친… 미친 소리야!"

반란자이기 때문에 죽이는 것이 아니라, 죽이면 자동적으로 반란자가 되는 것이라는 논리는 모두를 핼쑥하게 만들기에 충분했다. 말 그대로 눈먼 칼에 맞으면 일가족 전부가 남들이 저지른 반란죄를 뒤집어쓴다는 논리였다. 단지 저 미친 사내에게 검을 휘두른 결과만으로 아무 상관 없는 자신들의 가족들이 반란죄로 교수형당한다는 협박이었다.

"이제 슬슬 협상을 할 수 있을 것 같군."

사태를 지켜보던 에른하르트 대위가 한 걸음 나서면서 말했다. 그는 즐겁게 웃고 있었다.

"이렇게 될 걸 예상했던 거냐?"

이언은 한가하게 탁자 위에 발을 올려둔 자세로 과일을 베어 먹으며 물었다. 창밖으로는 라이어른 특유의 회색 빛 하늘이 펼쳐져 있었다. 채광이 나쁜 사자성 실내는 대낮인데도 촛불에 의지했다.

"너, 넌 왜 항상 예의라는 걸 그렇게 쉽게 잊어먹지?!"

"응?"

이언은 멀뚱한 얼굴로 튜멜을 바라보았다. 튜멜은 잔뜩 붉어진 얼굴로 핏대를 세웠다. 레미의 지시를 받은 일행들은 모두들 각자의 임무를 위해 자리를 비웠고 레미와 이언, 튜멜, 그리고 카라만 아델만 국왕과 함께 있었다.

파일런에게는 왕성 경비 태세와 잔존 근위대에 대한 반란자 색출 임무가 떨어졌고, 에피는 사자성 내부의 민간인과 잔여 귀족들에 대한 근무 태도 점검과 혹시 남아 있을지 모를 내부 스파이 적발 임무를 부여받았다. 레이드는 수도 경비대와 함께 외성 벽 방어 태세와 항구 등 주요 시설물에 대한 거점 확보 임무를, 쇼는 단신으로 맹약기사단 주둔 성채에 대한 군사 정찰 임무를 부여받았다. 이 모든 지시는 아델만 국왕이 아닌, 레미 아낙스라는 여자의 머리에서 나왔다.

처음 지시를 받았을 때 당사자들은 멍한 얼굴로 자신이 지금 무슨 지시를 받았는지 곱씹어보았다. 그 자리에 있던 튜멜 일행은 물론, 국왕 편으로 확인된 에른하르트 대위, 그리고 군사 문제에 별로 지식이 없는 아델만 국왕까지 레미에게 감탄을 해야 했다. 반란군 진압은 단지 무장 봉기를 일으킨 반란군들만 진압하는 걸로 단순하게 끝나는 문제가 절대 아니었다. 게다가 더 놀라운 것은 임무를 부여받은 당사자들의 성격과 특성이 그들 당사자들에게 정확하게 부합한다는 점이었다.

이언은 맨 뒤에서 '어디서 장교 교육이라도 받았냐?' 고 이죽거렸다. 하지만 대륙 어디를 통틀어 여자에게 장교 교육을 시키는 국가는 없었다.

이언은 또다시 습관처럼 예의 문제를 걸고 넘어간 튜멜을 멀뚱히 바라보았다. 튜멜은 무안해서 붉어진 얼굴로 씩씩거렸다.

"네가 라이어른 사람이 아니라는 건 확실히 알고 있어! 하지만 한 나라를 이끄시는 국왕 폐하 앞에서 몸가짐이 그게 뭐냐? 넌 겨우 그 정도 인간인가? 다리 못 내려?!"

"나야 그렇다 쳐도 넌 발트하임의 남작이잖아? 그런 놈이 국왕 앞에서 소리를 지르냐? 너야말로 교수형당해도 할 말이 없는 거 아냐?"

'또 시작이야. 왜 저 두 사람은 항상 물과 기름이지?'

레미는 관자놀이 부근을 손끝으로 누르며 피곤한 얼굴로 한숨을 쉬었다. 그 문제에 있어서만은 그녀도 마땅한 해결책을 전혀 찾지 못했다.

"……."

이언에게 결정적인 부분을 공격당한 튜멜은 씩씩거리며 입을 다물었다. 하지만 그의 말에 틀린 점이 없었기 때문에 튜멜은 좀처럼 마땅한 말을 찾지 못했다.

레미는 슬그머니 탁자 위에 올려두었던 발을 내리는 이언을 보고 조용히 미소 지었다. 그가 튜멜의 말을 전적으로 무시하는 것은 아니라는 증거였다. 그녀와 눈이 마주친 이언은 특유의 얼음 박힌 표정으로 말했다.

"이봐. 노처녀 주제에 그 따위 느끼한 미소는 집어치워. 그런 미소 따위는 전혀 매력적이지 않아. 그보다 이제는 어쩔 생각이야?"

레미는 튜멜보다는 자제력이 강했다. 그녀는 허리를 펴고 앉은 채 묵묵히 이언을 쏘아보았다. 그녀는 조용히 이언을 쏘아보다가 낮고 분명할 말투로 입을 열었다.

"그래서 지금 이렇게 대책을 논의하고 있잖아?"

"쿨럭! 하하하… 자네들은 정말 대단하군……."

묵묵히 대화를 듣고 있던 아델만 국왕은 기침을 하면서 웃었다. 모두의 시선이 동시에 그에게로 쏠렸다.

"일개 남작 일행들이 이렇게 국왕 앞에서 긴장감이 없다니. 내가 국왕으로서의 권위가 부족한 건가, 자네들이 대단한 건가? 나야 그런 건 아무래도 상관없으니 그런 걸로 싸우지는 말게나. 믿었던 신하들에게 배신을 당하는 국왕인데 뭐가 달라지겠나?"

기침을 멈춘 아델만 국왕은 지친 목소리로 웃으며 말했다. 여전히 핼쑥하고 병든 남자의 얼굴을 가진 그는 두꺼운 가운을 입은 채 어깨를 움츠렸다. 말의 의미 자체는 질책하는 내용이었지만, 사실 그는 아무래도 상관이 없었다. 지난 며칠 사이에 그는 튜멜 일행의 독특한 태도에 익숙해져 있었다.

"그래도 이 성에서 우글거리던 인간들보다는 좋지 않나요? 뜨거우니까 조심하세요. 후후후."

쇼가 처방전을 내린 해독 차를 끓여온 카라는 조용히 웃으며 잔을 조심스럽게 내려놓았다. 그녀의 손놀림은 감탄스러울 만큼 가볍고 섬세했다. 아델만 국왕은 시큼한 차 향에 익숙해져 있었지만 한숨이 나오는 것은 어쩌지 못했다. 그는 고개를 들어 카라를 바라보았다.

이제는 그도 그녀의 주변에 맴도는 기묘한 위화감을 감지하고 있었다. 어둡고 축축한, 하지만 나른한 졸음이 쏟아지는 위험스러운 관능. 그녀는 이런 분위기로 주변 공기를 지배하는 여자였다.

아델만 국왕은 카라가 단신으로 지키고 있던 자신의 침실로 쳐들어왔던 반란군 병사들의 시체를 떠올렸다. 아무런 무기도 갖지 않았던 카라가 어떻게 갑옷으로 중무장한 엘리트 병사들을 그렇게 만들었는지는 이해할 수 없었다. 그 병사들은 악마라도 본 듯한 끔찍한 공포에 젖은 얼굴로 죽어 있었다. 아델만 국왕은 그녀가 뱀파이어라고 믿지는 않았다. 상식적으로 아침마다 사자성 내부에 있는 교회에서 경건하게 기도를 드리는 여자가 뱀파이어라고 믿기는 힘들었다. 그는 지극히 상식적인 국왕이었다. 아델만 국왕은 체내의 독성을 억제하는 차를 마시며 쓴웃음을 지었다.

"저는 이런 일을 잘 모르는 아녀자입니다만……."

레미가 다시 입을 열었을 때, 튜멜 일행은 물론 아델만 국왕까지 불편한 얼굴로 그녀의 말에 귀를 기울였다.

"제가 생각하기에 일단 시급한 문제는 수도의 치안을 담당하는 수도 경비대를 확실히 장악하는 것이라고 생각합니다. 아마도 거기까지 왕비의 세력이 미치지는 않았을 거라고 확신합니다. 다시 말해서 현재 수도에서 가장 신뢰할 수 있는 무력 집단은 수도 경비대입니다."

"근거는?"

이언의 질문에 레미는 한숨을 쉬면서 가볍게 눈살을 찌푸렸다. 그녀는 그가 정말로 몰라서 묻는 거라고 믿지 않았다. 그는 단지 자신에게 말을 많이 하도록 유도해서 그녀 자신이 말실수하기를 기다리고 있었다. 그것을 파악한 레미는 더욱 조심해서 단어 선별에 주의를 기울였다.

"첫 번째, 노력에 비해서 얻는 것이 너무 작아요. 물론 지금의 우리 입장에서는 수도의 치안 유지와 외성 벽을 방어하는 수도 경비대가 절실하지만 충분한 군사력을 이미 손에 넣은 왕비로서는 별로 매력적이지 못하죠. 이미 맹약기사단을 비롯해서 정예 군대를 매수했는데 경비대 같은 준전투 집단까지 굳이 필요하진 않겠죠. 둘째로 왕비에게는 외적 방어라는 전술 개념이 고려 대상에 들어가지 않았을 거예요. 폴리안을 이용해서 라이어른 맹약국 전체를 대상으로 기만 전술을 벌인 왕비예요. 라이어른 맹약 6개 국이 갖고 있는 고질적인 지역감정을 이용하여 내분을 벌이고, 그것을 조종할 생각이었다면 그런 수동적인 방어 전술은 제외했을 테죠. 물론 만에 하나 공격을 받는다고 해도 수도에는 두 개의 요새가 건설되어 있고 맹약기사단이 주둔하잖아요? 굳이 자치대의 손을 빌리지 않아도 방어 능력은 충분해요. 질문있나요?"

레미가 말을 끊으며 모두에게 자신이 설명한 사항을 숙지할 여유를 남겨두었을 때 모두는 묵묵히 고개를 끄덕거렸다. 레미는 곧바로 다음 설경으로 넘어가지 않고 잠시 동안 간격을 두고 기다렸다. 모두가 충분히 상황을 정리했다고 판단한 그녀는 다시 설명으로 들어갔다. 지금까지 좀처럼 발휘할 기회가 없었던 레미의 진가는 근래에 들어 갑작스럽게 드러나고 있었다.

평화의 표본 같았던 테일부룩 영지 시절이나 무미건조한 여행 기간 동안에 확실히 그녀의 능력을 발휘할 기회는 없었다.

아텔만 국왕은 턱을 고이고 설명을 듣다가 문득 레미라는 여자가 자신의 아내와 비슷한 구석이 많음을 발견했다. 근본적으로 성격이나 사고방식은 전혀 다른 두 여자였다. 하지만 대화나 토론을 하는 방식은 두 여자가 서로 유사했다. 모두의 표정을 꼼꼼히 살피며 설명을 하는 레미의 모습에서 페나 왕비를 떠올린 국왕은 의자에 깊숙이 몸을 기댔다. 그의 얼굴에 짙게 어둠이 드리워졌다.

'이게 사랑이라는 것일까? 나를 죽이려 했던 여자를 미워하지 못하는 것이? 내가 그때, 그녀가 방을 나설 때 그녀를 잡았다면 그녀는 이러지 않았을지도 몰라. 결국 라이어른을 전쟁으로 몰고 간 것은 그녀가 아니라 나였던 것일까? 반란이라는 것은 국왕으로서 지도력이 부족하다는 증거야. 내가 그들을 벌할 자격이 있을까? 내 지도력이 확고했다면 그 병사들이 반란을 꿈꿔왔을까?'

레미의 설명을 들으며 생각에 잠겨 있던 아텔만 국왕은 그녀를 자세히 관찰했다. 그는 정말로 궁금한 기분이 들어서 그녀를 자세히 관찰했지만—그는 레미의 대응 계획은 전혀 관심이 없었다—좀처럼 묘한 위화감의 정체를 찾지 못했다.

평소에는 예의 바르고 조심스러운 그녀의 행동 때문에 전혀 의식하지 못했지만 조금만 자세히 관찰하면 그녀는 좀 이상한 여자였다. 누군가 한 걸음 다가가 그녀를 꼼꼼히 살펴본다면 그 이상한 간극을 체험할 수 있었다. 아무것도 없는 여자 같으면서도 그 이면이 좀처럼 보여지지 않는 여자였다.

'마치 수평선 너머의 환상처럼…….'

아델만 국왕은 다시 터져 나오는 기침을 억누르며 그렇게 생각했다. 조금만 더 전진하면 닿을 듯한 저 너머의 환상. 하지만 그런 노력에 비례해 점차 뚜렷해지는 거리감이었다. 한 걸음 접근하면 두 걸음 물러나고, 두 걸음 접근하면 세 걸음 물러나는 느낌이었다.

"일단 현재 수도의 군사적 상황을 자세히 설명해 주겠어? 전문가가 아니더라도 이해하기 쉽게 군사 용어를 가급적 배제해서 말이야."

레미의 주문에 이언은 잔뜩 볼이 부은 얼굴로 투덜거리며 의자에서 일어섰다. 그는 잉크 혼에서 깃털 펜을 집어 들고 잉크를 적당히 적셨다.

탁자 위에는 지도가 펼쳐져 있었다. 레미는 상황을 인식하고 논리적으로 정리하는 능력 자체는 뛰어났지만 군인이나 기사가 아니었고, 때문에 군사적인 지식이나 지도를 읽는 독도 능력이 결정적으로 부족했다.

아델만 국왕은 어딘지 부자연스러운 일행을 보면서 어째서 왕비가 이들 일행에 대해서 그토록 집착했는지 조금은 이해할 수 있었다. 이들은 절대로 단순한 일개 남작의 일행은 아니었다. 그들은 평범했지만 평범하지 않을 정도로 부자연스러웠다. 그는 아내가 어디서 어떤 정보를 얻어서 이들을 알게 되었는지 궁금해졌다.

이언은 하품을 하며 귀찮은 얼굴로 지도에다가 깃털 펜으로 이런저런 사항들을 메모하며 이따금 대기하고 있던 궁내부원—반란에 가담하지 않은 것으로 확인된 궁내부 귀족 중에서 가장 지위가 높은—에게 몇 가지를 질문했다. 핼쑥한 얼굴로 겁에 질린 그가 대답을 하면 이언은 그 사항을 다시 지도에 꼼꼼하게 적어 넣었다.

아델만 국왕은 바로 그런 점이 부자연스럽다고 생각했다. 여행 중이던 일개 지방 영주의 여행 동료들이라고 하기에는 너무 완벽한 역할 분담이 이뤄지고 있었다. 아델만 국왕은 고의적으로도 이런 일행을 조직하기는 힘들다고 생각했다. 그가 그런 생각을 하는 동안에 메모를 마친 이언은 하품을 하면서 깃털 펜을 던져 버렸다.

레미는 이언이 읽기 쉽고 누가 봐도 이해할 수 있도록 단순 명료하게 정리해 준 지도를 묵묵히 내려다보면서 생각에 잠겼다. 사자성 문제에 개입한 이후로 그녀의 진정한 진가를 확인한 튜멜 일행은 생각하는 부분을 모두 그녀에게 전담시켜 버리고 있었다. 이언은 와인을 마시고 치즈를 베어 먹으며 레미의 설명을 기다렸다.

"이 도시의 설계를 누가 한 거죠?"

한참 만에 레미는 조용히 질문했다.

"글쎄… 하페우스 3세력 이전부터 존재하던 도시라네. 폐허를 재건한 건 아마도 하페우스 3세이고, 이런 오래된 도시가 한두 사람의 머리에서 설계될 수는 없겠지. 어쨌거나 제국의 옛 수도였으니 정말 오래된 도시지."

아델만 국왕은 물끄러미 지도를 내려다보면서 대답했다. 레미는 미간을 조금 좁히며 조용히 한숨을 쉬었다.

"세상에… 이건 쥐덫이에요. 저 미친 떠돌이의 설명이 얼마나 정확하고 신빙성있는지는 모르지만, 그게 사실이라면 우린 쥐덫에 갇힌

형세군요? 여기 두 개의 요새… 우사자, 좌사자 성채라고 했죠? 이건 너무 완벽한 위치에 건설되어 있어서 문제예요. 저는 군사적으로 문외한이라서 군사 용어로는 설명할 줄 몰라요. 한마디로 말해서 우린 포위되었어요. 수도로 진격해 오는 적을 방어하기 위한 길목에 성채를 세웠으니 거꾸로 말하면 우리가 밖으로 나가기 위한 길목이라는 의미죠."

"교두보가 적의 수중에 있는 셈이지. 들어오는 입구는 다시 말해서 나가는 출구이기도 하니까. 수도로 쳐들어오지 못하도록 완벽하게 방어할 수 있다는 말은 반대로 우리가 여기서 나가지 못한다는 소리야. 게다가 거리상으로도 완벽한 위치야. 뭐랄까, 처음부터 포위된 상태로 지내는 도시라고나 할까."

이언이 레미의 말을 보충했다. 레미는 힘이 빠진 얼굴로 웃었다.

"목에 단검을 품고 지냈는데 아무도 깨닫지 못한 것이 우습네요."

"도시 방어용 요새를 건설할 때 그 요새가 도시를 공격하는 수단으로 사용될 경우를 고려하지는 않으니까. 요새라는 건 그 안에 있는 인간들이 나를 지켜주는 아군일 것이다… 라는 전제로 만들어지는 거야. 적을 위해서 요새를 쌓아주는 머저리는 없다고 생각해."

"여기 맹약기사단이 얼마나 있을까요?"

"미안하네만 나로서는 알 수가 없다네. 전부 나를 배신한 신하들이었는데 누가 나에게 사실을 알려주었겠나? 다 거짓말이었을 테지."

"정말 어려운 상황이군요. 규모도 파악되지 않은 적에게 교두보를 빼앗겨 버린 상황이니. 우리는 외부의 모든 정보와 물자로부터 차단당한 채 싸워야 하는 거예요."

"하지만 야르 강이 있지 않은가?"

“아뇨. 이곳도 마음만 먹는다면 충분히 봉쇄할 수 있어요. 우사자 성채에서 강 하류 쪽으로, 좌사자 성채에서 강 상류 쪽으로 건설된 이 도로… 왜 아무것도 없는 텅 빈 강변까지 도로가 뚫려 있을까요?”

아델만 국왕은 레미의 지적을 들으며 지도를 들여다보았다. 그리고 도로의 존재를 눈으로 확인했다. 그의 얼굴로 놀라움이 스쳐 갔다.

“어째서 이런 곳에 도로가? 목적이 뭔가 아는 건가?”

레미는 희미하게 웃으며 이언을 뒤돌아보면서 손으로 돌을 던지는 시늉을 해 보였다. 이언은 치즈를 베어 물면서 짧고 간결하게 대답했다.

“투석기, 그리고 발리스타(Ballista).”

“…를 수송하기 위한 도로일 거예요. 틀림없이 단단하게 포장되어 있을 테죠. 비 오는 날에도 무거운 수레가 진흙에 빠지지 않도록.”

“우리 모두는 함정 속에서 그렇게 안심하고 있었다는 건가?”

“거듭 말하지만 요새를 지을 때는 그 요새가 자신을 공격할 거라는 것은 고려하지 않아요. 그 방심이 이런 결과를 가져왔죠.”

아델만 국왕은 두 번째 차를 마시며 생각에 잠겼다. 그다지 주의 깊게 듣지 않았는데도 사태가 얼마나 심각한지 느낄 수 있었다. 그는 새삼스럽게 아내가 얼마나 오랜 세월 동안 치밀한 계획을 세우고 실행에 옮겼는지 감탄했다. 아이러니한 사실은 그렇기 때문에 그녀가 느꼈던 절망과 슬픔, 고독을 이해할 수 있게 되었다.

‘아, 나, 나는 무엇을 한 것일까?’

라이어른을 위해 평생을 바친 사자왕 베오하이트의 외동딸로 태어난 여자였다. 아장아장 걷던 시절부터 그녀가 사자왕의 무릎에 앉아 듣던 것은 라이어른의 정세와 혼란스러운 국경 지대에서 벌어지는 전투 소식들뿐이었다. 그리고 밤새워 고민하고, 때로는 전장에서 피투성이로 되돌아오는 아버지 사자왕의 모습을 보며 성장했다.

그녀에게 세상의 전부였던 사자왕에게 라이어른은 분신이었다. 그녀는 성장하면서 자연스럽게 라이어른의 현실과 미래에 관하여 배웠다. 어쩌면 그녀는 사자왕이 만들어낸 이 모든 결과물의 정점에 있을지도 모르는 여자였다.

그녀는 여자로서 아름다움을 가꾸는 행복을 스스로 포기했다. 그리고 남자에게 사랑받는 일도, 남자를 사랑하는 일도 기꺼이 포기했다. 그녀는 전혀 망설이지 않고 자신의 젊음을 기꺼이 대가로 지불했다. 한창 젊고 아름다운 여자에게 그 아름다움과 젊음을 기약없는 일에 소모하라는 것은 너무나 가혹한 처사였다.

아델만 국왕은 어째서 아무도, 그 자신조차도 그 잔인한 거래를 눈치 채지 못했는지 의아했다.

툭!

한줄기 눈물이 천천히 그의 뺨을 타고 흘러내렸다. 그는 이제야 모든 것을 완벽하게 이해할 수 있었다. 그동안 어렴풋하게 짐작하던 모든 일들이 이제는 알 것 같았다.

그녀는, 페나 라이침버 아델만이라는 여자는 그녀 스스로 선택한 남자, 자신에게 끊임없이 구원을 갈구했던 것이다.

여자로서 가장 아름다웠을 시절 동안 그녀는 전략 전술에 모든 것을 소모했다. 그녀의 아버지가 꿈꾸던 강력한 라이어른을 그녀도 꿈꾸었다. 그리고 자신의 남편이, 자신이 사랑하는 남편이 그 꿈에 마침표를 찍어주기를 원했다. 그녀 자신이 라이어른을 통일하고 싶었던 것이 아니었다. 그녀가 사랑했던 자신이 라이어른을 통일하는 대업을 이루고 역사책의 구석에 이름이 남겨지는 영광을 얻게 해주고 싶었던 것이다.

그녀가 원했던 것은 그것이었다. 자신의 남편이 모두에게 칭송받고 존경받게 해주고 싶었던 것이다. 그녀가 여자로서의 소중한 모든 것을 내던지고 매달렸던 일에 대한 보답은 그것으로 족했던 것이다.

하지만 그는 그것을 기꺼이 걷어차 버렸다. 이 모든 일의 책임은 그 자신, 아델만 국왕이라고 불리우는 그 자신이었다. 그녀는 자신이 평생 동안 노력해 온 모든 것들을 기꺼이 자신이 사랑했던 남자의 업적으로 돌려줄 수 있는 바보 같은 여자였다. 그런데 자신은 그것을 걷어차 버린 것이다. 그 순간 그녀를 지탱하고 있던 모든 것들이 무너졌다.

"크흐흑! 빌어먹을! 빌어먹을! 빌어먹을!!"

아델만 국왕은 왕좌에 앉아서 가슴을 쥐어뜯으며 통곡했다. 지금 이 자리에 누가 있는지 전혀 머리 속에 들어오지 않았다. 미칠 것만 같다는 기분이 어떤 기분인지 뼈저리게 느꼈다. 그는 한 손으로 얼굴을 가리고 울었다. 무심결에 그녀를 상처 입혔던 말들은 고스란히 그에게 되돌아와 피를 흘리게 만들었다. 정말로 미쳐 버릴 것만 같았다.

"혹시……."

"…라고 했던 말을 기억하나요?"

"…사랑스럽다고 했던 말을 기억하나요?"

"내가 웃을 때 내가 정말 사랑스럽다고 했던 말을 기억하나요?"

아델만 국왕은 그제야 기억해 냈다. 그는 군대를 이끌고 떠나 버리던 날, 그녀가 문 앞에 서서 망설이듯 구원을 바라듯 마지막으로 자신에게 했던 질문을 기억했다. 그 중요한 말을 이제야 기억했다는 사실에 아델만 국왕은 분노했고 절망했다.

"미안해요! 정말 미안해요!"

그는 오열했다. 그는 절망감에 울면서 이제는 되돌릴 수 없는 일들을 기억했다.

'한 번의 실수에도 사랑은 상처받는다. 그 상처를 책임지는 것은 결국 상처받은 연인들이다. 그게 연인들이 짊어져야 하는 무겁고 고단한 굴레일 것이다. 연인들의 굴레란 그런 것이다.'

사자성은 대낮인데도 어두웠다.

Chapter 11

명예로운 슬픔

〈 1 〉

"집에 가는 것이 그렇게 즐겁니?"

거대한 전투마를 타고 있던 클레리온 카세이드(Clerlion Karsade) 대위는 싱긋 웃으며 물었다. 크림발츠의 가을 하늘은 어찌할 수 없을 정도로 맑고 투명했다. 녹해의 바다처럼 투명하고 맑은 아쿠아 마린 빛 하늘은 평화 그 자체였다. 크림발츠 왕실 근위대 제복을 입고 있는 카세이드 대위는 키가 크고 어깨가 넓은 건장한 체구를 갖고 있는 30대 초반의 대위였다. 나이에 비하여 진급이 유난히 늦어, 이제는 장교로서의 성공을 기대하기 힘든 위치에 있었지만 그는 전혀 개의치 않았다.

밝은 갈색 머리에 각진 턱과 광대뼈가 불거진 카세이드 대위는 천성적으로 낙천적이고 긍정적으로 살아가는 인물이었다.

"즐거워요. 그런데 이렇게 즐거워해도 좋을까요? 왕자 전하께서는…….”

조랑말을 몰고 가던 소년은 금세 어두워진 얼굴로 고개를 돌렸다. 오전 내내 쉴 새 없이 떠들며 고향 지방의 풍경을 자랑하던 소년이었다. 하지만 이제 겨우 14살의 나이인데도 소년은 조숙했고, 놀랄 만큼 어른스러운 구석이 있었다.

카세이드 대위는 싱긋 웃으며 말 위에서 용케 팔을 뻗어 소년의 밝은 모래 빛 머리칼을 쓰다듬었다. 소년은 의아한 얼굴로 카세이드 대위를 바라보았다.

“걱정하지 마라. 그 망나니 왕자님은 네가 없어도 세상이 충분히 즐거우신 분이니까.”

소년은 흠칫 놀라며 주변을 둘러보았다. 야트막한 구릉이 언제까지고 계속되는 크림발츠의 시골 길에는 아무도 없었다.

“카시안 왕자님을 그렇게 말씀하시면 왕실 모독이에요.”

“걱정 마. 근위대 장교 한 명이 교수형당한다고 세상은 바뀌지 않거든.”

민트 J. 케언은 자신보다 두 배는 넘는 인생을 살아온 근위대 장교를 보면서 마침내 웃음을 터뜨렸다. 근위대 장교가 길 한복판에서 콧구멍을 후비는 광경은 평생 가도 쉽게 볼 수 있는 광경은 아니었다.

“뭐예요! 더럽게…….”

“만약에 내가 여기서 콧구멍을 후비던 일을 떠들고 다니면 가만 두지 않겠어. 난 너희들의 비밀을 많이 알고 있지.”

“비밀이요?”

“혈기 왕성한 14살이라지만 어엿한 한 나라의 왕자나 되는 놈팽이 녀석과 그 카메리타스 인 녀석들 둘이서 장미여왕 1세 안에서 무슨 짓을 하고 다니는지 다 알고 있지."

"우린 아무 짓도 하지 않았어요!"

케언은 얼굴을 잔뜩 붉히며 소리쳤다. 하지만 전쟁터에서도 살아 돌아온 근위대 장교는 노련했다. 그는 흐응~ 하는 얼굴로 느끼한 웃음을 짓더니 노래를 부르듯 읊어 나가기 시작했다.

"아무 짓도 안 했지. 아무 짓도 안 했어. 그러엄! 아무 짓도 안 했지. 왕실 시녀들 침실을 엿보면서 시녀들의 옷 갈아입는 광경을 감상하는 짓도 안 했을 거야. 으슥한 곳에 숨어 있다가 지나가는 시녀들 치마를 들추는 짓도 안 했을 거고. 그럼그럼, 아무 짓도 안 했지."

"그, 그건 우연히……."

조랑말 위에 앉아 있던 케언은 핼쑥한 얼굴로 더듬거렸다. 왕자와 카메리타스에 대한 직속 경호대 소속 장교인 그가 언제 그런 것들을 목격했는지 몰랐다. 아무도 모를 것이라고 생각했던 일들을 들킨 소년은 무안해진 얼굴로 땀을 흘렸다. 소심한 사춘기 소년답게 발그레한 볼이 더욱 붉어지고 있었다.

"정말 큰일인 건 말이야, 그 두 사람이 감히 크림발츠의 자랑이자 보석인 영민하고 아름다운 루엘라이 공주의 침실까지 엿봤다는 거야. 이건 정말 심각해. 조만간 그 품행이 나쁜 소년들은 나란히 왕실 모독죄로 교수형을 당할지 몰라. 교수형당하면 까마귀들이 몰려와 눈을 파먹고……."

"그건 카시안이 억지로 끌고 간 거란 말이에요! 흡!"

케언은 자신이 엄청나게 심각한 말실수를 했다는 걸 깨닫고는 두 손으로 입을 막았다. 하지만 이미 말은 주워담을 수 없었다. 소년의 머리 속에 교수형이라는 단어가 세차게 소용돌이쳤다. 더군다나 그

소리를 들은 사람이 바로 왕실 근위대였다. 그것도 장교였다.

하지만 카세이드 대위는 만족스러운 얼굴로 웃었다. 그는 오히려 소년의 어깨를 두드리며 진심으로 격려해 주었다. 소년은 어안이 벙벙한 얼굴로 앉아서 눈만 껌벅거렸다.

"핫하하! 그래야 14살짜리 풋내기 소년답지. 솔직히 말해서 수도를 떠나왔는데도 그 따위 짜증스러운 어른 흉내를 내는 게 맘에 들지 않았거든. 소년이란 소년답게 행동해야 하는 법이야. 하하하!"

"대위님……."

"걱정하지 말라니까. 난 항상 너희들 편이야. 물론 교수들 앞이나 왕실 예법관 앞에서는 어쩔 수 없겠지만 여가 시간에는 제발 소년들처럼 굴어라. 이건 인생 선배로서의 충고야. 고작 14살인 사내자식들 둘이서 머리 맞대고 한다는 소리가 녹해 무역 항로 독점을 위한 해군력 강화 따위를 토론해서 어쩌겠다는 거냐? 네놈들 나이 때는 그저 여자들 침실이나 엿보고 스커트나 들추는 게 어울려. 알았냐?"

"네에……."

"근데 루엘라이 공주의 몸매는 어땠냐? 뭐, 아직 어리니까 볼 것도 없을 것 같다만……."

"대위님!"

소년이 다시 핼쑥해진 얼굴로 허우적거리는 동안에 대위는 그 틈에 게으름을 피우던 말을 재촉했다. 새들이 투명한 하늘을 날고 있던 가을 하늘로 그의 시끄러운 웃음소리가 퍼져 나갔다.

"내가 좋은 거 알려줄까?"

"허아……."

소년은 또다시 대위가 말을 걸자 늙은이처럼 깊은 한숨을 쉬며 고개를 절레절레 흔들었다. 하지만 카세이드 대위는 전혀 개의치 않고 수다를 떨기 시작했다.

14살의 민트 케언은 대위가 왕성에서 시녀들의 침실을 엿보기 좋은 장소를 줄줄이 읊어대는 것을 들으며 한숨을 쉬었다. 왕성에서는 절도있고 단정한 장교로 알고 있던 카세이드 대위에게 이런 망나니 기질이 있다는 걸 알게 된 것이 전혀 기쁘지 않았다. 케언은 그러면서도 대위가 오랜 노하우로 알게 된 명당 자리와 시간대를 알려주는 것을 암기하는 자신이 한심스러웠다.

그는 자신의 성격상 왕성으로 돌아가면 열이면 열, 그대로 카시안 왕자에게 알려줄 거라는 것을 알고 있었다. 그리고 역시 카시안 루엘 파반트 왕자의 성격상 그 장소들을 확인하지 않고는 배겨내지 못할 거라는 것도 알았다.

케언은 크림발츠 왕실이라는 곳이 자신이 생각했던 환상을 철저하게 부숴 버리는 곳이라고 생각했다. 문제는 그 원인을 제공하는 두 사람이 그에게는 가장 가까운 사람들이라는 점이었다. 14살의 케언은 어째서 자신의 주변에는 이런 인간들만 모여드는지 의아스럽게 생각했다.

"……."

문득 케언은 그사이에 자신들이 벌써 집 근처에 다다랐다는 것을 깨달았다. 케언의 아버지는 준남작으로 크림발츠에서도 시골이라고 할 수 있는 루아르라는 항구 도시의 관리였다.

여러 가지 문제 때문에 평범한 교우 관계가 어려운 왕자들은 카메리타스라고 불리우는 또래 소년과 함께 성장한다. 카메리타스로 선발되는 소년들은 항상 남작 이하의 하급 귀족이나 준귀족, 지방 부호의 아들인 경우가 많았는데, 그 이유는 여러 가지가 있었다. 가장 큰 이유는 보통 카메리타스로 성장한 소년들은 왕자가 왕위를 계승하면 국왕의 측근으로 활동하는 것이 관례라는 점이었다.

고위 귀족 자제가 국왕의 측근이라는 것을 빌미로 귀족 사회에서 무모한 권력을 남용하는 것을 방지하기 위하여 소년들의 가문은 항상 정치권 진출 가능성이 희박한 집안에서 선출되었다. 귀족원에서도 불필요한 정적 가문의 비대화를 방지하기 위하여 이러한 관습을 적극 옹호하는 입장이었다.

공주의 경우에는 공식적인 카메리타스 제도는 없었지만 보통 또래 소녀를 측근 시녀로 붙여주는 것이 관례였다. 이 경우에는 시녀는 계속해서 시녀로 남기 때문에 왕자의 경우보다 측근으로서의 위험성은 희박했다. 공주의 측근 시녀로 지정된 소녀는 특별한 문제가 없는 한, 평생 동안 공주의 시녀로 지내게 되고 공주가 여왕으로 즉위해도 그 지위는 변함이 없었다. 카시안 왕자의 여동생인 루엘라이 공주에게는 이아겔라라는 시녀가 있었다.

하지만 제도적인 원칙과 현실은 항상 차이가 있었다. 카메리타스로 성장한 소년이 국왕의 측근이 되어 권력을 남용하는 경우가 전혀 없지는 않았고, 그런 상황은 항상 왕실 내부의 끊임없는 유혈 사태로 발전했다. 때문에 추가적인 보완책으로 왕자의 카메리타스는 원칙적으로 공직에 취임할 수 없었다. 똑같이 권력을 남용해도 공직에 앉아서 휘두르는 것과 공직이 없는, 단지 측근 상태에서 휘두르는 것은 파급효과 면에서 차이가 있었다.

던햄 2세의 카메리타스로 여왕의 창기병 총기사단장에 오른 알루인 미네스 대령이 그 마지막 선례였다. 국왕의 절친한 측근으로 평생 동안 굳건한 충성심으로 국왕을 보좌한 모범적인 카메리타스였던 미네스 대령이었지만, 기존의 카메리타스 제도가 갖고 있는 위험성은 객관적으로 파악하고 있었다.

미네스 대령은 우선 무분별하게 정치 개입이 잦았던 창기병을 대상으로 '미네스 규범'이라는 것을 지정하여 창기병의 정치 개입을 일체 금지시키는 사항을 법제화시켰다. 미네스 규범에 의하여 창기병단은 국왕의 직접적인 명령과 참모 회의의 만장일치 의결없이는 어떠한 상황에서도 군사 활동을 금지당했다. 또한 카메리타스는 어떤 경우에도 예외없이 모든 공직 취임을 금지하는 법안을 왕실 법규에 추가했다.

그 일련의 작업이 끝났을 때, 미네스 대령은 미련없이 창기병단을 탈퇴하여 평생 동안 던햄 국왕의 측근으로서만 살아갔다.

가장 모범적인 카메리타스라는 평가를 받는 알루인 미네스였기 때문에 현 왕자인 카시안 루엘 파반트 왕자의 카메리타스인 민트 J. 케언은 알루인 미네스에 관한 전기를 필수 과목으로 배우고 있었다. 그리고 케언 자신도 카시안 왕자에게 그런 측근으로 살아가고 싶었다. 그의 꿈은 역사학자가 되는 것이었다. 왕실의 역사학자는 왕실 기록관과는 달리 관직이 아니었기 때문에 문제가 없었다. 그리고 그는 책을 읽고 생각에 잠기는 것을 좋아했다.

"혹시… 저기 보이는 저택이 너희 아버지 별장이냐?"

방금까지 낄낄거리던 카세이드 대위가 심각한 목소리로 묻자 케언은 고개를 들었다. 그리고 보았다.

"……!"

구릉 아래로 포도밭과 밀밭이 펼쳐져 있었고, 단출하고 수수한 별장이 그곳에 있었다. 어린 시절 이후로 한 번도 와보지 못한 곳이지만 그는 잘 기억하고 있었다. 그 별장이 불타고 있었다.

"아 아, 아버지!"

케언은 본능적으로 조랑말의 배를 걷어차면서 구릉을 달려 내려갔다. 항구 도시 루아르에서 살다가 요즘 건강이 나빠져 별장에서 지내고 계시는 아버지와 가족들을 만날 수 있다고 기대에 부풀어 있었다. 그런데 그 별장이 지금 불타고 있는 것이다.

'왜? 어째서?'

케언은 불안과 경악으로 가득 찬 얼굴로 눈물을 흘리며 말을 몰았다. 조랑말은 나름대로 최선을 다해 달리고 있었지만 케언은 답답했다. 당장 말에서 내려 뛰어가고 싶었다.

"기다려! 침착해!"

전투마를 몰아 곁으로 다가온 카세이드 대위는 팔을 뻗어 케언의 목덜미를 잡아챘다. 오랜 전투로 단련된 그는 14살치고 제법 체격이 좋은 케언을 한 팔로 들어 올려 자신의 뒤에 앉혔다.

케언은 창백한 얼굴로 자신이 무슨 소리를 지르는지도 모르며 대위의 체인메일 위에 걸친 근위대 제복을 잡아뜯을 듯이 움켜잡았다.

촤악!

롱 소드가 검집에서 뽑혀 나오는 소리에 케언은 흠칫 놀랐다. 그리고 카세이드 대위의 뒤통수를 올려다보았다. 등 뒤에서는 그의 표정을 전혀 볼 수 없었다. 하지만 케언은 그가 더 이상 농담을 지껄이던 사내가 아니라는 것을 알았다. 그는 벌써 크림발츠 왕실 근위대 소속 장교로 되돌아가 있었다.

"하아!"

그가 전투마의 배를 걷어차자 전투마는 무시무시한 속도로 전력 질주하기 시작했다. 이제 겨우 조랑말에서 승마용 말로 바꿔 타는 연습을 하던 케언은 전투마라는 것이 같은 말로 취급할 수 없다는 것을 그때 배웠다. 잘 훈련되고 대위와 함께 전쟁까지 참전했던 전투마는 거침없이 밀 밭을 파헤치며 별장까지 일직선으로 가로질렀다. 황금빛 밀 이삭들이 거칠게 뜯겨 나가며 허공으로 날아올랐다.

"타핫!"

그가 기합을 내뱉으며 말을 몰자 전투마는 반쯤 무너진 돌담을 단숨에 뛰어넘었다. 전투마가 착지하는 충격이 지나기도 전에 케언을 볼 수 있었다. 정원의 우물 터에 매달린 아버지와 어머니의 시체를. 그리고 두 명의 사내들이 그의 누나를 마지막으로 매달고 있었다.

빠각!

갑자기 출현한 전투마에 놀란 사내들이 뒤돌아보는 순간 첫 번째 사내의 목이 허공으로 높이 날아갔다. 그리고 두 번째 사내는 전투마에게 짓밟히며 처절한 비명을 질렀다. 뼈가 밟혀 우두둑거리는 소리가 들려왔다. 카세이드 대위는 말 위에서 누나의 허리를 끌어안으며 롱 소드로 밧줄을 쳐냈다. 손발이 묶인 케언의 누나는 필사적으로 버둥거리다가 대위의 팔에 안기자 축 늘어져 버렸다.

"케언! 말 위에 남아! 위험하면 곧바로 도망쳐!"

카세이드 대위는 케언과 그의 누나를 말 위에 남겨두고 뛰어내렸다. 별장에 불을 지르던 사내들 서너 명이 뛰어왔다.

"젠장! 목숨을 걸어야 하나?"

카세이드 대위는 롱 소드를 고쳐 잡고는 복면을 쓰고 검을 든 사내들을 상대하기 시작했다. 제대로 훈련된 그의 전투마는 전투 지역을 섣불리 벗어나지 않으며 자신에게 접근하는 사람들을 걷어차면서도 쉽사리 케언들을 떨어뜨리지 않았다.

"이건 내 취향이 아니야!"

"커헉!"

대위는 손에 쥐고 있던 흙을 상대의 눈에 던졌고, 그 빈틈을 이용하여 상대의 가슴에 검을 쑤셔 넣고 손목을 비틀었다. 늑골 사이로 들어간 롱 소드는 가볍게 비틀리며 상대의 폐와 심장을 찢어놓았다.

파악!

그 순간 등 뒤에서 또 다른 사내가 대위의 옆구리를 찔렀다. 하지만 크림발츠가 근위대 병사들에게 지급하는 체인메일은 장식품이 아니었다. 체인메일은 뜯겨 나가면서도 간신히 대위의 옆구리에 길게 자상을 남기는 것으로 끝냈다.

"이 개자식아!"

카서이드 대위가 손에 끼고 있던 철제 건틀렛에 맞은 사내의 턱과 이빨이 그 자리에서 박살났고, 수직으로 내려친 롱 소드에 맞아 머리가 콧잔등 깊이까지 좌우로 갈라져 버렸다. 뜨거운 피가 대위의 얼굴로 쏟아져 내렸다.

그가 시체의 머리에 박혀 버린 롱 소드를 뽑아내려는 순간, 세 번째 사내가 덤벼들었다. 대위는 롱 소드를 기꺼이 포기하면서 뒤로 껑충 뛰었다. 그는 자신의 앞으로 스쳐 지나가는 상대의 목을 왼팔로 끌어안으며 허리춤에서 단검을 뽑았다. 그는 등 뒤에서 상대의 목을 조르며 뽑아 든 단검을 수직으로 세워 목덜미와 쇄골 사이의 급소에 찔러 넣었다. 기도와 허파, 동맥을 동시에 침범당한 사내는 비명조차 지르기 전에 즉사했다.

"어떤 개자식이 널널한 호위 임무라고 사기 쳤어! 칼 맞는 게 널널한 거냐! 돌아가면 죽여 버릴 거야!"

카메리타스인 케언이 고향까지 휴가를 다녀오는 동안에 호위를 하는, 여행을 겸한 느긋한 임무라고 좋아했던 카세이드 대위는 피가 흐르는 옆구리를 누르며 고래고래 악을 쓰고 짜증을 부렸다.

케언의 누나 일잔느 케언(Ilsange Kehen)은 다행히 숨은 붙어 있었지만 좀처럼 의식을 회복하지 못했다. 온몸에 크고 작은 상처와 심각한 출혈이 있었고, 정신적인 충격 때문에 의식이 없었다.

"빌어먹을!"

일잔느의 다리에 낭자한 선혈을 지혈하려던 카세이드 대위는 그 출혈이 무엇을 의미하는지 깨닫고는 바닥에 침을 뱉었다. 그는 핏발이 가득한 눈으로 그녀의 하혈을 지혈하고서 곧바로 그녀를 말 위에 태웠다.

케언은 충격을 받아 바닥에 주저앉은 채 정신을 차리지 못했다. 두 번이나 불렀는데도 케언이 대답을 하지 못하자, 대위는 곧바로 케언에게 다가가면서 건틀렛을 벗었다. 그리고 미련없이 케언의 턱을 주먹으로 후려쳤다.

"젠장! 젠장! 젠장! 젠자앙!"

대위는 의식을 잃은 남매를 나란히 말에 태우고는 밧줄을 꺼내 두 사람의 손발을 밧줄로 묶었다. 잠시 동안 망설이던 대위는 곧바로 체인메일과 건틀렛 같은 갑옷들을 빠르게 벗었다. 아무리 갑옷으로 중무장한 기사를 태우기 위해 훈련받은 전투마라고 해도 세 사람은 확실히 무리였다.

갑옷을 벗은 대위는 말 위에 올라타면서 순간적으로 케언의 부모 시체를 바라보았다. 검에 찔리고 불에 탄 두 구의 시체는 이미 목이 매달리기 전에 죽은 것이 분명했다. 대위는 그 처참한 모습에 눈살을 찌푸리고는 미련없이 말을 몰았다.

그는 임무를 부여받고 여행을 떠나기 전에 이틀에 걸쳐서 수도에서 이곳까지의 주요 거점을 지도를 보면서 숙지했다. 군용 전술 지도를 바탕으로 최대한 많은 지형과 지명들을 암기했던 그는 힐끔 고개를 들어 해를 보고 방향을 가늠해 말을 몰기 시작했다. 그는 지도에서 가장 가까운 도시로 알려진 방향으로 달리기 시작했다. 거칠게 말을 몰면서 그는 자신의 기억력을 믿을 수 있는지 잠시 회의가 들었지만 이내 그런 생각을 털어버렸다.

카서이드 대위와 케언이 수도로 되돌아왔을 때 크림발츠 왕실은 발칵 뒤집혔다. 카메리타스 집안에 대한 습격은 크림발츠 역사상 전무후무한 사건이었다. 에이샤 6세 여왕은 진노하며 이 사건을 왕실의 권위에 대한 도전으로 선언했다.

바로 그날 저녁으로 대책 회의가 조직되었다. 대책 회의의 총책임자로는 14세의 나이에도 불구하고 카시안 루엘 파반트 왕자가 올랐고, 왕실 예법관과 사찰관이 실무 책임자로, 그리고 여왕의 창기병 1개 기사대 2,000명이 군사력으로 쥐어졌다.

귀족원에서는 상당수의 귀족들이 일개 카메리타스 집안의 문제 때문에 국왕 친위대 병력 2,000명이라는 대병력이 동원된다는 사실에 불만을 제기했다. 더군다나 그 문제가 딱히 귀족들이 연루되었다는 증거도 부족한 상황이었다. 그 소식을 전해 들은 카시안 왕자는 대뜸 곁에 있던 근위대 장교의 허리에서 롱 소드를 뽑아 들고 귀족원으로 뛰어갔다.

쾅!

왕실에서 너무 과민 반응을 보이는 것 아니냐는 문제를 놓고 설전을 벌이던 귀족원 소속의 귀족들은 갑자기 문짝을 걷어차며 들어온 카시안 왕자의 모습을 보고 기겁했다. 왕자가, 그것도 롱 소드를 들고 귀족원에 무장 난입한 역사는 어디에도 없었다. 귀족원에서 문제로 걸고 넘어간다면 카시안 왕자를 폐태자로 내쫓는 일도 가능할 빌미였다.

14살인데도 살기등등한 얼굴로 단상으로 걸어간 카시안 왕자는 두 손으로 롱 소드를 쥐더니 있는 힘껏 단상을 내려쳤다. 단단한 호두나무로 만들어진 단상이 부서지며 롱 소드가 깊숙이 박혔다.

"케언 집안은 비록 보잘것없는 준남작 집안이나, 경들도 아시다시피 그는 크림발츠의 아침을 여는 자, 바로 본인 카시안 루엘 파반트 왕자의 둘도 없는 친우이며 이 나라 왕실에서 지정한 카메리타스이다. 그럼에도 불구하고 그의 가문에 이러한 불미스럽고 끔찍한 사건이 벌어졌다. 나는 이것을 크림발츠 왕실에 대한 중대한 도발 행위로 간주한다. 왕실에 대한 도발은 어떠한 경우를 막론하고 가문 전체가 멸망한다는 전례를 남기기 위해서라도 나는 행여 이 사건에 개입된 가문은 지위 고하를 막론하고 멸절시켜 버릴 것이다. 설사 백작 가문이라도 그 집안의 가족들과 하인들은 물론 쥐새끼와 벌레 한 마리 남겨두지 않고 모조리 죽여 버리겠다. 살아 있는 것이라면 풀 한 포기라도 모조리 태워 버릴 것이다. 그대들이 만약 폭군이라는 것이 어떤 것인지 알고 싶다면 10년만 기다려라! 내가 국왕에 즉위하면 크림발츠 역사상 최악의 폭군이 어떤 것인지 몸소 보여주겠다!"

고작 14살의 소년에게서 어떡하면 저런 살기등등하고 섬뜩한 말들이 흘러나올 수 있는지 아무도 몰랐다. 카시안 왕자의 목소리는 귀족원 내부에 있던 모두가 듣기에 부족함이 없었다. 그리고 그 내용은 앞으로 크림발츠의 역사가 바뀔지도 모른다는 불안감을 갖기에 충분했다.

"그럼 여기 뻔뻔스럽게 앉아 있는 자들 중에서 과연 몇 명이나 죽어나가는지 한번 보기로 하지. 그대들에게 행운을 빈다."

카시안 왕자가 나갔을 때 아무도 입을 열지 못했다. 놀기 좋아하고 뺀질거리기로 유명한 왕자로 소문났던 카시안 왕자와 방금 귀족원을 상대로 두려움없이 무장 난입을 시도한 왕자가 동일 인물이라고는 아무도 믿을 수 없었다.

카시안 왕자는 그날을 계기로 귀족원을 상대로 무장 난입을 시도한 전무후무한 첫 번째 왕자로 크림발츠 역사에 기록되었다. 에이샤 여왕과 왕실 예법관이 고심 끝에 카시안 왕자에게 일주일 간 침실에서 근신을 명령했을 때, 오히려 귀족원들이 몰려와 여왕에게 왕자의 복귀를 간청했다. 그들은 솔직히 고작 14살인 왕자의 대책없이 저돌적인 공격 성향이 두려웠다.

나란히 병실에 누운 민트 케언과 일잔느 케언 남매에 대한 경호를 맡았던 근위대 경호대는 그 즉시 해체되었고, 창기병 내부에서도 최정예라고 평가받던 제1기사대 제1독립대 소속 백인대 120명이 새로운 경호 임무를 부여받았다. 귀족도 아닌 고작 2명의 신변 보호를 위해 크림발츠 최정예 전투 부대가 동원된 것이다.

케언 문제가 왕실에 대한 도발 행위라고 판단한 것은 여왕의 창기병도 마찬가지였다. 에이샤 6세 여왕 즉위 이후 처음으로 창기병 참모회의가 소집되었고, 만장일치로 크림발츠에 대한 전시 체제가 선언되었다. 수도는 동원령이 떨어진 창기병단 때문에 술렁거렸다.

케언 집안을 그렇게 만든 당사자들이 누구인가는 중요하지 않았다. 마침 주변을 떠돌던 도적 집단의 소행이라면 그들은 국왕 친위대에게 직접 토벌당하는 최초의 도적들이 될 상황이었다. 만에 하나 귀족 집안의 음모라면 당분간 창기병단을 선두로 하는 대대적인 숙청과 무력 진압이 시작될 것이라는 의미였다.

귀족원의 반발에도 불구하고 카메리타스 케언 집안을 전멸시킨 사건은 왕자에 대한 시해 혐의와 동격으로 분류되었다. 전통적으로 왕실 내분이 잦았던 크림발츠로서는 이 사건을 빌미로 귀족원에 대한 대대적인 가지치기 작업이 필요하다는 내부 의견이 있었던 것이다. 말하자면 케언 집안의 문제는 좋은 핑곗거리였다.

하지만 잠정적으로는 이미 케언 집안의 사건이 귀족들의 음모라고 판단되고 있었다. 근위대 소속 카세이드 대위는 근위대에서 나와 중앙 기사단으로 편입되었고, 대책 회의의 책임 장교로 임명되었다.

케언의 별장지에서 취했던 그의 행동이 가장 적절하고 유효한 조치였다고 인정받은 것이다. 그는 일단 케언 남매를 근교 도시의 의사에게 맡겼고, 관할 자치대 총동원령을 내렸다. 또한 기마수를 보내 왕실과 중앙 기사단에 무장 병력 파병 요청을 신청했다.

지시를 끝낸 그는 곧바로 갑옷도 갖춰 입지 않은 위험한 상태를 무릅쓰고 단신으로 별장지로 되돌아갔다. 증거 수집과 현장 보존을 위한 행동이었고, 이것은 아주 시의 적절했다.

특히 그가 현장에서 수거한 롱 소드는 결정적인 증거로 채택되었다. 특히 군사 문화가 강한 크림발츠나 아메린에서 롱 소드는 쉽게 가게에서 구입이 가능한 물건이 아니었다. 그가 수거한 롱 소드는 전형적인 크림발츠 식 롱 소드였다.

롱 소드의 원료인 철이 채굴되는 광산에는 항상 대규모 병력이 주둔하고 있었고, 엄격하게 'g' 단위까지 왕실에서 관리했다. 그렇게 관리되는 철광석은 역시 왕실에서 운영되는 제련소에서 철괴로 제작되었고, 왕실 지정 무기창에서 롱 소드로 제조되었다. 부랑자들이 사용하는 청동제 싸구려 단검과는 질적으로 다른 관리를 받는 것이다.

특히나 강철은 더욱 엄격하게 통제되고 관리되었다. 강철은 크림발츠를 지탱하는 군사력의 근간이 되는 물자였고, 항상 전시에 대비하여 까다로운 절차에 의거해 관리되었다.

단순히 돈이 많다고 해서 길거리 상점에서 롱 소드나 체인메일 등을 베이컨이나 치즈처럼 구입할 수 있는 것은 아니었다. 적어도 크림발츠와 아메린에서는 그랬다. 이런 편집증적인 관리의 이면에는 불법으로 롱 소드를 제작하다가 적발된 대장장이는 물론, 그들의 가족과 4촌 이나의 친척들을 재판없이 공개 처형한다는 가혹한 법률이 뒷받침해 주고 있었다.

함부로 롱 소드를 만들다 걸리면 본인은 물론 5살짜리 딸아이까지 나란히 교수대에 목이 걸린다는 것을 알고도 호기롭게 불법 롱 소드를 제작할 대장장이는 거의 없었다. 이 경우에는 어떤 경우를 막론하고 인정이나 법적 유예를 기대할 수 없었다. 강철의 불법 운용은 왕실 반역죄를 적용받았다.

즉, 카세이드 대위가 적발한 롱 소드는 중앙 기사단과 연줄이 닿은 고위 귀족이거나 롱 소드 매입이 수월한 무관 귀족이 이 사건에 깊숙이 개입되었다는 것을 의미했다. 이것은 결정적인 증거였다.

단순한 일가족의 몰살로 끝날 수도 있었던 사건은 롱 소드를 비롯한 군수 물자를 비축하며 왕실 반란을 기도하고 있는 세력이 있다는 혐의로 비화되었다. 귀족원들은 자신들에게 불똥이 튈 것을 의식해서 자체적으로 시한부 해산에 들어가 버렸다.

"…현재 진행 상황은 여기까지야."

침대에 누워 있던 케언에게 상황을 설명해 주던 카시안 왕자는 입을 다물었다. 예상과는 달리 케언은 전혀 울지도 않았고, 쇼크를 받지도 않았다. 그는 도저히 14살 소년이라고 볼 수 없는 얼굴로 담담하게 침대에서 머물고 있었다.

카시안 왕자는 저녁 노을을 받아 붉게 변한 친구의 얼굴을 물끄러미 쳐다보았다. 그에겐 케언의 얼굴이 마치 울고 있는 것처럼 느껴졌다. 왕자는 친구의 시선을 좇아 창밖으로 눈을 돌렸다. 높고 화려한 첨탑들 사이로 루비처럼 붉은 노을이 지고 있었다. 감상적인 기분은 그 노을까지 슬프다고 말하고 있었다.

"아참! 카세이드 대위가 가르쳐 주었다는 그 장소 말이야, 정말 죽이는 장소던데? 그 왜 수석 시녀 중에 상도뉴에서 온 자작 부인이 있잖아? 난 상도뉴 자작 부인의 몸매가 그렇게 멋진 줄 몰랐어. 에, 그러니까……."

애써 명랑한 소리로 떠들던 카시안 왕자는 입을 다물었다. 케언은 전혀 반응도 없었고, 귀를 기울이지도 않았다.

"아참! 기억이 났는데 내 여동생이랑 언제 식사나 함께하겠어? 저번에는 무심코 거절했는데 말이야, 생각해 보니까 너랑 잘 어울려. 명색이 한 나라의 공주인데 성질머리가 나빠서 누가 데려가겠냐? 차라리 니가 데려가라. 엄청난 제안이지? 크림발츠 공주의 남편이 되는 거야. 후작 지위가 내려진다구! 내가 급사해서 공주가 여왕이 되면 넌 크림발츠 유일의 공작 가문이 되는 거야! 멋진 제안이지?"

카시안 왕자가 쥐어짜낸 두 번째 시도도 보기 좋게 헛수고로 끝났다. 케언은 침대에 앉은 채 무릎을 모으고 멍하니 창밖만 바라보았다. 그는 전혀 왕자의 말에 귀 기울이지 않았다.

하지만 카시안 왕자는 절대 포기하지 않았다. 그는 진짜로 땀을 흘리며 자신이 알고 있는 모든 수단을 동원하여 케언에게 말을 걸었다. 병실에 촛불을 밝히기 위해 들어왔던 시녀들은 침대 주위를 맴돌며 수다를 떠는 왕자의 모습에 기겁하며 사라졌다.

만약 국왕의 덕목에 초인적인 인내력이 포함된다면, 카시안 왕자는 국왕으로서 조금도 부족함이 없었다. 그가 포기하고 한 걸음 물러섰을 때, 그의 옷은 땀으로 흠뻑 젖어 있었고 목이 쉬어 목소리가 거북하게 갈라지고 있었다.

턱!

카시안 왕자는 바닥에 무릎을 꿇었다. 대륙에서도 강대국으로 이름난 크림발츠의 왕자가 타인 앞에서 무릎을 꿇는 것은 있을 수 없는 일이었다. 하지만 카시안 왕자는 전혀 개의치 않았다. 그는 순수한 14살 소년으로서 친구의 앞에서 무릎을 꿇었다. 케언은 물끄러미 그런 왕자를 바라보았다.

"미안하다. 내가 왕자였기 때문에 너희 부모님들이 죽은 거야. 왕실에서 너를 나의 친구로 선택했기 때문이야. 왕실이 너에게 사과할 수는 없을 거야. 하지만 이건 카시안 왕자로서 사과하는 게 아냐. 왕자는 누구에게도 사과할 수 없어. 이건 친구로서, 너의 친구 카시안으로서 사과하는 거야. 이 빚은 언젠가는 꼭 잊지 않고 갚아주겠다. 그리고 나는 너를 절대 친구로서 포기하지 않을 거야. 이 나라를 멸망시키는 한이 있어도 말이야. 미안하다."

카시안 왕자는 딱딱하게 굳은 얼굴로 침실을 나갔다. 케언은 문이

닫히자 다시 고개를 돌려 창밖을 내다보았다. 밤하늘에는 별들이 마치 살아 있는 생명처럼 머물고 있었다.

"크흐흐흑! 크흑!"

닥치는 대로 아무 곳으로나 들어간 카시안 루엘 파반트 왕자는 벽에 기대 울기 시작했다. 그는 입술을 깨물고 소리를 죽여 울었다. 왕자는 어떠한 경우에도 타인 앞에서 울지 못했고, 사과를 하지 못했다. 그것은 왕실의 권위였고, 왕가의 피가 흐르는 자가 짊어진 무게였다.

어려서부터 함께 자라온 친구였다. 고작 6살의 나이로 부모님들과 헤어져 낯선 왕실에서 까다로운 법규와 낮은 신분 때문에 마음 고생하면서 자란 친구였다. 즉흥적이고 제멋대로인 자신 때문에 항상 혼나는 것도 그였다. 아무도 왕자를 혼내지 않았고 그를 혼냈다. 그런데도 항상 웃고 명랑하던 친구였다.

왕실에서 태어난다는 것은 축복만은 아니었다. 그는 또래 소년들처럼 흙투성이로 뛰어 놀고 싶었지만 테이블 매너부터 배웠다. 수백 수천 명의 사람들이 항상 그 자신의 행동을 주시했고, 혼자서는 아무것도 할 수 없었다. 사람들은 그에게 왕자로서의 예의를 표할 뿐, 아무도 마음을 열어주지 않았다. 그런 그에게 카메리타스는 세상에서 유일한 친구였다. 하지만 그 친구는 이제 그가 그렇게 싫어하던 왕실의 굴레에 얽혀 상처를 입었다. 그 책임 또한 자기 자신에게 있는 것이다.

"부숴 버리겠어! 이따위 굴레 따위 언젠가는 부숴 버리겠어!"

크림발츠의 아침을 여는 자, 카시안 루엘 파반트 왕자는 홀로 그렇게 중얼거렸다.

〈 2 〉

홍겨운 선율이 여름밤 정원을 부드럽게 안아주었다. 예술가들의 나라 스톨츠 출신의 작곡가 튈로프(R. M. Tuilov)가 작곡한 일련의 춤곡들은 모국 스톨츠보다 크림발츠와 아메린에서 인기가 좋았다. 튈로프는 크림발츠의 한적한 시골 저택에 살면서 귀족들을 상대로 춤곡을 작곡해 주며 절정기를 구가하고 있었다.

스톨츠 전통 리듬을 가미한 홍겨운 춤곡 No. 327 '끝없이 아름다운 여름 밤' 이 세 번째 연주되는 동안에 정원에서는 젊은 귀족들이 시간 가는 줄 모르고 춤에 열중했다.

"미안하구나. 나 때문에……."

에피온 엘지엘 아서 파반트, 흔히 슬라임 에피온 후작이라고 불리우는 노인은 미안함이 가득한 목소리로 말했다. 지팡이를 짚고 정원을 거닐던 그를 옆에서 가만히 부축하던 실비아는 조용히 웃었다.

실비아는 자신이 이곳 수도의 귀족 사회에서 얼마나 주목을 받는 존재인지 명확하게 인식하는 현명한 여자였다. 그녀는 파반트 왕가의 혈통을 가진 에피온 후작의 정부였다. 그리고 그 에피온 후작은 소 생 마리 백작이 주도하는 반 여왕 세력에게 정당성을 부여하기 위한 허수아비로 이용당하고 있었다.

케언 칙명관을 중심으로 하는 친 여왕 세력이 잔뜩 긴장한 채 소 생 마리 백작 파의 거동을 주시하는 상황에서, 에피온 후작은 소 생 마리 백작과 케언 칙명관이라는 짚 더미 사이에 숨겨진 오래된 불씨 같은 존재였다. 희미한 바람만으로도 그 불씨는 양쪽 모두를 일순간에 태워 버릴 수 있었다.

슬라임 후작이라는 비웃음을 사면서도 그가 가진 왕가의 혈통 때문에 에피온 후작은 수도에서 가장 큰 주목과 경계의 대상이 되고 있었다. 실비아는 그런 사람의 정부라는 사실 때문에 자신의 몸가짐 하나가 얼마나 중요한지 알고 있었다. 그래서 그녀는 좀처럼 사람들 앞에 나서지 않으려고 노력했다. 그녀는 에피온 후작에게 어떠한 부담도 지우고 싶지 않았다.

그런 그녀가 모처럼 열린 가든파티의 호스트인 에피온 후작을 도와 호스테스로 파티에 참가하고 있었다. 본심은 절대 참가하고 싶지 않았지만 거동이 불편한 에피온 후작 혼자서 파티를 이끌도록 놔둘 수도 없었다. 그녀는 진심으로 그를 사랑했다.

어깨와 가슴이 대담하게 패인 화사한 드레스를 걸친 그녀는 가볍고 수수한 장신구로 꾸미고 머리를 시원스럽게 틀어 올린 차림이었다. 옷차림 하나까지도 그녀는 좀처럼 타인들의 눈에 띄지 않도록 조심했다.

"그보다 다리는 괜찮으세요?"

"실은 많이 좋아졌단다. 다만 내가 여전히 병들고 쓸모없는 늙은이로 보여야 하기에 이러고 있는 거란다."

"왜 그러시는 거예요?"

"나 이름 아래로 모여든 자들은 한결같아. 나를 무능력하고 병든 노인이라고 알기 때문이야. 나를 국왕에 옹립해도 내가 이렇게 늙고 무능력하다면 권력은 자기들끼리 충분히 나눠가질 수 있거든. 하지만 내가 능력이 있고 건강하다면 이렇게 방심하지는 못하겠지. 내 편에 서면서도 나를 경계하고 견제할 거야. 이것이 크림발츠 왕권 승계의 피보라 속에서 살아남은 지혜란다."

"모르겠어요. 저는 정말 모르겠어요. 왜 그래야 하는지. 정치 같은 거 가입하지 않으셔도 후작님은 지금까지 행복하게 지내오셨잖아요? 저 하나로 부족하신 거예요?"

실비아는 고의적으로 비틀거리는 에피온 후작을 부축하면서 슬픈 눈으로 소곤거렸다. 에피온 후작은 그녀의 눈동자가 유별나게 아름답다고 생각했다. 언제나 절반쯤 눈물에 젖은 슬픈 눈동자를 가진 여자였다.

"그럴 거라고 생각하며 살아왔지. 하지만 문득 이런 생각이 들었단다. 선천적으로 병약한 신체 때문에 나는 왕실에서 제거되었고, 지금껏 술과 여자밖에 모르는 형편없는 인간으로 위장해 살아왔지. 그렇지 않았다면 나는 이미 예전에 암살당했을 거야. 가만히 놔둬도 전혀 위험이 없을 만큼 무능력하고 병약한 존재. 나는 언제 그 가면이 부서져 내 정체가 탄로나 죽음을 당할까 두려워하며 평생을 보냈단다."

에피온 후작이 어떤 삶을 살아왔는지 충분히 들었던 실비아는 조용히 고개를 끄덕거렸다. 그의 건강은 들리는 소문처럼 당장 죽어도 이상할 정도로 나쁘지는 않았다. 하지만 그는 항상 자신의 증상을 과장했다.

"사람이라는 게 이렇게 우스운 존재란다. 이제 나이를 먹어서 더 이상 죽음이 두려워지지 않다 보니 쓸데없는 생각이 들더구나. 내가 타고난 선천적인 병약 체질 때문에 그동안 숨겨왔던 내 지식, 내 재능이 과연 어떤 것들이었을까? 이 세상을 상대로 내가 어떤 일을 이룰 수 있을까? 남들에게 뒤지지 않는 재능을, 아니, 어쩌면 더 뛰어난 재능을 타고나서도 단지 신체적인 열등성 때문에 그 재능을 써보지도 못하고 죽는 건 억울하다는 생각이 들었지. 내가 타인들보다 열등한 건 단지 신체적인 조건뿐이고, 다른 능력이나 재능들은 타인들보다 더 나을지도 모른다는 것을 증명해 보고 싶구나. 늙은이가 주책이지? 하지만 지켜봐 주겠니?"

실비아는 또다시 왈칵 몰려오는 눈물을 삼키며 애써 미소 지었다. 이런 이야기를 처음 듣는 것도 아니었다. 그녀는 에피온 후작이 가진 억울함을 이해할 수 있었다. 평생 동안 켜켜이 쌓여 딱딱하게 메말라 버린, 그의 모든 어두운 감정들이 잔뜩 응어리진 그 덩어리가 이제 더 이상 참을 수 없을 정도가 되어버린 것이다. 에피온 후작이 평생 동안 곱씹으며 억지로 삼켜야 했던 분노와 증오, 억울함, 그리고 온갖 형태의 수모와 멸시는 이제 스스로의 무게를 이기지 못하고 굴러가기 시작했다.

소 생 마리 백작과 케언 칙명관은 단지 아주 작은 계기였을 뿐이었다. 언제고 터져야 했을 감정의 굴곡이었다.

하지만 실비아는 가슴 한켠이 찢어지는 슬픔을 맛보았다. 그 응어리진 감정을 지금껏 참고 살아왔다. 그녀는 정성을 다해 그를 사랑했고, 그는 비굴한 삶의 구석에서 나름대로 행복했다. 어째서 그 자그마한 행복마저도 포기해 버리려는 것인가? 실비아는 그 점을 이해할 수 없었다.

실비아는 에피온 후작이라는 남자를 담기에는 자신의 그릇이 너무 좁다는 것을 알고 있었다. 그가 보는 미래는 그녀의 시야로는 보이지 않았고, 그가 느끼는 세상은 그녀가 인식하기에는 너무 거대했다. 하지만 그녀는 포기하지 않았다. 스스로도 바보스럽다고 생각하면서도 그녀는 에피온 후작이라는 인생의 황혼에 서 있는 남자를 조금이라도 자신의 그릇 속에 가득 담기 위해 노력했다. 그녀가 할 수 있는 일의 전부였다.

그녀는 슬픈 눈으로 서서 애써 미소를 지었다. 에피온 후작은 아주 느리지만 착실하게 자신의 인맥을 쌓아가고 있었다. 소 생 마리 백작의 수완에 의해 몰려든 귀족들을 한 명씩 차례로 자신의 인맥으로 끌어들이고 있었다. 어려서 범상치 않은 재목이라는 평가를 받던 에피온이었다. 그는 압도적으로 탁월한 기억력과 판단력을 가진 남자였다.

"허어, 저를 기억해 주시다니 참 의외이십니다."

"왜? 내가 슬라임 수준의 지능을 가진 노인네라고 알려졌기 때문인가?"

"아, 아닙니다! 저는 그냥 별 의미 없이……."

"괜찮네. 이렇게 늙은이가 주책이지 뭔가? 그것보다 막내딸의 결혼은 잘 치렀나 모르겠군."

"아! 그렇군요. 그런 선물을 보내주시다니. 정말 몸둘 바를 모르겠습니다. 딸아이의 결혼식장에서 한껏 자존심을 세울 수 있어서 좋았습니다. 정말 감사드립니다."

"언제 시간 나면 한번쯤 찾아오게. 함께 식사라도 하면 좋겠지."

에피온 후작은 사람 좋은 노인네처럼 웃으며 중년 귀족과 굳게 악수했다. 남작 집안을 의미하는 연회복을 입은 사내는 후작이 직접 악수를 청해왔다는 사실에 기뻐했다. 그는 전형적인 지방 군사 귀족이었다.

'이자도 결국 머리가 모자란 작자로군.'

에피온 후작은 빙그레 웃으며 그렇게 생각했다. 머리는 모자랄지 모르지만 그는 에피온 후작이 그렇게 갖고 싶어하는 군사력을 갖고 있었다. 에피온 후작은 다시 한 번 친근하게 남작의 어깨를 두드려 주었다.

"허어, 오늘 파티에는 쥐새끼가 들어왔군 그래?"

다음 상대를 물색하던 에피온 후작은 겨우 실비아에게만 들릴 정도로 낮게 중얼거렸다. 실비아의 시선은 자연스럽게 후작의 시선을 따라갔다.

한창 젊어 보이는 사내가 넉살 좋게 파티에 참가하고 있었다. 천성적으로 까무잡잡한 피부에 검은 머리칼을 가진 젊은이는 그 외모만으로도 별로 좋지 못한 혈통을 가졌다는 증거를 보여줬다. 하지만 조금은 뻔뻔스러워 보이는 표정과 시원스러운 얼굴은 시선을 끌기에 부족하지 않았다.

에피온 후작은 인상착의로만 듣던 갈렝 가문의 서자 피오니스 까셀의 모습을 발견하고는 그쪽으로 걸어갔다. 에피온 후작도 나름대로 옛 인맥을 동원하여 케언 칙명관의 행적을 주시하고 있었고, 그래서 오제에서 어떤 일이 발생했는지는 알고 있었다. 켓셀 아마인이라는 풋내기 장교가 이끄는 헌병대라는 임시 군대가 그곳에서 벌인 활약쯤은 이미 파악이 끝난 상태였다.

소 생 마리 백작은 비대해진 반 여왕 파 세력의 귀족들을 관리하고, 케언 칙명관의 행보에 대응하기에 바빠서 지방에서 일어나는 일에 관심을 쏟을 겨를이 없었다. 그리고 새로 창설된 헌병대를 주시하는 귀족들은 거의 없었다. 정예 중앙 기사단이 건재하는 상황에서 겨우 1개 연대 미만의 신규 병력은 위협 요소가 되지 못했다. 적어도 귀족들은 그렇게 생각했다.

하지만 에피온 후작의 생각은 달랐다. 그는 그 헌병대의 책임 장교가 켓셀 아마인이라는 것을 알고 있었다. 그리고 그는 칙명관 세력 중에 가장 두드러진 장교였다. 후작의 판단으로는 결코 좌시해서는 곤란한 인물이었다.

에피온 후작의 판단으로는 칙명관이라는 정점 아래에 비서관인 엔스터 데일, 그리고 전직 근위대 장교인 켓셀 아마인이 각자 케언 칙명관의 오른팔과 왼팔 역할을 수행한다고 보고 있었다. 적을 치기 위해서는 검과 방패를 쥘 수 있는 양팔을 잘라내는 것이 기본이었다.

에피온 후작은 과연 두 사람 중에서 누가 검이고 방패인지 고심했다. 칙명관이라는 갑옷을 걸친 케언 공작은 질 좋은 방패와 검으로 무장한 채 자신들을 기다리고 있었다. 섣불리 덤벼봐야 부질없이 사상자만 늘어날 뿐이었다. 소 생 마리 백작이 벼르고 있는 검은 케언을 치기에는 아직 부족했다. 그것은 에피온 후작도 별로 다르지 않았다.

"처음 보는 얼굴이군. 이름이 뭔가?"

피오니스 까셀은 제법 젊은이다운 오만한 시선으로 에피온 후작을 바라보았다. 보잘것없는 풍채를 가진 노인이었다. 하지만 그 노인의 예복은 당당하게 후작 가문을 상징했다. 이 파티에서 후작 가문이라면 그 당사자는 뻔했다.

"오제의 갈렝 가문에 식객으로 있는 피오니스 까셀이라고 합니다. 만나뵙게 되어 영광입니다, 후작님."

한창 오만하면서 뻔뻔한 얼굴이던 까셀은 곧장 비굴한 얼굴로 변했다. 그래도 무언가를 기대했던 에피온 후작의 눈썹은 미세하게 꿈틀거렸다. 샹들리에의 박쥐라고 생각했던 자신이 어리석게 느껴질 정도였다. 정신 나간 존재가 아니라면 이렇게 경박하고 가벼운 인간을 스파이로 쓰지는 않을 터였다. 더군다나 원래부터 귀족 사회에 행실이 나쁜 인간으로 찍혀 있는 인간이라면 더 더욱 그랬다.

까셀은 땀에 젖은 손바닥을 바지에 슥슥 문지르며 히죽 웃었다. 그는 실비아를 향해 노골적으로 추파의 시선을 보냈다. 실비아는 온몸에 벌레가 기어다니는 섬뜩함을 느끼며 고개를 돌렸다. 까셀의 끈적이는 시선은 아예 노골적으로 실비아의 어깨와 가슴선을 오갔다. 그 무례한 시선 때문에 에피온 후작은 순간적으로 울컥했지만, 가까스로 스스로를 자제했다. 보는 눈이 많은 이런 장소에서 자신의 속내를 노출시키는 것은 자살 행위였다.

'이건 의도적으로 계산된 도발일까? 설마… 아니야. 이건 천성적으로 천박한 피를 타고나서일 거야. 그렇게 행실이 나쁘기로 악명 높은 인간이 그런 계산을 할 수 있을 리가 없지…….'

에피온 후작은 복잡한 심정으로 까셀을 노려보았다. 후작의 노여움을 읽은 까셀은 머리를 긁으며 비굴하게 웃었다.

'역시 아닐 거야. 이렇게 결점투성이에 이목을 집중시키는 인간을 스파이로 쓰지는 않을 거야. 스파이의 기본은 존재감이 희미하도록

평범한 인간이 아니던가?'

후작은 머리 속으로 부지런히 과연 이 사내가 케언의 지시를 받은 스파이일런지 가늠했지만 좀처럼 쉽게 결론이 나지 않았다.

"그래, 형님은 별일 없으신가?"

"아아, 갈렝 남작님 말씀이십니까? 형님이라뇨? 저 같은 서자가 감히 영주님과 형제라니… 헤헤."

'이건 소문에 듣던 것보다 훨씬 비굴한 놈이군.'

후작은 묵묵히 자신의 가면을 유지하면서 생각했다.

"헤헤, 확실하게 잘 계십니다. 뭐, 저로서는 상관없습니다만……."

'어째서 칙명관 녀석이 이 노인네를 첫 번째 위험 인물로 꼽았는지 알겠어. 이건 완전히 능구렁이잖아? 소 생 마리 백작보다 위험하겠어. 칫! 그 칙명관 자식 남말할 처지냐? 본인이 가장 능구렁이인 주제에… 스파이라니… 내 팔자에 이런 짓을 할 줄이야.'

피오니스 까셀은 최대한 비굴한 표정으로 후작의 눈치를 보면서 나름대로 머리를 굴렸다. 그는 칙명관이 지시한 사항들을 곱씹어보았다.

"미, 믿을 수가 없어……."

오제의 어느 허름한 술집에서 까셀은 넋 나간 얼굴로 더듬거렸다. 그는 자신의 목숨을 걸어도 좋았다. 자신에게 잔을 내미는 인간이 크림발츠의 제2인자이자 무시무시한 권력 투쟁의 한가운데 서 있다고 소문난 남자라는 사실에 목숨도 걸 수 있었다. 케언은 영락없는 술주정뱅이의 몰골로 여관방 침대에 앉아 있었다.

"와서 한잔하게나. 이런 싸구려 위스키도 오랜만에 마셔보는군."

"다, 당신이 어째서 여기에? 수도는?"

"민트 케언 칙명관은 지금 침대에 누워 있어. 부주의한 시녀가 2층에서 떨어뜨린 꽃병에 머리를 맞아 심하게 다쳤거든."

"당신 멀쩡하잖아!"

"사람들이 눈치 채지 못하도록 팔꿈치로 막았어. 갖고 있던 돼지 피를 하나 가득 머리에 처발랐더니 좀 느끼하더군. 그 시녀랑 우리 집 저택에서 연습을 열심히 했었지. 머리 하나는 끝내주게 좋은 시녀거든. 시녀로 머물기에는 너무 아까운 인재야. 하하하."

까셀은 그 시녀가 라미스의 심복인 에포에 리시스라는 것은 알지 못했다. 도대체 어떤 각본으로 돌아가는 건지도 의아스러웠다.

"용건이 뭐야?"

"갖고 싶은 게 뭔가?"

"당신 무슨 소리야?"

"혹시 오제를 갖고 싶나? 원한다면 줄 수도 있는데."

"이 도시가 물건이라고 생각해? 칙명관 마음대로 주고받을 수 있을 거라고 생각해? 당신 바보 아냐?"

까셀은 이 남자가 과연 소문으로 듣던 그 남자인가 의심스러웠다. 그는 케언이 갑자기 이마를 치며 웃기 시작하자 고개를 갸웃했다. 케언은 허리를 부여잡고 유쾌하게 웃었다.

"그냥 비굴한 건달이라고 생각했는데 생각보다 배짱이 좋아. 칙명관을 상대로 그렇게 말할 수 있다니… 말투가 정말 맘에 들었어. 어떤가? 거래를 해보고 싶지 않은가?"

케언은 웃음기를 거두고 차가워진 얼굴로 물었다. 그 엄청난 표정 변화에 까셀은 입을 다물었다. 그리고 그 순간에야 민트 케언 칙명관에게 따라다니는 그 많은 꼬리표들의 의미를 알았다. 결코 평범하지도, 겉보기처럼 온화하지도 않았다. 그는 가시나무 공작이었다.

"내가 얻는 것은?"

"자네가 원하는 것이라면 뭐든지. 관직을 줄 수도 있고, 작위를 내릴 수도 있어. 영지를 얻을 수도 있겠지. 셋 다 원한다면 모두 주겠네."

"당신이 얻는 것은?"

"정보. 소 생 마리 백작과 그 주변 인물들의 동향. 단지 그것뿐."

"스파이 짓을 하다가 걸리면 아침에 시체로 발견되는걸?"

"쉽게 걸릴 만한 놈은 아닌 거 같은데?"

"내가 거절하면?"

"너는 이 자리에서 죽는다. 네 형은 아침이면 죽어. 그리고 이 도시는 크림발츠 지도에서 영원히 사라진다. 간단하지?"

"그게 가능할 거라고 봐?"

"첫 번째와 두 번째는 간단해. 세 번째는 좀 힘들겠지만 별로 어려운 건 아니야. 내 손을 더럽힐 필요도 없어."

"당신 무슨 생각을 하는 거야?"

"페스트균이라도 발생하면 중앙 기사단이 알아서 여길 초토화시켜 버릴 거야. 가만 놔둬도 어차피 전염병으로 전멸할 테고. 한두 명을 독약으로 죽인 다음에 소문만 내는 거야. 페스트로 사람이 죽기 시작했다고. 그러면 다들 정말로 페스트균이 퍼진 줄 알 거야. 크림발츠 헌병대원들이 지금 시내에서 독약을 갖고 대기 중이야. 공동 우물에 독약을 쏟으면 정말로 페스트 환자 같은 몰골로 시민들이 죽어 나갈 거야. 좋은 생각이지?"

"당신 악마군."

"아니, 악마에게 마음을 팔았지. 비싼 값을 불러서 제법 이득을 챙겼어."

케언은 위스키를 단숨에 비우고는 만족스럽게 웃었다. 까셀은 뺨을 타고 흐르는 차가운 것이 뭔지 알았다. 그것은 공포였다.

"내가 협력하는 체하고서 소 샹 마리 백작에게 붙으면? 내가 배신할 경우는 대비했나?"

"그럼 크림발츠는 내전에 돌입하는 거야. 진압군과 반란군으로 양분되어 싸우겠지. 그전에 네 형과 이곳 성에 있는 사람들은 비참하게 죽는다. 아마 숨이 끊어지는 순간까지 너를 원망하며 죽어가겠지."

"헹! 서자라고 천대받던 나에게 그런 협박이 통할 것 같아?"

"서자라서 더 좋지. 이곳 사람들은 겉으로는 너를 욕하지만 실제로는 너를 무척 아끼고 걱정하지. 넌 서자에 불과한 자신에게 쏟아지는 그런 애정이 부담스러워서 고의적으로 말썽을 부려왔지. 사람들이 너에게 넌더리를 내도록. 근데 오히려 사람들은 네가 삐뚤어질수록 더욱더 너를 걱정해 주고 있지. 그런 사람들이 너 때문에 비참하게 죽는 거지. 즐겁지 않겠나? 어때?"

"당신! 어디까지 알고 있는 거야?"

"왕실의 정보 수집 능력을 우습게 보지 마. 사실 소 샹 마리 백작 내부에는 이미 제5열이 있어."

까셀은 손을 들어 말을 끊었다. 케언은 새로 위스키를 채우며 고개를 조금 기울였다.

"제5열이 뭐야?"

"내부의 배신자. 4명씩 서 있는 대열의 5번째, 존재하지 않는 대열에 서서 적을 이롭게 하는 자. 그런 존재가 있지."

"누구?"

"너는 그 사람을 모를 거야. 그 사람도 네가 스파이인 것을 몰라. 적에게 스파이를 심을 때는 서로 모르게 심어야 하는 거야. 그래야 허점이 안 생겨. 그리고 스파이 망 중 하나가 걸려도 나머지 하나는 온전하지. 그 사람이 우리 스파이인 것은 확실하지만 그 사람의 위치상 우리에게 시시콜콜한 정보까지 주기는 힘들어. 엄밀히 말하자면 그는 스파이가 아니야."

"그럼?"

"조율사. 우리가 원하는 각본대로 움직이도록 조종하는 조율사에 가까워. 그리고 네 임무는 소 생 마리 백작 파가 우리가 원하는 대로 움직여주는지, 다시 말해서 조율사가 제구실을 하는지 확인하기 위해서 정보를 구해다 줘야 하지."

"결국은 나만 소모품이군 그래?"

"정답이야. 하지만 살아남는다면… 네가 원하는 것을 손에 넣을 거야."

"당신이 약속을 지킬 거라는 것을 내가 믿을 수 있는 근거는? 문서로 남길 수도 없잖아? 증거가 될 테니."

케언은 빙긋 웃으며 품 안에서 단검을 꺼내 탁자 위에 올려두었다. 그리고 다시 한 번 위스키를 단번에 비웠다. 그리고 싸늘한 눈으로 까셀을 노려보았다.

"뭔가 착각하고 있는데, 난 지금 협박하는 거야. 넌 선택권이 없어. 체크 메이트. 죽을래? 항복할래?"

한참 동안 침묵이 흘렀다. 까셀은 묵묵히 케언을 노려보고 있다가 마침내 항복했다. 여태까지 방 안에 서 있던 까셀은 한숨을 쉬면서 맞은편 침대에 걸터앉았다. 그리고 빈 술잔을 내밀었다.

"술 줘."

"항복이군?"

"한 가지만 묻겠어. 왜 하필 나야? 재능도 없고, 신분도 이래. 그렇다고 서자라고 차별하는 세상에 대한 적대감을 갖고 있지도 않아. 무능력한 건달을 이런 골치 아픈 일에 끌어들이는 이유가 뭐야?"

"원망하고 싶으면 너를 세상에 태어나게 한 아버지를 원망해."

"내가 수도에서 어떤 인간으로 행동해야 하는지 자세히 알려줘. 하찮은 실수 때문에 인생을 즐기지도 못하고 죽는 건 싫어."

피오니스 까셀은 단숨에 위스키를 비웠다. 뜨거운 알코올 기운이 일순간에 뿜어져 올라왔다. 그가 고개를 들었을 때 케언은 사람 좋게 웃으며 술을 마셨다. 까셀의 눈에 그는 전혀 인간으로 보이지 않았다.

"응? 자넨 갈렝 가문 사람이 아닌가? 수도엔 무슨 일이지?"

르뻴 소 생 마리 백작은 송곳처럼 예리한 시선으로 까셀을 노려보며 단도직입적으로 물었다.

'빌어먹을 두 번째로 위험한 인간이군. 출발부터 더럽게 꼬이는데. 개죽음당해도 할 말이 없겠어.'

까셀은 독을 품은 독사처럼 섬뜩하고 빈틈없는 시선을 부담스러워하면서 예의 비굴한 미소를 지었다. 어린 시절에 한두 번 본 적은 있지만 성인이 되어서 만나기는 처음이었다.

"그동안 안녕하셨습니까? 건강은 어떠십니까?"

"무슨 일로 수도에 왔는지를 물었네."

"그야 저도 이제 나이가 되었으니 사교계를 익히며 인생 경험이나 쌓을까 싶어서……."

"건수를 찾아왔겠지. 고향에서는 워낙 악명이 높아서 건드릴 여자가 없어졌을 테니까."

'빌어먹을! 그 정도로 개망나니 짓은 안 했어!'

까셀은 마음과는 달리 멋쩍게 웃으며 혀를 내밀었다. 그 무례하고 천박한 행동 때문에 소 생 마리 백작의 미간에 잔주름이 잡히며 눈썹이 파르르 떨렸다.

와인 잔을 들고 있던 백작은 머리를 식히기 위해서 와인 잔을 기울이며 화를 가라앉혔다. 그동안 까셀은 이리저리 눈치를 보며 빠져나갈 궁리를 하는 젊은이다운 표정으로 자신을 숨겼다. 백작은 자꾸 춤을 추고 있는 젊은 여성을 흘깃거리며 자신의 말을 한 귀로 흘려듣는 까셀을 노려보았다. 그는 백작이 주의를 끌기 위해 헛기침을 해도 깨닫지 못했다. 전혀 자신의 말에 귀 기울이지 않는다는 증거였다.

"나는 자네의 아버지를 존경하네. 품위있고 명예가 무언지 아시는 분이셨네. 가문의 명예를 무엇보다 소중히 여기셨지."

'어련하시겠습니까? 그러니 저 같은 아들이 태어났죠.'

까셀은 일부러 그 말을 흘려듣는 척 딴 곳에 시선을 팔면서 속으로 끓어오르는 감정을 삭혔다. 케언의 협박이 아니라도 괜히 케언의 편에 서 있고 싶은 생각이 들었다.

"그러니 자네도 그걸 본받아주었으면 하네. 자네 내 말을 듣고 있나?!"

소 생 마리 백작은 까셀의 어깨를 거칠게 틀어쥐면서 섬뜩하게 노려보았다. 까셀은 어깨를 움츠리며 비굴하게 웃었다.

"네? 뭐라고 하셨습니까?"

"케언 칙명관이 우리를 노리며 기회를 찾고 있다. 네 녀석이 실수하면 그걸로 끝나는 게 아니란 말이다. 케언이 우리를 제거할 건수를 네놈이 만든다면 내가 먼저 네놈을 죽여 버릴 테다. 명심해라. 이곳 수도에서는 내 친우의 아들이라고 해도 결코 용서는 없다!"

'쳇! 형님이 그렇게 애타게 군대를 요청했을 때도 묵살했던 인간 주제에. 네놈도 늙은 기회주의자에 불과해.'

까셀은 비굴하게 고개를 끄덕거리며 히죽 웃었다. 아무도 이렇게 비굴하고 머리 속에는 여자 생각밖에 없는 개망나니가 케언 칙명관이 보낸 스파이라고는 생각하지 않았다. 그는 스파이가 되기에는 지나치게 유명하고 관심이 집중되는 인간이었다.

"지금쯤 신나게 연회를 즐기고 있겠군."

케언은 가운 차림으로 창가에 서서 중얼거렸다. 그는 내성 시가지 저편에 있을 에피온 후작의 저택을 가늠하며 우유를 듬뿍 넣은 홍차를 마셨다. 잘 우려난 홍차는 그를 즐겁게 했다.

"까셀이라는 인물이 스파이로 적합한가요?"

"최상의 스파이지. 나 자신 스스로도 이놈은 절대로 스파이의 재목은 아니다. 스파이로서는 전혀 쓸모가 없는 놈이라고 생각하니까."

라미스는 얌전하게 탁자에 앉아서 홍차를 홀짝거렸다. 벌꿀을 넣은 홍차를 즐기는 라미스는 단맛이 강한 홍차를 즐기며 살며시 웃었다.

"근데 왜 그런 인간을 쓰셨어요?"

"녀석을 스파이로 쓰는 나 자신도 납득하기 힘들 만큼 재능이 없는 놈이니까 당사자들은 전혀 상상도 못할 거야. 사람들의 선입견을 노린다고나 할까? 정치에서 이런 건 아주 중요하지."

"역시 정치란 건 어렵군요."

라미스는 활짝 웃으며 뺨을 지그시 눌렀다. 케언은 코끝으로 감겨드는 향을 즐기며 여전히 창밖을 바라보았다.

"슬라임 후작 파 놈들이 언제쯤 녀석의 존재를 알게 될지 기대가 되는군. 즐겁게 기다려 주겠어."

"너무 늦기를 기대해야 할까요?"

"흐음, 글쎄……."

케언은 내일부터 다시 왕성에 나가야겠다고 생각하며 잔을 비웠다.

〈 3 〉

첫눈은 소리없는 그림자처럼 슬그머니 다가왔다. 털을 곤두세운 회색 곰처럼 신경질적인 잿빛 하늘은 거칠게 눈을 뿌렸다. 첫눈인데도 도시는 눈을 맞으며 흰색으로 탈색되고 있었다.

창틀에 앉아 무심코 고개를 들었던 소년은 조용한 시선으로 창밖으로 흩날리는 눈보라를 바라보았다.

소년의 얼굴에는 나이에 전혀 어울리지 않는 표정이 머물고 있었다. 마치 눈보라 속에 홀로 세워진 묘비 같은 얼굴이었다. 모래 빛 머리에 매력적인 녹색 눈동자를 가진 소년은 두꺼운 책을 무릎 위에 펼쳐 둔 자세로 턱을 괴고 앉아서 창밖을 구경했다. 소년의 얼굴 사이로 희미하게 상처의 고통이 떠올랐지만 소년은 특유의 무표정한 얼굴로 그것을 감춰 버렸다.

창가에 설치된 벽난로에서는 잘 마른 장작들이 기분 좋은 소리를 내면서 불꽃을 피워 올렸고 실내를 따스하게 데워주었다. 불꽃은 스스로를 태우며 타인들을 위한 빛이 되어주었다.

"타핫! 겨우 100명이란 말이지?! 내 목을 가져가고 싶다면 1,000명을 불러와라!"

다시 책으로 눈길을 돌리던 소년은 한숨을 쉬었다. 크림발츠의 아침을 여는 자, 카시안 왕자는 가벼운 롱 소드를 휘두르며 소리를 지르고 있었다. 롱 소드는 이제 15살인 카시안 왕자의 근력과 체력을 고려하여 실전용 롱 소드보다 조금 작고 가볍게 만들어져 있었다. 10대 소년이 성인 남자들의 체격을 기준으로 만들어진 실전용 롱 소드를 휘두르는 것은 거의 불가능했다. 군용 롱 소드는 철저하게 완전히 성장을 마친 성인 남자의 체형과 근력을 기준으로 제작되었다. 단순히 근력 자체의 문제만으로 군용 롱 소드를 다룰 수는 없었다.

카시안 왕자는 가볍게 만들어진 전용 롱 소드로 검술 연습을 하면서 고함을 지르고 있었다. 은빛 롱 소드는 매끄러운 소리를 내면서 허공을 갈랐다. 왕가의 특징인 독특한 빛깔의 갈색 머리가 출렁거렸고, 크림발츠 왕실의 상징인 쌍두 독수리, 도펠 아르거가 새겨진 튜닉이 펄럭거렸다.

실전 수행 능력은 미지수였지만 검술 자세만 본다면 카시안 왕자는 흠잡을 데 없는 실력의 소유자였다. 이제 겨우 견습 기사 생활을 시작하며 군 경험을 쌓기 시작하는 또래 소년들에 비하여 카시안 왕자는 이미 검술 자체만으로는 상당히 능숙해져 있었다.

15세 전후의 견습 기사들은 이제 겨우 제식 훈련을 배우고 선배 기사들의 갑옷과 검을 손질하는 데 시간을 보내야 하는 데 비하여, 카시안 왕자는 왕가의 정통 후계자라는 이유 때문에 몇 년 전부터 곧바로 검술 훈련을 받아왔다. 단순히 자세만 놓고 본다면 당연히 카시안 왕자가 또래 견습 기사들보다 발군의 실력을 자랑할 수 있었다. 물론 실전이라면 카시안 왕자보다는 견습 기사들이 생존 확률이 높았다. 카시안 왕자는 단순히 검술만 배웠지만 견습 기사들은 제식 훈련에 능했고, 군대라는 집단 속에서 생존하는 방법을 배웠기 때문이었다.

"뭐 하시는 겁니까?"

"보면 몰라? 크림발츠의 긍지를 지켜내기 위해서 단신으로 1만 대군을 상대하고 있잖아?"

15살의 케언은 한심하다는 눈으로 도서관 이쪽저쪽을 둘러보았다. 잘 짜여진 서가들이 줄지어 늘어서 있었고, 엄청난 분량의 책들이 정리되어 있었다. 물론 1만 대군은 어디에도 없었다.

가장 먼저 금속 활자를 발명한 크림발츠는 인쇄 출판에 있어서 대륙 최대를 자랑했고, 그 증거로써 크림발츠 왕실 도서관은 규모 면에서 타국 왕실 도서관을 압도했다. 어린 시절부터 이곳은 두 사람의 오랜 은신처이자 놀이터 구실을 해왔다. 왕성에 거주하는 사람들 중에서 이곳을 이용하는 사람들은 그다지 많지 않았고, 처음 방문한 사람이라면 끝없이 늘어선 서가들 사이에서 길을 잃어버리기에 알맞을 정도로 규모가 컸기 때문에 사람들 눈을 피해 장난치기를 좋아하는 소년들이 숨어들기에는 천혜의 조건을 갖고 있었다.

"혹시 감기 드셨습니까?"

"응? 무슨 소리야?"

카시안 왕자는 검을 거두면서 이마에 맺힌 땀방울을 털어냈다. 케언은 시큰둥한 얼굴로 책장을 넘기며 묘한 뉘앙스가 풍기는 한숨을 쉬었다. 그 뉘앙스는 '한심한 녀석'이었다.

“아무래도 왕자님께서 열이 있으신가 봅니다. 헛것이 보이나 보죠? 의사를 불러올까요?”

“너… 지금 왕자한테 반항하는 거냐?”

“15살이 되도록 티 테이블 매너도 익히지 못한 왕자라면 좀 만만해 보이는 게 사실이죠.”

“그거 정말로 멋진 충성심인데? 고작 나보다 티 테이블 매너 좀 좋은 거 갖고 그렇게 잘난 척하는 거냐?”

“제가 왕자님보다 못하는 건 한 가지뿐인데요? 다른 건 모두 제가 더 잘하지 않습니까?”

“내가 잘하는 게 뭔데?”

“가인 교사 골탕먹이고 도망치는 건 제가 흉내조차 못 내죠. 왕자이신 분이 5층 창문을 타넘고 도망가는 경우가 어디 있습니까?”

“그, 그건…….”

“물론 왕자님께서는 저지 미노트 어 문법을 전혀 모르시죠. 그 심정 이해합니다. 아무것도 아는 게 없으니 수업 중에 도망치고 싶었겠죠.”

“죽을래? 에잇! 네놈은 교수형이닷!”

카시안 왕자는 케언의 목을 조르기 시작했다. 케언은 피식 웃으며 왕자의 손을 쳐냈다. 동갑내기 왕자와 그의 카메리타스는 킥킥거리며 제풀에 못 이겨 웃기 시작했다.

“저지 미노트 어 선생은 그래서 뭐라고 했냐?”

“크림발츠 왕자 암살 미수로 인생을 마감하고 싶지 않으니까 앞으로는 출입 문을 통해서 도망치라고 전해달라고 하십니다.”

“이거 좀 미안한데? 하하하.”

카시안 왕자는 늙고 온화한 노인의 얼굴을 떠올리며 유쾌하게 웃었다. 한참을 웃던 왕자는 케언이 읽고 있던 책을 힐끔거렸다.

"이거 뭐냐?"

"군주론입니다, 하페우스 3세가 저술한."

"너, 국왕이 되고 싶은 거냐?"

"아뇨. 왕자님을 보고 있다 보면 제가 알고 있던 왕자라는 단어의 정의에 혼란이 생겨서 그럽니다. 이 책을 읽고 있으면 다행히 왕자님이 비정상이라는 사실을 알게 되어서 안심입니다."

"너 말이야, 요즘 들어서 부쩍 왕실 모독에 익숙해졌어."

"전 크림발츠 왕실은 존경합니다. 제가 모독하는 것은 얼빠진 왕자뿐입니다."

"그게 그거 아냐? 내가 누군지 알아?"

"크림발츠의 묘비명을 세우는 자, 카시안 왕자님이죠."

카시안 왕자는 대뜸 케언의 멱살을 잡고 흔들기 시작했다. 케언은 예의 그 조용하고 무감동한 얼굴에 희미한 미소를 지었다.

"너, 이 녀석! 크림발츠 왕실의 비밀을 폭로하다니! 왕실 기밀 누설죄로 물어뜯기 형에 처한다! 각오해!"

카시안 왕자는 케언의 멱살을 쥐고서 그의 목덜미를 진짜로 물어뜯기 시작했다. 대륙 최고의 강대국 왕실의 정통 후계자가 친구의 목덜미를 물어뜯는 광경을 누가 본다면 혼절해 버리기에 충분한 광경이었다. 다행히도 도서관을 드나드는 사람은 아무도 없었다.

"그만 하세요. 아픕니다."

"아직 멀었어!"

카시안 왕자는 케언의 목덜미가 벌겋게 부어오를 정도로 물어뜯었다. 남들이 본다면 애무를 하고 있다고 착각하기에 딱 좋은 자세였다. 케언은 무표정한 얼굴로 왕자의 머리를 밀어냈다.

"벌써 겨울이군."

한참을 그렇게 놀다가 제풀에 지쳐 버린 왕자는 의자를 창틀 아래로 가져와 앉으며 말했다.

"내년이면 왕자님도 16살이 되십니다."

"그렇겠지."

"이제 슬슬 장난은 그만 접어두셔야 할 겁니다."

"아냐, 아직은 보는 눈들이 많아. 조금 더 이대로 행동해야 할 것 같아. 아직까지는 철없이 한심한 왕자라는 쪽이 유리해."

"작년에 귀족원에서 이미 실수하셨잖습니까?"

"그건 너희 집안이 그렇게 되어버려서 울컥했어. 실수였지. 본성을 드러내다니 나도 미쳤던 거야."

"하지만 그때는 감사했습니다."

"미안할 뿐이야."

카시안 왕자는 피곤한 얼굴로 한숨을 쉬었다. 케언은 슬며시 손을 뻗어 그의 어깨 위에 손을 올려두었다.

"왕실 내부에서 조금씩 파벌이 생기기 시작했어. 최소한 10년이나 그 이상이 걸려야 내가 왕위를 계승할 텐데 말이야. 아직은 여왕 폐하께서 건재하시잖아?"

"미리 초석을 다지려는 거 아닐까요? 왕자님께서 왕위 계승 내정자가 되기 전에 측근이 된다면 유리할 테니 말이죠."

"하여간 앞으로는 좀 더 조심해야 할 것 같아. 조심성이 부족하고 제멋대로 행동하는 왕자라는 인상을 심어줄 필요가 있어. 선불리 한

쪽으로 파벌을 형성하지 못하도록 말이야."

"한창 공주님과 왕자님을 저울질하고 있을 겁니다."

"왕자가 믿음직스럽다면 모조리 왕자 파로 모여들겠지. 하지만 왕자가 비딱해서 언제 폐태자가 될지 모른다면 왕자와 공주를 저울질하는 자들이 나타날 거야. 그런 기회주의자들을 색출해야 해. 적어도 내가 왕위에 오르기 전까지는."

"근데 왕자님은 원래 본성이 그런 거 아니었습니까?"

"이봐! 진지할 때는 심각하게 가자구. 농담이 아냐. 아, 물론 내 본성이 원래 그런 거야. 만족하나?"

"그럼요."

카시안 왕자는 무릎을 꼬고 앉아서 턱을 만지작거렸다. 케언은 군주론을 다시 건성으로 읽기 시작했다. 한참 동안 두 소년들은 침묵을 지켰다. 단지 벽난로만이 침묵을 깨고 있었다.

"확실히… 우리만으로는 부족해."

"하지만 믿을 만한 어른들이 있는 것도 아니잖습니까?"

"저지 미노트 어 선생은 어떨까?"

"평생 연구만 하던 분이십니다. 우리에게는 좀 더 정치적인 인간이 필요합니다. 정치적인 경험과 식견을 갖고 있고, 우리에게 정치적인 조언을 해줄 수 있는 어른이 필요합니다."

"그 믿을 만하다는 기준이 모호해. 크림발츠의 미래에 대하여 사심이 없는 인간이라는 게 존재할 수 있을까?"

"글쎄요. 우리가 아직 어려서 찾지 못하는 것일지도 모릅니다."

"사심이 없는 정치가란 존재하기 힘든 것 아닐까요?"

"누구냐?!"

카시안 왕자는 벌떡 일어서며 소리쳤다. 서가 사이에서 중년 사내가 천천히 걸어나왔다. 단정하게 빗어 넘긴 머리칼이 인상적인 30대 중반쯤으로 보이는 사내였다. 사내는 곧장 왕자에게 다가와 허리를 숙이며 예를 취했다.

"언제부터 이곳에 있었나?"

"오전 내내 이곳에 있었습니다. 안심하십시오. 저는 아무것도 듣지 못했고, 아무것도 보지 못했습니다. 저는 지금 단지 책을 찾아보다가 혼자 중얼거리는 중입니다. 왕자님께서는 오늘 도서관에 오지 않으셨구요."

사내는 몇 권의 책을 툭툭 두드려 보이면서 웃었다. 케언은 또 다른 사람들이 있는지 실내를 둘러보았지만 좀처럼 쉽게 판단하기 힘들었다. 카시안 왕자는 딱딱하게 굳은 얼굴로 사내를 노려보았다.

"넌 누구냐? 신분을 밝혀라."

"르뻴 소 생 마리 자작입니다. 귀족원 소속 의원이고, 이번에 카시안 왕자님의 정치학과 역사학 개인 교사로 임명되었습니다."

"새로운 개인 교사? 근데 이곳에서 뭘 하고 있었지?"

"단지 책을 몇 권 구하러 들어왔는데 본의 아니게 방해를 하게 되었습니다. 죄송합니다."

소 생 마리 자작은 조용하게 웃으며 말했다.

"자네는 별로 성격이 좋아 보이지는 않는데?"

"그럼 유능한 정치가로 보인다는 말씀이십니까?"

"쳇! 개인 교사라는 작자가 왕자의 개인적인 대화를 엿듣다니. 맘에 안 들어. 너도 그렇지?"

카시안 왕자가 고개를 돌렸을 때, 케언은 미간을 잔뜩 좁힌 표정으로 서가 너머를 노려보았다. 소 생 마리 자작은 피식 웃으며 허리를 폈다. 카시안 왕자와 그는 두 번째 만남이었다.

케언의 부모가 암살당했던 작년에 카시안 왕자는 롱 소드를 들고 귀족원에 무장 난입을 했었고, 그때 자작은 처음으로 왕자를 만났다. 물론 카시안 왕자는 귀족원 소속 의원들 사이에 있던 일개 신입 의원을 기억하지는 못했다. 귀족원들의 무의미한 설전에 하품을 하던 소 생 마리 자작은 앞뒤 가리지 못하고 무턱대고 쳐들어온 왕자를 보면서 유쾌한 기분이 들었다. 귀족원에서는 그 사건조차도 왕자의 엉뚱한 기행으로 치부했지만 그의 생각은 달랐다.

전통있는 고위 귀족 정치가 집안에서 태어나 군장교 복무 경험을 바탕으로 정치에 입문한 소 생 마리 자작은 젊고 야심이 있었다. 그는 왕자의 행동을 보고 그 행동 이면에 숨겨진 신념을 읽었다. 카시안 왕자의 행동은 철없는 왕자의 무절제함으로도 보였고, 확고한 자기 기준에 의거한 행동이라고도 보였다. 소 생 마리 자작은 후자라고 생각했다.

그는 곧바로 왕자의 후계자 교육을 담당하는 왕실 예법부 사람들과 접촉하기 시작했고, 간신히 왕자의 새로운 개인 교사 직위를 얻을 수 있었다. 내정부 소속의 지방 징세원이라는 하급 관리로 정치 인생을 시작한 자작은 스캔들없이 착실하게 계단을 밟아 귀족원 신참 의원이 되었고, 이번에는 왕자의 개인 교사라는 관직까지 손에 넣었다. 그에게 있어서 지금의 이 자리도 앞으로 그가 올라가야 하는 계단 중 하나에 불과했다.

그는 자신이 계속해서 정치적 계단을 밟고 올라서는 동안에 필연적으로 왕자와 마주칠 것이라고 생각했다. 그때를 대비한 초석을 다지

기 위해서 그는 왕자의 개인 교사가 되기 위해 백방으로 노력했다.

왕자의 개인 교사는 정치적 실권이 거의 없는 일종의 명예직에 가까웠다. 물론 왕실 예법부에 의하여 임명되고 궁내부 소속으로 분류되는 엄연한 관직이었지만, 말 그대로 왕자의 선생 노릇 이상은 아니었다. 하지만 왕자의 개인 교사가 갖게 되는 막대한 이점이 있었다. 그것은 왕자와 개인적으로 친분을 가질 수 있는 거의 유일한 관직이라는 점이었다.

하지만 전통적으로 개인 교사와 왕자는 사이가 별로 좋지 못했고, 현실적으로 왕자가 국왕으로 즉위했을 때 그의 개인 교사가 관직에 중용되는 경우는 드물었다. 보편적으로 개인 교사는 정치적 욕심이 거의 없는 전형적인 학자 타입의 인물이 임명되는 경우가 많았다.

"아무리 생각해 봐도 네놈이 이곳을 찾아온 이유가 단순히 책 몇 권 얻으려고 왔을 거라고는 생각은 안 들어."

"과연 예리하십니다, 왕자님."

"역시 사전 정찰이었냐?"

"네, 명색이 왕자님의 개인 교사인데 과연 어떤 성품을 가지셨는지 궁금했습니다."

"그러서 내 약점을 잡고 나를 정치적인 기반으로 삼겠다는 건가?"

"세상일이 그렇게 원하는 대로만 흘러가겠습니까?"

카시안 왕자는 조용히 롱 소드를 뽑아 들었다. 예리한 검끝이 소 생 마리 자작의 목젖을 겨냥했다. 케언은 두 사람의 신경전에 전혀 개입하지 않은 채 뒷자리에서 관망했다. 하지만 이곳에 또 다른 목격자가 없는지 경계하는 것은 게을리 하지 않았다.

소 생 마리 자작은 19살이나 연하인 왕자가 자신의 목을 노리는데도 태연하게 미소 지었다. 그는 쉽게 표정이 변하지 않는 전형적인 정치가 타입의 인간이었다.

"죄송하지만 아무리 왕자님이시라도 왕성 안에서 살인 사건을 벌이시면 곤란해지실 겁니다."

"왕자는 나 혼자야. 빠져나가려면 방법은 있어. 너를 왕자 암살 미수범으로 조작하는 건 쉬워. 진실은 힘있는 자를 변호하기 위해서만 존재하는 법이야. 그리고 나는 그 힘을 갖고 있지."

"아직은 행동에 주의하시는 게 좋을 것 같습니다만? 왕자님께서는 작년에 이미 한번 본성을 드러내셨습니다. 저로서는 왕자님께서 어떤 구상을 갖고 계시는지는 모릅니다만, 왕위 계승 내정자가 되기 전까지는 좀 더 행동에 주의하시는 것이 좋습니다."

"사소한 내 약점을 잡았다고 내가 자네의 생각대로 행동할 거라는 환상은 버려."

"제가 알고 있는 것은 별로 치명적인 약점이 아니죠. 그 정도로 크림발츠 왕자를 좌지우지할 수 있을 거라고 믿는 멍청이는 아닙니다."

롱 소드가 허공을 날았다. 소 생 마리 자작의 옷깃은 롱 소드에 걸려 힘없이 찢겨 나갔다. 자작은 한 걸음도 물러서지 않았고, 순수하게 왕자의 검술에 감탄했다. 그는 책을 든 손으로 박수를 쳤다.

"왕자님은 검술에 확실히 재능이 있으시군요. 군 생활까지 마친 저보다 훨씬 나으십니다. 전 군사적인 재능이 없어서요."

"언젠가 이 검이 자네의 심장을 날려 버릴 날이 오지 않도록 조심해."

"그보다는 왕자님이 더 위험하십니다. 대대로 왕자의 목에 걸린 현상금은 비싼 법입니다. 공주님이 생존해 계시는 동안에는… 혹은 그

반대의 경우도 성립하겠죠."

"나 동생에게 손을 대는 놈은 세상 끝까지 쫓아가서 죽여 버리겠어."

"그건 전적으로 당신 손에 달린 문제입니다, 카시안 루엘 파반트 왕자님. 당신의 행동이 얼마나 많은 사람들에게 영향을 미치는가 자각하시기 바랍니다. 결코 당신 혼자 다치는 걸로 끝나시지는 않습니다."

"왕자를 상대로 잘도 그런 소리를 지껄이는군."

카시안 왕자는 검을 거둬들였다. 자신의 찢겨진 옷깃을 살펴보던 소 생 마리 자작은 '이거 비싼 옷인데' 라고 중얼거렸다. 하지만 그는 여전히 웃고 있었고, 15살인 두 소년들로서는 그가 어떤 의도를 갖고, 어떤 생각을 갖고 있는지 전혀 짐작조차 할 수 없었다. 소 생 마리 자작은 으히려 싱글싱글 웃었다.

"두 사람에게 정치학을 가르치기 전에 웃는 방법부터 가르쳐야겠습니다. 내일부터 웃는 방법부터 가르쳐 드리겠습니다. 정치가란 언제나 사람 좋게 웃을 줄 알아야 합니다. 일단 카드 놀이부터 시작할까요?"

크림발츠의 국왕이 될 왕자와 그 카메리타스에게 카드 놀이부터 가르치겠다는 소 생 마리 자작의 발언에 두 사람은 얼빠진 얼굴이 되었다.

"넌 왕자에게 도박을 가르칠 셈이냐?"

"표정을 숨기는 연습을 하기 가장 좋은 훈련은 카드 놀이입니다. 물론 판돈은 현금만 취급합니다. 언제 폐태자가 될지 모르는 왕자의 차용증은 별로 쓸모가 없어서요."

"…왕자에게 돈을 뜯어낼 생각인 거냐?"

"혹시 나중에 저의 정치 자금이 될지도 모르죠."

소 생 마리 자작은 여유만만하게 웃었다. 카시안 왕자와 케언은 묵묵히 입을 다문 채 그가 도서관을 빠져나가는 모습을 지켜보았다.

"그 빌어먹을 능구렁이 자식!"

결혼식이 끝났을 때 카시안 왕자는 나직하게 내뱉었다. 왕자는 모처럼 왕실 전통의 예복을 갖춰 입고 있었다. 격식을 싫어하는 왕자로서는 크나큰 희생이었다.

중앙 기사단의 클레리온 카세이드 중령이자, 카세이드 가문의 초대 남작이 된 신랑은 사람들이 보는 앞에서 레드 와인이 담겨진 잔을 단숨에 비웠다. 그의 곁에는 일잔느 케언이 화사한 드레스를 입고 있었다. 주임 신부의 결혼 승인 선언이 끝나고 동시에 잔을 비우자 신랑과 신부는 관습에 따라 빈잔을 바닥에 힘껏 내던져 깨버렸다. 유리 잔이 요란한 소리가 나면서 박살나자 그제야 사람들은 박수를 치면서 환호했다.

작년에 벌어졌던 케언 집안 사건을 효과적으로 수습하는 데 선두에서서 공을 세운 카세이드는 대위에서 중령으로 2계급 특진이라는 이례적인 승진을 했고 남작 가문이 되었다. 그 이면에는 물론 카시안 왕자의 추천장이 위력을 발휘했다. 그는 왕실 근위대로 복귀하지 않고 중앙 기사단 고급 장교가 되었다. 그리고 폭행을 당하고 죽을 뻔했던 케언의 누나 일잔느를 자신의 아내로 맞이했다.

한동안 대인 기피증과 실어증에 걸렸던 일잔느는 카세이드의 대책없는 낙천성과 유쾌함에 의지하게 되었고, 마침내는 어렵사리 그의 청혼을 승락했다.

카시안 왕자는 카세이드 중령과 일잔느가 나란히 사람들에게 인사하는 동안에도 여전히 이를 갈았다. 물론 얼굴은 즐겁게 웃는 표정으로 고정되어 있었다. 소 생 마리 자작의 교육은 유감없이 그 효과를 발휘했다.

"남의 결혼식 귀빈으로 와서 뭐 하는 겁니까?"

"생각할수록 열받잖아! 그 능구렁이 자식, 정말로 왕자를 상대로 돈을 뜯어가다니……. 난 벌써 5천 마임이나 잃었어. 자그만치 5천 마임이야."

"그런 단순한 카드 놀이에 연패하신 왕자님이 문제입니다."

"시끄러! 나도 내가 카드 놀이에 소질이 없다는 걸 몰랐단 말이야."

"하여간 모처럼 제 누님의 결혼식인데 품위를 지켜주시죠. 매형 되는 사람이 우스워집니다."

케언의 충고를 받은 카시안 왕자는 입을 다물었다. 기사단 동료들이 태반인 자리에서 일국의 왕자가 참석했다는 사실만으로 이 결혼식은 특이한 결혼식이 되었다. 카세이드 중령의 기사단 동료들이 과반수인 하객들의 대부분은 예식복을 차려입은 군인들이었고, 성당 주변에는 왕자의 호위를 위해 근위대 병사들이 배치되어 있었다. 전체 인원들 중에서 민간인은 케언을 비롯하여 극소수에 불과했다. 카세이드 남작의 가족들은 성당 안팎으로 우글거리는 군인들 때문에 식은땀을 흘려야 했다.

"기분이 어때?"

카시안 왕자가 나직이 물었을 때 케언은 대답하지 않았다. 그저 묵묵히 성당 계단에 서서 화사하게 웃고 있는 누나의 모습을 바라보았다. 그의 누나 일잔느는 조심스럽게 카세이드 중령의 팔에 매달려 고개를 숙이고 있었다.

"축해해 주러 가지 않을 텐가?"

"아뇨. 가지 않는 편이 좋을지 모릅니다."

"두 번 다시 보지 못할지도 몰라."

"알고 있습니다. 저는 왕자님의 카메리타스이니까요. 이제 저에게는 가족이 없습니다. 저 혼자 남은 셈이죠."

"…흐음……."

카시안 왕자는 더 이상 억지로 말을 붙이지 않았다. 카세이드 중령과 일잔느는 손을 흔들며 계단을 내려가 마차 위에 올랐다. 추운 겨울인데도 누구 하나 추위를 불평하지 않았다. 신랑의 동료들은 소리 높여 두 사람을 축복하면서 접시를 깨고 유리 잔을 깨버렸다.

케언은 성당 입구의 대리석 기둥에 기대서서 사람들 발 밑에서 밟히는 유리 조각들의 빠직거리는 소리를 들었다. 결혼식을 올린 두 사람과 주변 사람들이 외치는 소리는 들리지 않았다. 케언의 귓가에는 언제까지나 연약한 유리 조각이 부서지는 소리만 들려왔다.

"……."

카시안 왕자는 허리에 차고 있던 롱 소드를 뽑아 들어 손잡이를 케언에게 내밀었다. 케언은 차가운 겨울바람에 흐트러지는 앞머리를 쓸어 올리며 의아한 눈으로 왕자를 바라보았다. 카시안 왕자는 시원스럽게 웃었다.

"마지막으로 인사를 해야지. 이제 좀처럼 누나를 만나지 못할 거야. 누나는 이제 다른 집안으로 시집을 갔고, 왕자의 카메리타스가 드나들면 카세이드 중령이 힘들어져. 아마도… 두 사람이 재회하는 것은 둘 중 누군가의 장례식이 될 거야."

케언은 천천히 롱 소드를 받아 들었다. 그도 왕자와 함께 검술 훈련을 받았고, 롱 소드에 익숙했다. 케언은 롱 소드를 힘차게 치켜들었고, 곧바로 검을 쥔 오른손을 자신의 왼쪽 허리춤으로 가져갔다. 수직으로 세워진 롱 소드의 검신이 겨울 햇살을 받아 눈부시게 빛났다. 케언은 롱 소드를 세워 든 자세로 조용히 누나가 떠나는 광경을 바라보았다. 마차가 그의 시야에서 벗어났을 때 케언은 조용히 롱 소드를 비스듬히 내렸다.

"이제는 정말로 혼자가 되어버렸군. 기분이 어때?"

"별로… 아무런 느낌도 없습니다."

"너도 꽤나 고지식하군."

카시안 왕자는 롱 소드를 검집으로 되돌리며 한숨을 쉬었다. 그리고 케언의 어깨를 두드렸다.

"자아, 술이나 마시러 가자."

"한 번만 더 당신이 술을 마시면 왕실 예법관이 절 죽인다고 했습니다. 왕자의 죄를 뒤집어쓰고 대신 맞아죽긴 싫습니다."

"괜찮아! 이런 날은 원래 술을 마셔야 하는 거야. 홀가분하지? 솔직히 나는 자네가 부러워. 넌 이제 잃어버릴 것이 아무것도 없잖아?"

"부러워할 걸 부러워하십시오."

성당 계단을 내려가던 케언은 문득 뒤를 돌아보았다. 왜 그랬는지는 몰랐다. 그저 보이지 않는 힘이 그를 이끌었다. 그가 고개를 돌렸을 때, 성당 정면에 장식되어 있던 거대한 원형 스테인드글라스가 눈부시게 햇볕을 반사했다. 날개를 잃어버린 천사가 슬픈 얼굴로 절벽 끝에 서서 세상을 향해 손을 뻗는 그림이었다. 햇살이 천사의 슬픈 뺨에 부딪혀 반사했다. 케언은 무표정한 얼굴로 고개를 돌렸다.

빠직!

계단을 내려서던 그의 발 밑에서 유리 조각이 부서졌다. 더 이상 부서질 수 없을 때까지 부서지는 유리 조각이 그의 가슴을 자극했다. 케언은 활짝 웃었다. 15세의 나이로 민트 J. 케언은 자신의 모래 빛 머리칼과 녹색 눈동자가 잘 어울리는 매력적인 미소를 스스로 발견했다. 그를 적대시하는 사람들까지도 유일하게 인정하는 매력적인 미소였다. 케언은 눈부신 햇살을 손으로 가리며 매력적인 미소를 머금고 성당 계단을 내려왔다.

〈 4 〉

"수도는 의외로 조용합니다."

숲을 헤치고 다녀온 병사는 숨을 고르기도 전에 상황부터 보고했다. 병사는 손에 들고 있던 위장용 나뭇가지들을 버리며 옷에 묻은 검불들을 털어냈다. 그러면서도 병사는 쉴 틈 없이 수도의 경비 태세와 출입자들 동향, 성문을 지키는 경비대원들의 근무 행태를 보고했다.

"거사가 실패했다고 생각하나?"

"…확신은 못하겠습니다."

병사는 굳은 얼굴로 머뭇거렸다. 우사자 성채에 주둔 중이던 맹약기사단 잔존 병력은 사자성 내부 인사와의 정기적인 연락이 두절되자 곧바로 경계 태세에 들어갔다. 특별한 사정이 있을지도 모른다는 가능성이 제기되었지만 결국은 기사단의 경계 등급 상향 조정이 시급하다는 방향으로 결론이 모아졌다.

맹약기사단은 곧바로 준전투 체제로 근무 등급을 높였고, 두 개의 척후조가 긴급 편성되었다. 게일에 있는 페나 왕비 쪽으로 긴급 전령이 파견되었고, 편성된 두 개의 척후조 중에서 규모가 적은 첫 번째 척후조가 수도에 대한 전술 정찰에 들어갔다. 1개 독립대 480명 규모로 편성된 두 번째 척후조는 요새 주변에 대한 지배력 확보를 위하여 위력 정찰에 들어갔다.

첫 번째 척후조의 임무는 말 그대로 수도에 대한 동향 탐지, 성벽 경비병들의 근무 상태 파악, 혹시 있을지도 모르는 대규모 병력 이동 유무 확인 등을 수행했다. 두 번째 척후조는 자신들의 주둔 기지인 요새에 대한 지배력 확보를 위하여 요새 주변에 혹시 있을지도 모르는 정찰병 또는 스파이 색출, 수도와 주요 거점으로 연결되는 도로망 개척, 요새로 식량을 공급하는 요새 소유의 영지와 그 영지민들에 대한 대대적인 점검 등을 그 목적으로 했다.

첫 번째 척후조와는 달리 두 번째 척후조는 위력 정찰이었기 때문에 중무장을 했고, 의심스러운 존재들을 가차없이 죽였다. 우사자 성채 주변에서 사냥을 하던 불운한 사냥꾼들과 길 잃은 여행자들이 위력 정찰 중이던 두 번째 척후조와 만나 변명 한마디 못해보고 죽임을 당했다.

"흐음……."

첫 번째 척후조를 지휘하던 중위는 꺼칠해진 턱을 쓰다듬으며 쉽사리 부하들 앞에서 상황에 대한 부주의한 언급을 하지 않았다. 맹약기사단 제복을 갖춰 입은 병사들은 수도에서 멀지 않은 숲 속에서 후미지고 으슥한 장소를 척후 거점으로 선정했다. 그리고 오전에 2회, 오후에 2회에 걸쳐서 수도 외곽에 대한 장거리 관측 활동을 하고 있었다. 수도의 상황을 알 수 없었기 때문에 수도 내부로 진입하지 못했고, 성벽 감시병에게 관측당하지 않도록 주의했기 때문에 좀처럼 많은 것을 알아낼 수 없었다.

수도 상황에 대하여 몇 가지 질문을 던졌던 중위는 정찰을 다녀온 병사들에게 휴식을 명령했다. 그는 현재 관측 상황을 최대한 객관적인 정보로 다듬어 양피지에 사소한 부분까지 빠짐없이 기록했다. 그가 전령에게 보고서를 넘겨주었을 때, 서쪽 하늘은 이미 와인처럼 붉어져 있었다. 전령은 밀봉한 보고서를 품속에 넣고는 사라락 소리를 내면서 풀숲 너머로 사라졌다.

중위는 전령이 사라진 숲 저편을 물끄러미 바라보다가 고개를 흔들었다. 현재 상황에 대한 판단과 그 이후의 문제에 관해서는 일개 중위가 관여할 사항이 아니었다. 중위는 지저분해진 턱을 매만지며 한숨을 쉬었다. 자신은 그저 척후조 지휘관이었고, 맡은 바 임무에 충실하면 그걸로 충분했다. 주변에서 돌아가는 상황은 그 자신에게 별로 중요하지 않았다. 중위는 그런 생각을 하면서 어두워져 가는 하늘을 올려다보고 시간을 가늠했다.

하늘 한복판은 벌써 짙은 코발트 빛으로 변해 있었고, 서쪽 하늘은 이제 희미한 붉은색의 잔영이 남아 있었다. 또 하루의 임무가 끝나가고 있었다. 중위는 손뼉을 치며 병사들의 주의를 끌었다.

"지금부터 야영 준비에 들어간다! 불은 피우지 말고 즉시 식사를 완료한다. 입초 근무자는 차후 교대 근무자와 인수인계 전까지는 경계를 게을리 하지 말 것! 매복 유지에 신경 써라! 부주의하게 지나가던 사람들에게 들키지 말 것! 실시!"

중위의 명령이 떨어지자 병사들은 빠르게 움직이기 시작했다. 며칠

째 불을 피우지 못해서 마른고기와 물만으로 끼니를 때워야 했지만 적어도 굶는 것보다는 훨씬 상황이 좋았다. 지휘관인 중위마저 풀밭에 주저앉아 마른고기를 질겅거리며 씹는 상황에서 병사들이 불평할 수는 없었다.

숲의 밤은 유난히 빨리 찾아왔다. 식사를 마친 몇몇 병사들은 미적거리며 일어나 어두워져 가는 숲으로 사라졌다. 지금껏 주린 배를 움켜쥐고 매복하여 보초를 서고 있던 동료들과 교대해 주기 위해서였다. 남아 있던 병사들은 지치고 짜증스러운 얼굴로 바닥에 모포를 깔고 누웠다. 여름이었지만 비가 자주 내리는 라이어른에서의 야영은, 더군다나 불도 피우지 못하는 야영은 만만한 일이 아니었다. 체력 소모도 심했고 정신적으로도 심하게 시달리기 때문에 아무리 정예로 훈련된 병사들이라고 해도 버티는 데는 한계가 있었다.

축축한 바닥에 모포 한 장을 두르고 누웠던 병사는 힐끔 별이 뜨기 시작한 밤하늘을 올려다보았다. 그는 빈틈없이 몸을 모포로 감싸며 날짜를 헤아려 보았다. 아직도 이런 밤을 4번이나 더 보내야 간신히 요새로 되돌아갈 수 있었다. 병사는 전투를 벌여야 할지 모른다는 사실보다는 앞으로 4일 밤이나 더 이런 생활을 해야 한다는 사실이 더 끔찍했다. 그는 넌더리를 내면서 눈을 감았다. 갑옷을 입고 누웠기 때문에 굉장히 불편했지만 한가하게 갑옷을 벗고 잘 수도 없었다. 피로가 그 모든 불편들을 이겼다. 병사는 크게 한번 뒤척이고는 그대로 잠들어 버렸다.

촤악!

숲의 어둠 속에서 피는 유난히 검게 보였다. 흘러내린 피는 숲 사이로 파고들어 온 희미한 달빛 속에서 간신히 반짝거렸다. 나뭇잎 위로 떨어진 핏방울들이 이슬처럼 또르르 흘러내렸다.

"……!"

병사는 안타까운 손길로 허공을 휘저었다. 목의 동맥을 잘리고 꿈틀거리던 병사의 움직임이 줄어들었다. 세차게 뿌려지던 피는 혈압이 급격히 낮아지면서 심장이 뛸 때마다 쿨럭거리며 솟아 나왔다. 피에 젖은 단검이 어둠 속에서 움직였다. 단검은 병사의 심장을 찔렀고, 반 바퀴 회전하면서 질긴 심장 근육을 망가뜨렸다. 병사는 더 이상 움직이지 않았다.

쇼는 어둠 속에서 병사의 입을 막고 있던 손을 풀었다. 입을 틀어막히고, 비명조차 지르지 못하고 생을 마감한 병사는 풀썩 쓰러졌다. 누적된 피로 때문에 졸면서 매복하여 보초 근무를 서던 병사는 비명 한번 질러보지 못하고 죽었다.

'근무 상태가 개판이군.'

쇼는 그런 생각을 하면서 어둠 속에서 소리없이 움직였다. 쇼는 병사의 매복 상태를 관찰하면서 적의 야영지 방향과 거리를 가늠했다.

'매복인데 보초를 한 명씩 세웠다면 정찰조 규모는 소수일 거고… 상대가 정예 기사단이라면… 그럼 다음 보초는 어디에 있을까?'

숯과 진흙을 얼굴, 목덜미, 양손에 바른 쇼는 거의 소리를 내지 않으며 풀숲 사이로 움직였다. 그는 머리 속으로 끊임없이 상황을 예측하기 시작했다.

쇼는 첫 번째 보초를 제거한 장소를 기준으로 숲 너머의 예상 야영지를 가늠했고 일정 거리를 두고 오른쪽으로 원을 그리기 시작했다. 어둠 속이고 적의 야영지는 추측에 불과했지만 쇼는 놀랄 만큼 정확한 거리를 유지했다. 그는 유능한 하이 스카우터였고, 빠르고 정확하게 사물의 크기와 거리, 개수를 파악하는 훈련을 받아왔다. 어둠 속이라도 마찬가지였다. 중앙산맥의 깊은 골짜기 사이에서는 달빛조차 들지 않은 어둠이 흔했다. 어스름하게 달빛이 스며드는 대도시 근교의 숲은 대낮과 별로 다르지 않았다. 쇼의 거리 감각은 정확했고, 신중하게 두 번째 보초병을 발견했다.

"……!"

졸린 눈을 비비던 병사는 숲의 어둠 속에서 튀어나온 그림자를 보며 고함을 지르려고 했지만 쇼가 그의 입을 틀어막는 속도가 더 빨랐다. 그리고 쇼가 병사의 입을 틀어막는 순간 그의 단검은 이미 병사의 목젖을 찔렀다. 쇼는 병사의 목을 찌른 단검을 수평으로 잡아뜯었다. 평소에 예리하게 갈아둔 단검은 병사의 목을 절반이나 잘라 버렸다. 피가 다시 어둠 속으로 뿜어져 나왔다. 목이 잘린 병사는 흠칫 몸을 떨었다.

다시 2명의 보초를 더 죽이고 전진했을 때 쇼는 자신이 죽였던 첫 번째 보초의 시체를 발견했다. 야영지를 기준으로 정확하게 원을 그린 것이다. 경계병을 모조리 제거한 쇼는 잠시 동안 호흡을 가다듬고는 다시 조심스럽게 전진했다.

'혼자서는 어림없겠어. 과연 정예 기사단이야.'

쇼는 풀숲에 엎드려 야영지 상황을 살피며 생각했다. 그의 예상은 정확하게 들어맞았다. 장교를 기준으로 병사들은 원을 그리며 누워서 잠들어 있었고, 두 명의 병사들이 다시 야영지 경계를 서고 있었다. 쇼가 제거한 경계병까지 포함하면 거의 전체 인원의 절반에 가까운 병사들이 보초를 서는 상황이었다. 쇼는 야영지 경계를 서면서 졸고 있던 병사들을 이해했다. 병사들이 수면 부족으로 느슨하게 경계를 서던 이유는 교대 인원이 충분치 않았기 때문이다.

야영지를 지키는 병사들도 졸고 있었지만, 아까와는 상황이 많이 달랐다. 검은 옷을 입고 노출된 피부를 검게 칠한 쇼는 숲 바닥에 납작 엎드린 상태로 야영지 상태를 자세하게 분석하며 머리를 굴렸다. 졸고 있더라도 두 명의 병사는 서로 5미터가 넘는 거리를 두고 앉아 있었다. 쇼는 자신이 신이나 천사라고는 생각하지 않았고, 인기척도 없이 두 사람을 동시에 처리할 수 있다는 식의 만용은 없었다. 게다가 동료들 한복판에 앉아 있는 경계병들이었다. 쇼는 10명도 넘는 정규군과 싸워서 자신이 이길 확률이 전무하다는 자각을 갖고 있었다. 아무리 그가 뛰어난 하이 스카우터여도 잘 훈련된 정규군이 상대라면 1대 1 대결도 승부를 장담하기에 벅찼다. 기습과 정면 승부는 전혀 다른 차원의 문제였다.

'혼자서 정규군을 상대하는 건 미친놈들이나 하는 짓이야.'

쇼는 턱을 괴고 엎드린 자세로 시간을 보내며 고민했다. 결론은 이미 도달했지만 석연찮았다. 그는 어둠 너머로 수도가 있을 방향을 돌아보았다. 그의 머리 속은 빠르게 손익을 계산했다.

'설마 나에게 꼬리가 붙진 않았겠지? 아냐, 장담하진 못해. 특히 그 미친 자식이라면…….'

쇼가 평가 내린 미친 자식은 지금쯤 카라를 끌어안고 잠들어 있을 것이다. 하지만 쇼는 여전히 쉽게 미련을 버리지 못했다. 한참을 망설이던 쇼는 결국 결정을 내렸다. 쇼는 소리없이 야영지를 벗어났다.

또다시 비가 내리는 오전은 한없이 우울했다. 대형 테이블에 둘러앉은 사람들은 저마다 심각한 얼굴로 입을 다물었다. 아델만 국왕은 뜨거운 해독 차를 마시며 묵묵히 보고를 들었다. 실내에 모여 앉은 사람들은 그 특유의 시큼한 향기에 익숙해져 있었다. 아델만 국왕은 거의 틈이 날 때마다 쇼가 처방해 준 차를 마셨다. 그의 몸에는 이제 시큼하고 자극적인 향이 배어 있었다. 그는 조용하지만 범접하기 힘든 시선으로 쇼를 바라보았다.

"결론적으로 우리는 1개 기사대 2천 명의 병력과 싸워야 하는 상황이라는 겁니다. 뭐, 저 같은 놈에게는 별로 상관도 없는 일이지만……."

쿵!

무거운 탁자를 내려치는 소리에 쇼는 말을 끊으며 고개를 돌렸다. 수도 경비대장 막스프릿츠(Maxfritz)는 탁자를 내려친 주먹을 부르르 떨었다. 텁수룩하고 무성의하게 수염을 기른 그는 탁자에 둘러앉은 사람들 중에서 가장 체구가 크고 단단한 외모를 갖고 있었다. 그와 비교하면 튜멜 일행 중에서 가장 키가 큰 레이드와 오랜 세월 전쟁으로 단련된 파일런도 날렵해 보일 정도였다. 두 사람의 덩치가 작아 보이게 만드는 사람은 흔치 않았다.

"그게 폐하를 위해 일한다는 자가 함부로 내뱉을 소리인가! 네놈은 손익을 따져 이리저리 붙어 다니는 기회주의자들과 뭐가 다른가?"

"썅!"

쇼는 나직하게 욕설을 내뱉으며 슬그머니 부츠 사이로 손을 집어넣었다. 한마디만 더 지껄이면 덩치만 믿고 함부로 입을 놀리는 경비대장의 목에 단검을 쑤셔 넣을 생각이었다.

"흠흠!"

쇼의 곁에 앉았던 레이드가 눈치 빠르게 쇼의 몸 동작을 읽고는 보란 듯이 헛기침을 했다. 그로서는 쇼가 경비대장을 죽이는 문제에 대해선 관심이 없었다. 과연 잔뼈가 굵은 수도 경비대장과 닳고 닳은 베일의 하이 스카우터 중에서 누가 이길지는 관심이 없었다. 오히려 체격 조건이 유리하고 경험도 더 많은 경비대장 쪽으로 점수를 주고 싶었다.

레이드가 걱정하는 것은 한 가지뿐이었다. 모처럼 안락한 잠자리에 매 끼니마다 최고급 요리가 나오는 생활을 섣불리 잃고 싶지 않았다. 비록 보수를 상의하지는 않았지만, 명색이 일국의 국왕이라면 이번 일이 매듭지어지면 적잖은 금액의 보수를 지불할 것이 뻔했다. 어쩌면 재수가 좋아서 준남작 같은 지위가 내려질지도 몰랐다.

레이드는 지위에는 별로 관심이 없었지만 부수적으로 내려지는 영지에는 관심이 있었다. 같은 준작위라도 국왕이 직접 내리면 초라한 영지나마 딸려 나오는 것이 정상이었다. 게다가 용병으로서 국왕을 등에 업고 싸우는 것은 흔치 않았다. 모처럼 든든하고 거대한 권력을 배후로 등에 업었는데 그걸 즐겨보지 못하고 잃어버리긴 싫었다. 그러기 위해서는 쇼가 이런 자리에서 유혈 사태를 벌여 모두 날려 버리지 못하게 해야 했다.

"뭐냐? 할 말 있어?"

"약속된 보수를 잊지 마. 이건 큰 건수잖아?"

"그럼 넌 건수가 되니까 바보 남작을 따라다녔냐?"

주변 사람들에게 전혀 들리지 않을 정도로 낮게 소곤거리던 레이드는 입을 다물었다. 쇼는 거리를 가늠하는 눈빛으로 레이드의 표정을 가늠했다. 레이드는 헛기침을 하면서 턱을 벅벅 긁으며 어물쩍 넘어갔다.

"최소한 한 가지는 확실해졌군요. 우리의 적이 2천 명이라는 점."

레미 아낙스는 깃털 펜을 조심스럽게 잉크 혼으로 되돌려 놓으며 말했다. 그녀 앞에 펼쳐진 지도에 표시된 우사자 성채에는 꼼꼼하고 섬세한 필체로 새롭게 'M.d.AfT.(Militarium dess Affentausande: 병력 2천)'이라는 내용이 추가되었다. 지도를 보고 있던 아델만 국왕은 그 섬세하고 매력적인 필체 때문에 감탄했고, 이언은 군사 용어에 하루가 다르게 익숙해져 가는 레미의 빠른 적응력에 감탄했다.

레미는 몇 가닥 흘러내린 앞 머리칼을 손끝으로 만지작거리며 생각에 잠겼다. 명석하고 분석력이 탁월한 그녀의 머리는 빠르게 상황을 정리하고 있었다.

아델만 국왕이 상석에 앉은 테이블은 공식적으로 진압 회의라는 명칭이 부여되었다. 국왕을 선두로 하여 능동적으로 사태 해결을 보겠다는 의지를 의미했다. 정식으로 테이블에 이름을 붙인다는 것은 그런 의미가 있었다.

진압 회의의 수장은 당연히 아델만 국왕이었고, 임시 근위대장으로 임명된 에른하르트 대위, 수도 경비대장 막스프릿츠, 그리고 튜멜 일행이 죽인 궁내부장의 후임이 임시로 임명되었고, 튜멜 일행 또한 당당하게 자리를 차지하고 앉았다.

내정관, 외정관, 사찰관으로 구성된 3관 인사가 공석이었고, 귀족원은 강제로 폐쇄되었다. 그리고 귀족원 입구는 중무장한 근위대원들이 봉쇄하고 있었다. 하지만 이미 국왕이 전시 체제를 공포한 이상 이의를 제기할 사람은 없었다. 게다가 반란 시도가 진압된 직후였기 때문에 섣불리 나섰다가 잔여 세력으로 오해받고 싶어하는 귀족들도 없었다.

귀족들은 각자의 저택에 칩거한 채 외출과 의례적인 교류까지 삼가고 있었다. 개중에는 앞으로의 화를 피해 지방에 있는 소속 영지로 되돌아가고 싶어하는 귀족들도 있었지만, 이런 시기에 부주의하게 수도를 떠난다는 것도 자살 행위였다. 거사가 실패해 도주한다는 의혹을 받을 위험이 있었다. 귀족들은 이런 시기에는 그저 있는 듯 없는 듯 조용히 있어야 한다는 원칙적인 상식을 알고 있었다.

전시 체제가 공포되었지만 그것은 왕실에 한정되었고, 수도의 시민들은 일상의 변화를 느끼지 못했다. 행여 수도에 잠입해 있을 스파이들을 의식한 것이다. 압도적인 병력이 수도 외곽에 버티고 있는 이상, 필요 이상으로 그들을 자극할 필요는 없었다. 귀족가의 부주의한 하인들이 지껄이는 소문까지 어쩌지는 못했지만 그런 류의 스캔들은 귀족들이 밀집한 수도와 대도시에서는 지극히 일상적인 일이었다.

그래서 일반 시민들을 대상으로 하는 왕실의 포고는 내려지지 않았고, 성문 출입을 담당하는 경비대원들의 숫자도 그대로였다. 다만 모든 경비대원들에게 비상 근무령이 떨어졌고, 모두들 막사에서 전시 동원령에 따른 대기 상태로 지내고 있었다. 가벼운 곤봉만 휴대한 상태로 근무에 나갔다가 귀대하면 오히려 갑옷으로 중무장한 상태로 대기해야 하는 촌극이 벌어지고 있었다. 물론 전시 동원령이 발효된 이상 그것을 불평하는 병사들은 없었다. 전시 동원령과 평시 체제의 가장 큰 차이점은 똑같은 불평이라도 전시 동원령 아래에서는 참수형까지 받을 수 있다는 점이었다.

"2천 명이라… 믿을 수 없는 대군이군. 정복전을 나가는 왕비가 수도에 그렇게 많은 병사들을 두고 가다니. 왕비가 나를 과대평가한 것이 아닌가? 병들고 나약한 국왕을 치기 위해 2천 명이나 필요할까?"

아델만 국왕은 쓰게 웃으며 차를 마셨다. 임시 근위대장인 에른하르트 대위는 좀처럼 표정 변화가 없는 얼굴로 국왕을 바라보았다. 그는 한 점의 파문도 없는 고요한 수면과도 같았다. 증오도, 흥분도, 즐거움도 없는 완벽하게 감정이 거세된 눈동자였다. 그에 반하여 수도 경비대장 막스프릿츠는 적갈색으로 붉어진 얼굴로 씩씩거렸다. 그는 무언가를 속 시원하게 외치고 싶었지만 차마 국왕 앞에서 떠들지 못해 분을 삭히고 있었다.

"패배주의는 어울리지 않습니다, 이 나라의 국왕이시여."

레미는 입을 다물었다. 그녀의 눈가로 희미한 후회가 밀려들었다.

'내가 이런 말을 할 자격이 있을까?'

레미는 반사적으로 카라를 바라보았다. 카라는 턱을 괴고 앉은 채 그녀의 시선을 똑바로 받으며 '흐응' 하는 듯한 눈빛을 보였다. 그녀의 시선이 부담스러워진 레미는 고개를 돌렸다.

아델만 국왕은 빈 잔을 내려다보면서 물끄러미 생각에 잠겼다. 회의에 참석한 누구도 부주의하게 소리를 내지 않았다.

'채워진 만물은 반드시 비워지는 법. 사랑이 채워졌다면 이제는 그 지나간 사랑을 비워야 하겠지. 아니면 우리 부부의 사랑은 지금껏 비워져 있었던가? 그러면 이제부터 잔을 채워야 하는 것인가?'

아델만 국왕은 촛불 스탠드에 올려져 데워져 있는 포트를 집어 들었다. 한 자루의 촛불이지만 차는 뜨겁게 데워진 온도를 유지하고 있었다. 하얗게 부서지는 김이 찻잔 모서리를 감돌았고 뜨거운 차가 소용돌이쳤다. 그는 원을 그리며 맴도는 차를 묵묵히 바라보다가 희미하게 웃었다.

"채워야 하는 시기일까? 비워야 하는 시기일까?"

"네?"

아텔만 국왕은 자신의 혼잣말을 이해하지 못하는 사람들을 둘러보았다. 그리고 조용히 웃었다.

"자아, 그러면 그 2천 명의 병력을 싸워 이길 수 있는 방법을 의논하는 게 좋겠지. 그대들의 생각은 어떤가?"

"에른하르트 대위입니다. 이런 말씀을 드려 죄송합니다만, 정예 2천 병력을 상대할 병력이 우리에게는 없습니다. 현재 근위대 병력은 총원 2천 명 중에서 대략 1,200명 내외로 집계됩니다. 그런데 그중에서도 상당수는 과연 국왕 폐하께 충성하는지 의심스럽습니다. 결국 믿을 수 있는 인원은 제가 직속으로 데리고 있는 2개 독립대 960명입니다. 하지만 아시다시피 근위대원들은 적극적인 전투 부대가 아닙니다. 중앙 기사단에서 선발된 맹약기사단과 싸울 수 있을지 의심스럽습니다. 사자성 이외의 장소에서 싸우는 방법을 훈련받은 적 없는 병사들입니다. 수도 경비대의 사정은 어떤지 모르지만……."

"수도 경비대는 3개 독립대 총원 1,440명, 현재 인원 1,100명입니다. 결원은 부상자, 귀향 휴가자, 기타 사유로 340명입니다. 전원 임전 태세가 완료되었습니다."

"전투는 근성으로 하는 게 아니라네. 군대가 아니라서 잘 모르는 건가?"

에른하르트의 말에 막스프릿츠는 발끈하며 다시 한 번 탁자를 세차게 내려쳤다. 그는 잔뜩 붉어진 얼굴로 침을 튀겨가며 소리쳤다.

"닥쳐! 나도 중앙 기사단에서 잔뼈가 굵었던 사람이야. 전투 경험은 자네보다 훨씬 많아! 국왕 폐하께 반란을 꾀한 폭도들이 버젓이 돌아다니는데 패배주의에 빠져 우는소리나 하는 게 근위대 장교가 할 소리인가? 신념은 인간을 강하게 만든다! 패할 것이 무서운 녀석은 평생 한 번도 이겨보지 못해!"

"당신은 바보로군. 수도 경비대의 임무가 뭐지? 반란군 진압인가? 그건 국왕 친위대가 해야 하는 일이 아닌가? 수도 경비대가 전멸하면 수도는 누가 유지하지? 당장 도둑과 강도가 넘쳐 나는 치안 공백 상태가 되면 국왕 폐하의 직접적인 보호를 받는 수도의 시민들은 누가 지켜주지? 국왕이 시민들을 지켜주지 못할 때 누가 국왕께 충성을 맹세하지? 반란군과 술집 거리 깡패들을 동급으로 취급하지 마! 차원이 다른 문제야. 민심을 잃어서 유리한 것은 국왕 폐하가 아니라 반란군들이야!"

에른하르트의 반박을 받은 막스프릿츠는 국왕을 알현하는 자리라서 무기를 휴대하지 못하는 사실이 절실한 비극이라고 생각하는 자의 얼굴을 보여주었다. 그를 보고 있던 쇼는 무심코 부츠 속에 숨기고 있는—물론 아델만 국왕도 그 사실을 알고 있었다—단검을 빌려주고 싶어졌다.

어느 정도 내분을 예상했던 레미는 근위대와 수도 경비대의 알력 다툼을 보며 한숨을 쉬었다. 이런 갈등은 그녀의 예상을 가볍게 넘어서고 있었다. 어떤 상황에서도 근위대와 수도 경비대를 함께 움직여서는 곤란하다는 결론이 그녀의 머리 속에 확고하게 각인되었다.

"혹시 너야말로 반란군의 끄나풀이 아닌가? 그런 거지? 반란을 진압하는 체하면서 국왕 폐하의 신임을 얻어 폐하의 심중을 어지럽히려는 거지? 사람들에게 '우리는 이길 수 없다. 우리는 불리하다' 라는 패배주의를 심어주려는 거지? 그래서 우리를 분열시키고 약화시키려는 짓이지? 어서 정체를 드러내지 그래?"

"당신 마음대로 생각해. 어차피 당신 같은 부류는 믿고 싶은 것만 믿을 뿐 남의 말은 귀에 들어오지 않는 인간이니까."

"그런 식으로 자꾸 말을 돌리지 말아!"

"정말 멋져. 박수라도 쳐줄까?"

시선들은 빠르게 이언에게 쏟아졌다. 이언은 갑작스럽게 넘쳐 나는 시선들을 태연하게 흘려보냈다. 회의가 시작된 이래 노골적으로 졸고 있던 이언은 하품을 하면서 기지개를 켰고 관절을 우둑거리며 꺾었다.

"하고 싶은 말이 뭐냐?"

튜델은 잔뜩 짜증스러운 얼굴로 으르렁거렸다. 그는 근위대장과 수도 경비대장의 싸움에 울컥 화가 나 있었다.

"단결해도 우리가 맹약기사단을 이길 수 있는 확률은 눈 감고 하는 사기 주사위 도박보다 못해. 그런데 멋지게 싸우고 있으니까 한심하군. 이제 우리 승률은 제로야. 멋지지 않아? 정예 기사단을 상대로 승률없는 싸움을 하는 거? 난 이런 싸움은 사양하겠어. 나는 상대가 나보다 약해서 내가 이길 수 있는 싸움만 하는 주의야. 나와 실력이 비슷하거나 월등한 사람과는 절대 싸우지 않아. 싸움이라는 건 자기보다 약한 인간하고만 하는 거야. 난 이런 싸움은 사양하겠어."

"그게 인간이 할 소리냐?"

"비겁하다고 해도 좋아. 쓴맛을 보지 못한 철부지들이나 그 딴 소리를 하는 거야. 정의를 지킨다느니, 강한 상대와 싸워 이기고 싶다는 헛소리를 지껄이는 자식들을 보면 죽이고 싶어져. 세상이 뭔지 아무것도 모르는 어린애들이나 그 딴 소리에 열광하지. 싸움이라는 건 강자가 약자를 포식하는 거야. 그걸 부정하는 놈들은 얼치기 이상주의자들뿐이야. 늑대는 토끼만 잡아먹지 아무리 배고파도 사자를 사냥하진 않아. 그게 자연의 법칙이야."

"비열한 자식!"

이언은 튜멜의 외침에 싱긋 웃었다. 그는 자리에서 일어나 천천히 쇼에게 다가갔다. 쇼는 의아한 얼굴로 이언을 올려다보았다. 이언은 허리를 굽혀 쇼의 부츠 속에서 단검을 뽑아 들었다.

"뭐, 뭐야!"

수도 경비대장 막스프릿츠는 국왕이 있는 자리에서 무기를 휴대한 사실에 놀라 입을 벌렸다. 이언은 싱긋 웃으며 단검을 던졌다 받으면서 무게를 가늠하더니 힘껏 던졌다.

퍽!

테이블을 가로질러 날아간 단검은 튜멜의 귓가를 스쳐 의자 등받이에 박혀 부르르 떨었다. 잘려 나간 머리칼이 사라락 튜멜의 어깨 위로 떨어졌다. 이언은 싱글싱글 웃으면서 어깨를 으쓱했다.

"자신있으면 실천해 봐. 강한 상대에게 도전하는 결과가 어떤 건지 가르쳐 주겠어."

"이 빌어먹을 자식이!"

튜멜은 확실히 변했다. 그는 테이블을 밟고 단숨에 넘어가 이언에게 덤벼들었다. 이언은 피식 웃더니 테이블 위에서 뛰어오는 튜멜의 발목을 걷어찼다. 튜멜은 테이블 모서리에 허리를 부딪히며 바닥으로 굴러 떨어졌다. 그리고 이언은 바닥에 넘어져 신음하는 튜멜의 목덜미를 부츠로 밟았다.

"이게 현실이라는 거다, 멍청아. 그리고……."

이언은 차가운 서릿발 같은 눈으로 좌중을 둘러보았다. 아델만 국왕은 조용히 웃고 있었다.

"나가 맹약기사단이고 이 바보 남작이 여기 모인 놈들이다. 정면으로 싸워서 이길 가망성도 없는 주제에 흥분해서 날뛰면 이런 꼴을 당하지."

"크아악!"

튜멜의 목줄을 밟은 이언이 부츠 끝에 힘을 주자 튜멜은 고통스럽게 비명을 지르며 버둥거렸다. 그 고통을 이해하는 사람들은 말릴 생각도 하지 못한 채 질린 표정을 지었다.

"정면으로 싸워서 이길 자신이 없다면 다른 방법을 찾아. 쓸모없는 논쟁 따위로 애꿎은 시간만 소모하지 말고. 자신보다 강한 상대를 죽이는 방법은 많아. 예를 들면 잠자고 있을 때 등 뒤를 독 묻은 단검으로 찔러 버리는 거야. 아니면 암살자를 고용하던가, 혹은 음식에 독약을 넣는 방법도 있지. 멧돼지들도 아니고 정면으로 덤벼들 생각밖에 못하나? 사양하겠어. 모두가 원하길래 남아 있었지만 이따위로 할 거면 집어치우고 백기나 올려. 난 뭐를 하든 관여하지 않겠어. 비린내 나는 애송이들이 거드름 피우는 거 눈 뜨고 못 보는 성격이야."

할 말을 마친 이언은 그대로 문을 닫고 나갔다. 카라는 조용히 웃으며 모두에게 손을 흔들어 보이더니 애인을 따라 회의실을 나갔다. 묵묵히 입을 다물고 있던 파일런은 보란 듯이 자리에서 일어났다. 파일런마저 자리를 비운다는 사실에 당황한 레미가 고개를 들었다.

"당분간 근위대원들은 내가 훈련시키겠네. 조금이라도 쓸 만한 녀석들로 만들어두는 편이 유리하겠지. 레이드, 자네도 놀지 말고 수도 경비대원들을 훈련시켜. 에피도 마찬가지야."

파일런은 자리에서 일어나며 레이드 부녀에게 말했다. 에피는 손가락으로 자신의 얼굴을 가리켜 보이더니 볼이 부은 뚱한 표정을 지었다. 파일런은 손가락으로 테이블을 똑똑 두드리며 잠시 입을 다물고 있었다.

"활 쏘기 경험자들을 따로 편성해서 훈련시켜야 할 거야."

파일런이 빠져나갈 틈이 없도록 구체적으로 지시하자 에피는 두 손을 목덜미로 가져가 깍지를 끼며 고개를 절레절레 흔들었다.

"아아, 싫다 싫어~ 내가 왜 그런 일을 해야 하는 거야?"

파일런은 에피의 말을 무시하고 레미를 바라보았다. 지도를 보고 있던 레미는 파일런의 시선을 느끼고 고개를 들었다. 파일런은 조용한 얼굴로 한참 만에 입을 열었다.

"이번에는 자신이 결정한 결과로부터 눈을 돌리지 말게."

"네? 디르거 경?"

파일런은 조용히 문을 닫고 나갔다. 묵묵히 입을 다물고 있던 아델만 국왕은 조용히 웃었다.

"이번에는 그대도 도망치지 못하겠군 그래?"

아델만 국왕은 새로운 차를 마시며 말했다.

〈5〉

"여기서 뭐 해?"

에피는 대리석 난간에 기대앉은 레이드를 바라보며 물었다. 오후 늦게까지 비를 뿌리던 구름 때문에 달빛조차 없는 밤이었다. 하지만 사자성은 혹시 있을지도 모를 맹약기사단의 습격에 대비하여 평소보다 많은 숫자의 횃불과 모닥불을 피워두고 있었다. 작은 등불을 가져다 두고서 혼자 와인을 마시고 있던 레이드는 대답하지 않았다. 에피는 힐끔 주변을 둘러보고는 조용히 테라스로 통하는 문을 닫았다. 두꺼운 떡갈나무로 만들어진 출입 문은 소리를 차단해 주기에 충분했다.

모처럼 나란히 밤을 맞은 부녀는 잠시 동안 말이 없었다. 그저 바늘 떨어지는 소리조차 부담스러운 정적이 지배하고 있었다. 인내심이 부족해 먼저 입을 연 것은 에피였다.

"이 바보야, 무슨 일이냐니까?"

"표적을 죽이라는 전갈이 왔어."

"뭐? 언제?"

에피는 주변을 둘러보며 나직이 속삭였다. 그녀의 얼굴에서 빠르게 장난기가 걷혔고 목소리가 바삭 부스러졌다. 또다시 부담스러운 침묵이 부녀 사이를 지배했다. 레이드는 벌컥벌컥 와인을 목구멍으로 넘기면서 좀처럼 쉽게 입을 열지 않았다. 에피는 평소와는 달리 그런 그를 닦달하지 않았고 묵묵히 기다렸다.

횃불이 밝혀진 성벽을 바라보던 레이드는 비죽 웃었다. 이내 그 웃음은 목구멍에 걸린 크흐흐~ 하는 소리로 변했다. 레이드는 아무에게도 보여준 적 없는 얼굴로 차갑게 웃었다. 튜멜 일행이 봤다면 레이드의 얼굴에도 저런 차가운 표정이 있었나 의아해할 정도였다. 평소의 레이드는 대책없이 사람 좋은 사람의 너털웃음이 입가에 매달린 사내였다.

"혹시 알고 있냐? 네 엄마를 죽인 사람은……."

"입 닥쳐, 바보야!"

"그래그래, 내가 용병이 되었을 때 넌 담요 속에서 울기에 바빴지. 그땐 네가 아주 작고 가벼웠는데. 용병대를 따라다니며 몸을 파는 여자들에게 너를 맡기고 전투에 참가할 때면 얼마나 걱정스럽던지… 행여 배가 고파서 울지는 않을까? 몸에 열이 있는 건 아닐까?"

촤악!

에피의 허리춤에서 뽑혀져 나온 단검은 레이드의 목을 겨냥했다. 레이드는 자신의 동맥을 내주고도 태연하게 웃었다. 하지만 밤의 어둠 탓인지 그의 웃음은 그늘져 있었다. 에피는 불빛에 드러난 얼굴을 잔뜩 찡그렸다. 그리고 단검을 쥐고 있던 손에 힘을 주었다. 고개를 뒤로 젖혀 어둠 속으로 표정을 숨긴 레이드와 등불에 잔뜩 찡그린 얼굴을 드러낸 에피는 서로를 노려보았다. 두 사람 모두 무시무시한 살기를 내뿜고 있다는 사실은 같았다.

"시끄러! 그 따위 소리를 듣고 싶지 않아! 용건만 말해!"

"지금 이게 용건이야. 너야말로 입 닥치고 듣고 있어!"

레이드는 손끝으로 단검을 밀어내며 무겁게 말했다. 에피는 한 걸음 물러서며 단검을 집어넣었고, 레이드의 손에서 와인 병을 빼앗아 단숨에 벌컥벌컥 마셨다. 레이드는 혀를 차면서 턱을 쓰다듬었다.

"이제는 이런 생활을 끝내려고 했지. 이번이 마지막이야. 이번 일이 끝나면 나는 두둑한 돈을 챙길 거고 두 번 다시 내 인생에서 검을 잡는 일은 없을 거야. 내 검을 가져오라고 시켰다. 이번뿐이야. 검을 잡고 누군가를 죽이는 건……."

"정말이야? 그 약속은? 두 번 다시 검을 쥐고 싸우지 않겠다는 약속은? 그래, 난 버릇없는 딸이야. 그래서 나와의 약속은 그렇게 하찮은 거야?"

"생각해 보니 네가 피를 묻히는 건 옳지 않아. 차라리 내가 하겠어."

"내가 몇 살 때 처음 사람을 죽였지? 내가 지금까지 몇 명이나 되는 인간들을 죽였지? 내가 지금까지 몇 명의 인간들을 고문했지? 회색남풍의 마녀 에피가 누구지? 난 뭐 하러 마녀라는 소리를 들으며 그렇게 많은 사람들을 고문했던 거지? 대답해 봐!"

"미안하다… 널 이렇게 키워서. 나도 너에게 예쁜 옷을 입히며 너를 정말 예쁘게 키워주고 싶었다. 내 젊은 날의 독선이 너를 이렇게 키웠지. 나는 용병이 되지 않고 시골에 숨어 농사를 지었어야 했어.

미안하다."

"그럼 내 인생은? 설탕을 손에 쥐고 행여 네가 다치거나 죽을까 봐 네가 손에 쥐어준 설탕이 녹는 것도 모른 채 울면서 기다린 나는? 그런 어린 시절을 보낸 나는 뭐가 되는 거지? 이 바보 머저리! 언제까지 그 웃기는 죄책감을 가지고 살 거야? 뭐? 더 이상 내가 피를 보는 걸 원치 않는다고? 지금 장난하는 거야? 이번 여행 동안에 내가 몇 명을 죽였는데!"

뜨거운 눈물이 에피의 뺨을 타고 흘러내렸고, 에피는 힘들게 목소리를 쥐어짜냈다. 한결같은 웃음 뒤에 감춰져 있던 눈물은 마르지 않는 우물 같았다. 터져 나오기 시작한 눈물은 넘쳐흐르도록 억눌려 있던 만큼 한꺼번에 쏟아졌다. 레이드는 어설프게 에피를 위로하지 않았다. 그는 두 번째 와인 병을 따서 숨도 쉬지 않고 병의 절반을 단숨에 비워 버렸다. 그의 가슴은 형언하기 힘들 만큼 쓰렸다. 에피는 바닥에 주저앉아 서럽게 울기 시작했다.

정말로 불안했다. 레이드는 가만히 눈을 감고 와인의 취기에 빠져들고 싶었다. 전쟁에서 돌아왔을 때 그의 첫 아들 루스는 더 이상 이 세상에 존재하지 않았다. 그는 지금도 기억했다.

먼동이 틀 때까지 온 집 안을 뒤지며 어딘가 숨어 있을 아들을 찾던 그 밤의 고통을. 눈처럼 하얀 햇살이 창가에 부서질 때 그는 믿어야 했다. 아장아장 걷던 루스는 더 이상 이 세상에 없음을.

돌아보고 싶지 않을 만큼 행복하던 가정은 단숨에 붕괴됐고, 아내도 그의 동생도 그를 비난했고, 결코 함께 마주하려고 하지 않았다. 흔하다면 흔할 수 있는 아들의 죽음 앞에서 그가 믿고 있던 행복한 가정은 무력했다. 그래서 술과 도박에 빠져들었다. 카드 놀이는 그가 착실하게 모아두었던 돈들을 너무 쉽게 가져가 버렸다. 한참이 지난 후에 그는 자신의 앞으로 돌려진 믿을 수 없는 액수의 빚 더미를 발견했지만 허허 웃으며 위스키에 취해 잠들었다.

그 거액의 빚도 그에게는 아무런 의미도 없었다. 아내는 더 이상 그를 사랑하지 않았고, 동생은 더 이상 그를 존경하지 않았다. 그리고 더 이상 그의 아들 루스는 이 세상에 존재하지 않았다. 그에게는 세상 모든 것이 부질없었다. 단 한 번의 문제도 없던 행복한 가정은 아들의 죽음이라는 사건 하나로 단번에 박살났다. 그때 에피가 태어났다.

그는 삶의 새로운 희망을 에피에게서 발견했다. 하지만 세상은 그의 마음처럼 쉽지 않았다. 아내는 여전히 그를 증오했고, 자신이 낳은 에피를 돌보지 않았다. 배고파서 우는 갓난아기를 들고 레이드는 사방으로 뛰어다녔다. 하지만 빚 더미에 앉은 데다 도박과 술에 찌들어 난폭했던 그였기 때문에 젖을 동냥하는 것도 쉽지 않았다. 갓 태어난 에피는 항상 배고파서 울었고 이내 울지도 못하고 끙끙거렸다.

제대로 엄마 젖을 먹지 못하던 에피가 불덩이 같은 열 때문에 울지도 못했을 때, 레이드는 미쳐 버리는 줄 알았다. 다행히 그의 집 안에는 그가 오랫동안 사용하던 투 핸드 소드가 있었다. 그는 한 손에 에피를 안고 한 손에 검을 들고 한밤중에 의사의 집으로 쳐들어갔다. 그리고 자신의 투 핸드 소드로 닥치는 대로 때려 부수며 의사를 협박했다.

에피의 열이 내렸을 때, 그는 에피와 투 핸드 소드만을 들고 도시에서 도망쳤다. 아침이 밝아오고 에피의 열이 간신히 내렸을 때, 그의 투 핸드 소드는 두 사람의 피를 머금고 있었다. 그의 고향 도시는 그가 뿌린 피로 젖어버렸고, 레이드는 두 번 다시 고향을 찾지 않았다.

그리고 그는 회색남풍 용병대에 들어갔다.

그는 여전히 도박을 했고, 엄마 젖이 부족했던 어린 시절의 후유증 때문에 발육 부진에 병약한 에피를 보며 자학했다. 그녀가 폐렴이나 홍역으로 죽지 않은 것은 하늘의 기적이었다. 그리고 에피는 혼자 있는 것을 본능적으로 끔찍하게 싫어했다. 혼자 남겨지면 에피는 쉬지 않고 울었다.

그래서 화가 났는지도 모른다. 무력한 자신과 자신을 자꾸만 궁지로 몰아가고 있는 세상에 대하여. 외로움을 타고 병약한 딸아이를 보며 레이드는 끔찍한 분노를 느꼈다. 그 분노는 고스란히 전장에서 쏟아졌고, 그는 빠르게 진급했다. 그리고 점점 더 큰 상처를 입었다. 그가 상처를 입어 누워 있노라면 에피는 먹지도 않고 그의 곁에 머물며 서럽게 울었다. 발육 부진의 후유증으로 말조차 늦은 에피였지만 본능적으로 그가 죽을지도 모른다는 사실을 두려워했다.

하지만 그녀가 울면 울수록 그의 분노는 더욱 주체하기 힘들어졌다. 그는 진심으로 세상을 증오했다. 그는 더 큰 분노를 전장에서 쏟았고, 더 큰 전과를 올리는 대신에 더 심각한 상처를 입었다. 그리고 에피가 더 크게 우는 악순환은 몇 년이고 지속되었다.

에피는 그가 상처를 입고 죽어버려 홀로 남겨질까 봐 두려워했다. 그녀는 고작 6살이었다. 그런 악순환은 차라리 지독한 형벌에 가까웠다고 그는 생각했다. 어느새 그는 에피에게도 화를 내고 있었다. 모든 것이 짜증스럽고 분노를 주체할 수 없었다. 엄마가 보고 싶다고 칭얼거리는 에피에게, 혹은 놀아달라고 칭얼거리는 에피를 보며 레이드는 화를 냈다. 심지어 어디론가 멀리 팔아버리겠다고 협박했다. 마음 한구석으로는 가난한 농노의 딸이라도 될 수 있다면 지금보다 나을지 모른다는 생각도 있었다. 하지만 에피는 그의 곁을 떠나려 하지 않았다.

에피는 필사적으로 그의 마음에 들기 위해서 부단히 노력했다. 심각한 저체중에 발육 부진이었던 여자 아이가 성인 남자들도 견디기 힘든 용병 캠프 생활을 견디는 것도 모자라, 오히려 레이드의 마음에 들기 위해 기울인 노력은 쉽게 가늠할 수 없는 일이었다.

루스가 죽고 나서 태어난 에피가 그런 생활을 해야 한다는 사실 때문에 그가 자학에 빠져 허우적거리는 악순환은 그 후로도 계속되었다. 하지만 그는 용병을 그만둘 수 없었다. 행여 그의 얼굴을 알아보는 사람을 만날까 두려웠다. 그는 고향에서 사람을 죽이고 도망친 죄인이었다. 대륙을 떠도는 용병대만큼 안전한 곳은 어디에도 없었다.

"바, 바보야……."

에피는 레이드가 과거를 회상하며 또다시 자학에 빠져 허우적거리는 동안에 겨우 눈물을 멈추고 축축하게 젖은 목소리로 입을 열었다.

"나도 레미 언니나 카라 언니처럼 머리를 길러보고 싶어……. 하지만 난 아직도 꿈을 꿔. 피에 젖은 내 머리칼이 목덜미에 엉겨붙던 그 끔찍한 밤을. 내가 죽인 시체에서 흘러나온 피웅덩이 속에 앉아서 미친 듯이 그 머리칼들을 잘라 버리던 밤을 말이야. 내 머리카락은 비릿한 피 냄새를 풍기며 내 목덜미에 달라붙고 있었어. 나는 좋아서 이렇게 짧은 머리를 하고 있는 줄 알아?"

"……."

아무런 말도 할 수 없었다. 자신을 강간하려던 남자를 죽이는 것으로 최초의 살인을 시작한 에피가 그 남자의 피에 젖은 머리칼을 잘라내며 울던 밤을 레이드는 기억했다. 에피는 그 이후로 두 번 다시 머리를 기르지 않았다.

"그러니까 이번 일은 내가 맡겠다는 말이야. 그래서? 넌 아낙스 양을 죽일 수 있냐? 네가 그렇게 좋아하며 언니라고 부르던 여자를?"

레미 아낙스. 그녀의 이름이 나오자 에피의 얼굴이 딱딱하게 굳어졌다. 레이드는 잔뜩 찡그린 얼굴로 와인을 마저 비웠다. 술을 비워버린 레이드는 씁쓸한 눈을 들어 어둠에 잠긴 도시 저편을 바라보았다. 수도는 그의 마음처럼 어둠이 가득했다.

"네 성격은 내가 잘 알아. 자칫하면 일행 전부와 싸워야 할지 몰라. 넌 쇼를 죽일 수 있어? 바보 남작은? 이언이나 카라는? 디르거 경은 예외로 하지. 그 사람을 죽일 수 있는 인간은 거의 없을 테니까. 네가 오빠라고, 혹은 언니라고 따르던 사람을 죽일 수 있어? 아니야. 내가 아는 내 딸은 그런 성격이 아니야."

"하지만 이건 내가 받은 일이야. 내 힘으로 처리할 거야."

"지금 레미의 침실로 찾아가! 그리고 죽여. 한번 해봐. 회색남풍의 마녀라고? 그래, 마녀일런지도 몰라. 적어도 적이라고 결정된 존재에게는. 하지만 방금 전까지 친구로 지냈던 사람도 네가 죽일 수 있을까?"

"시끄러! 네가 뭘 안다고 그래? 한 번이라도 나에게 관심을 가져나 봤어? 틈만 나면 나를 팔아치울 생각이나 하던 주제……."

퍽!

갑작스럽게 레이드의 주먹에 맞은 에피는 테라스 끄트머리까지 날아갔다. 에피는 두 손으로 바닥을 짚고 일어서며 입속에 고인 핏덩이를 뱉어냈다. 그리고 부어오른 턱을 지그시 눌렀다. 레이드는 두 손에 딱딱해진 가죽을 붕대처럼 감고 있었다. 레이드의 힘이 정확하게 실린 주먹을 맞는다면 턱이 부러지기에 충분했다. 하지만 에피는 맞는 순간 턱을 돌려 간신히 결정타를 피했다. 그녀는 자신을 때린 아버지에게 대들지 않았다. 다시 한 번 그녀의 뺨을 타고 눈물이 흘렀다.

"한 번만 더 나를 때리면 죽여 버릴 거야! 다시 검을 쥐고 싸움에 뛰어들어도 죽여 버릴 거야! 한 번만 더 검을 들고 날뛰면서 세상 포기한 놈처럼 굴면 정말로 죽여 버릴 거야! 네놈이 죽으면 난 혼자가 된단 말이야!"

에피는 휘청거리는 무릎을 가누며 테라스의 대리석 난간에 기대며 표독스럽게 쏘아붙였다. 레이드는 그녀의 시선을 피해 고개를 돌렸다.

회색남풍 부대장이자 최강의 타격력을 자랑하는 돌격대의 리더. 그는 동료들에게 미친 회색 곰이라고 불리웠다. 회색남풍의 마녀와 미친 회색 곰 부녀는 가장 유명한 존재였다. 화살을 세 발이나 몸에 달고서 성벽을 타넘고 시대에 뒤떨어진 거대한 투 핸드 소드를 휘두르던 남자. 그는 항상 죽음 쪽에 가깝게 서 있었다. 죽음에 온몸을 담그고 손만 삶에 위태롭게 걸쳐 두고 살아가던 남자였다. 간신히 죽지 않고 살아났을 때 그는 자신의 낡은 투 핸드 소드를 상자 속에 넣고 잠가 버렸다. 그리고 에피에게 약속했다. 더 이상 검을 쥐지 않겠다고. 더 이상 최전선에서 화살의 소나기를 맞으며 죽기 위해 발악하기 않겠다고 약속했다.

그의 그 오랜 자학과 분노의 세월 동안 에피는 몇 번이고 밤을 지새며 울었다. 때론 레이드를 간호하던 에피가 탈수증과 거식증으로 생명이 위험해지기도 했다.

에피와의 약속을 지키기 위하여 그는 두 번 다시 검을 쥐지 않았고, 이번 의뢰를 끝으로 부녀는 용병대를 떠나기로 결정했다. 튜멜 남작에게 빌붙어 지내고 있지만 레이드의 짐 속에서는 적지 않은 액수의 돈이 들어 있었다. 그가 적지 않은 세월 동안 용케 도박판에서 날리지 않은 돈이었다.

그녀는 두려웠다. 어린 시절의 그 악몽, 춥고 외롭고 무섭던 밤이 계속될지 모른다는 사실이 두려웠다. 단 한 명의 혈육 레이드가 세상에서 사라져 버리고 혼자 남게 될지도 모른다는 사실이 두려웠다. 비좁은 천막이 무척이나 거대하게 느껴지던 시절, 그 천막 뒤에 웅크리고 앉아 조그만 주먹으로 눈물을 훔치던 시절이 지겨웠다.

'절대 그냥 두지 않을 거야! 절대 검을 쥐게 내버려 두지 않을 거야!'

"내가 갈 거야! 내가 할 거야! 네놈이 또 검을 들고 미쳐 날뛰게 두지 않을 거야! 검을 쥐면 정말로 죽여 버릴 거야!"

에피는 주먹으로 눈물을 훔치고 차갑게 쏘아붙였다. 그리고 거칠게 테라스 출입 문을 열고 안으로 들어가 버렸다. 그녀를 제지하려던 레이드는 쓰게 웃었다. 그녀를 자꾸만 궁지로 몰아가는 자신이 증오스러웠다. 세상은 그를 궁지로 내몰았고, 그는 에피를 궁지로 내몰았다. 20년도 넘는 세월 동안 계속되던 악순환의 고리는 끝나지 않았다.

'지독한 부녀로군. 헷!'

테라스의 나무 지붕 위에 누워 있던 쇼는 먹구름이 가득한 밤하늘을 올려다보면서 마음속으로 중얼거렸다. 우연히 지붕에 올라왔던 쇼는 레이드 부녀의 대화를 고스란히 듣고 있었다. 어설프게 자리를 피하다가 인기척을 내지 않기 위하여 쇼는 지붕에 벌렁 드러누워 버렸다. 하이 스카우터의 오랜 경험에 의하면 자연스럽게 누워 있는 자세가 가장 불필요한 소음을 줄일 수 있는 자세였다.

'곤란한걸. 에피가 아낙스 양을 죽이면 곤란한데… 이거 섣불리 움직일 수도 없고… 어쩌지? 아닌가? 그 녀석이 아낙스 양을 죽이면 내가 이득인가? 레이드가 있는 한 움직일 수 없으니 일단 기다려 보지 뭐.'

쇼는 가만히 눈을 감고 마음속으로 노래를 불러 시간을 가늠하기 시작했다. 아주 오랫동안 훈련된 노래였다.

"아낙스 양께서는 취침 중이십니다."

레미의 침실 문 앞에서 경비를 서던 두 명의 근위대원 중 고참 대원이 곤란하다는 말투로 말했다. 튜멜 일행들은 이제 각자의 침실을 배정받고 있었다. 그중에서 스스로를 지킬 능력이 없는 레미는 각 층을 출입하는 계단에서 가장 먼 안쪽 침실을 배정받았고, 좌우와 맞은편 침실에 근위대 하급 지휘관 숙소를 배치하여 그녀의 침실 주변에 암살자들이 숨어들 빈방을 남겨두지 않았다. 또한 일행 중 유일하게 근위대원들이 2인 1조로 경계를 서고 있었다.

"닥치고 비켜! 언니랑 할 말이 있어!"

에피는 무서운 눈으로 근위대원을 노려보며 레미의 침실 문을 열었다. 근위대원들은 한 번 더 그녀를 제지하려고 했지만 그녀의 충혈된 눈을 보고 한 걸음 물러섰다. 어차피 같은 일행이라는 것을 알고 있었기 때문에 그들은 괜히 긁어부스럼을 만들 필요는 없다고 생각했다.

탁!

조용히 침실 문을 닫은 에피는 조용히 침대로 다가갔다. 침실은 어두웠지만 에피의 눈은 이미 암순응이 끝난 상태였다. 침대는 4개의 기둥으로 된 캐노피가 달려 있었고, 투명할 정도로 얇은 실크 커튼이 사라락 흘러내려 있었다. 에피는 살며시 손을 뻗어 커튼을 걷었다.

머리를 자연스럽게 풀어 내린 레미는 가볍게 몸을 뒤척거렸다. 하얀 튜닉을 입은 그녀는 잔뜩 찡그린 얼굴로 또다시 돌아누웠다.

"싫… 어… 하지 마… 그만둬……."

레미의 입술에서 희미한 웅얼거림이 흘러나왔다. 그녀는 악몽을 꾸는 듯 괴로워하고 있었다. 어둠 속에서도 그녀의 이마와 목덜미에 맺힌 땀방울이 식별될 정도였다.

"……."

에피는 목구멍까지 치솟아오르는 울음을 애써 삼켰다. 어둠에 익숙하던 눈이 별안간 부옇게 흐려졌다. 그녀는 입술을 깨물며 소매로 눈물을 닦았다. 언젠가 피네벡이라는 마을에서 레미와 처음 같은 방을 쓰던 일이 생각났다. 에피의 입술은 경련을 하듯 파르르 떨렸다. 귀족이 틀림없는 몸가짐을 가졌던 그녀가 그 우아한 웃음으로 자신에게 선물해 주었다. 에피는 태어나서 자신을 보고 그런 다정한 눈빛과 웃음을 주었던 사람을 만나본 적이 없었다. 그녀는 레미와 지내면서 만약 자신에게 언니가 있다면 이런 느낌일 것 같다고 생각했다. 그것은 그녀가 한 번도 가져보지 못했던 세상의 일부였다.

촤악!

에피는 허리춤에 차고 있던 단검을 뽑아 들었다.

'이대로 찔러야 하는 거야. 아주 간단해. 아무런 고통도 느끼지 못하고 편안하게 죽을 거야. 단숨에 목줄을 날려 버리는 거야. 어쩔 수 없어. 미안하지만 정말 어쩔 수 없는 거야. 나에겐 소중한 아빠란 말

이야. 언니를 죽이면 아빠가 더 이상 목숨 걸고 싸울 필요가 없어. 언니, 미안해.'

에피는 두 손으로 단검을 틀어쥐고 어둠 저편에 누워 있는 레미를 겨냥했다. 어차피 레미를 죽이기 위하여 접근했었다. 레미의 곁에서 기회를 보기 위하여 접근했고 일행이 되었다. 처음부터 이들과 친분 관계가 있는 것은 아니었다.

그녀는 터져 나오려는 울음을 몇 번이고 되삼키며 두 손에 힘을 주고 단검을 치켜들었다.

"으음……."

악몽에 시달리던 레미는 다시 힘든 표정으로 돌아누웠다. 에피는 흠칫 놀라며 소리를 지를 뻔했다. 지쳐 잠든 레미의 힘든 표정을 보는 순간 에피는 자신의 손에서 힘이 빠져나가는 것을 느꼈다. 자신은 레미를 죽일 수 없다라는 자각이 그녀를 절망 속으로 밀어 넣었다.

배를 타고 라트에일을 탈출했을 때, 화살에 맞은 자신을 간호하며 걱정하던 레미의 얼굴이 맴돌았다. 자신의 하찮은 이야기에도 정성껏 귀를 기울여 주고 들어주던 그녀의 얼굴이 생각났다. 그리고 자신이 어리광을 부렸을 때 싫은 내색도 없이 다정하게 안아주던 그 따스한 체온을 기억했다. 에피는 전신을 휘감은 한기를 느꼈다. 온몸이 떨려오고 추웠다.

'이렇게 힘들어하면서도 항상 친절하던 언니였어…….'

레미는 좀처럼 편안하게 잠들지 못하고 다시 돌아누웠다. 에피는 악몽에 시달리고 있는 레미의 손을 잡아주고 싶었다. 하지만 그녀는 레미의 손을 잡아줄 자격이 없는 여자였다.

'못해. 난 못해…….'

에피의 손에서 힘이 빠져나가며 단검이 떨어졌다. 단검은 침대 주변에 깔린 양탄자 위로 떨어지며 뭉툭한 소리를 잠깐 남겼다. 에피는 천천히 뒷걸음질쳤다. 그리고 서둘러 방을 나가 버렸다.

갑작스럽게 방을 뛰쳐 나가버린 에피를 보면서 근위대원들은 어깨를 으쓱했다. 에피가 복도 저편을 돌아 사라졌을 때, 그들은 하품을 하면서 자세를 바로잡았다.

"우아아아!! 우아아아!!"

텅 빈 복도 끝에 있는 계단을 뛰어 내려가던 에피는 계단에 주저앉으며 참고 있던 울음을 터뜨렸다. 아무도 지나다니지 않는 어두운 계단에 앉은 에피는 정말 서럽게 울었다.

"하암……."

레미의 침실 구석에 있는 안락의자 뒤에 숨어 있던 이언은 다리를 길게 펴면서 하품을 했다. 침실에서도 가장 어두운 곳이었기 때문에 어지간한 사람이 아니면 그를 발견하기 힘든 자리였다. 이언은 손끝으로 눈꺼풀을 지그시 눌렀다.

이언은 장전되었던 콰렐을 뽑아내고는 석궁의 시위를 조심스럽게 되돌렸다. 근위대로부터 석궁 하나를 빌렸던 이언은 에피가 문밖에서 근위대와 실랑이를 하는 동안에 석궁을 장전했다. 만약 에피가 레미를 죽이려고 했다면 바로 콰렐을 날릴 생각이었다.

그는 피곤한 몸을 뒤척여 조금이라도 편한 자세를 만들며 가만히 눈을 감았다. 그는 애초부터 망설일 생각이 전혀 없었다. 만에 하나 누군가를 죽여야 한다면 가차없이 죽일 자신이 있었다. 어린 시절부터 배워왔던 것들은 바로 그런 것들이었다.

레미가 개인 침실을 쓰기 시작한 이후, 가장 고생하는 사람들은 이언과 카라였다. 두 사람은 하룻밤씩 번갈아가면서 창문을 타고 레미의 침실로 숨어 들어와 안락의자 뒤쪽 어둠 속에 들어가 밤을 지새웠다. 그러고는 아침이 되어 레미가 깨어나기 전에 서둘러 창문으로 빠져나가 침실로 돌아갔다.

이언은 에피가 레미를 죽이려 했다는 사실에 아무런 감상도 갖고 있지 않았다. 그는 길게 하품을 하고는 벽에 기대며 눈을 감았다. 그리고 조용하게 잠 속으로 빠져 들어가 버렸다.

〈6〉

“왜 그런 눈으로 보는 거죠?”

레미는 의아한 눈으로 고개를 들었다. 쇼는 머쓱한 얼굴로 헛기침을 했다. 암회색 구름들 사이로 노란 햇살이 빗살 무늬를 그렸다. 천지창조 장면을 표현한 그림에서나 나올 법한 광경이었다. 구름들 사이로 비집고 들어온 햇살은 우중충한 몰골로 습기에 젖은 도시를 비추고 있었다.

“내 얼굴에 뭐가 묻었나요?”

“아뇨. 단지…….”

쇼는 어째서 자신이 여기에 있는지 반문했다. 그는 에피가 레미를 죽이지 못할 것이라는 것을 알고 있었다. 그래서 레미가 웃는 얼굴로 아침 식탁에 나타났을 때 전혀 놀라지 않았다. 아침 식사를 거른 것은 레미가 아니라 에피였다. 아침부터 튜멜 남작이 식사에 빠진 에피를 대상으로 특유의 꼬장꼬장한 잔소리를 했던 것을 제외하면 지극히 평범한 아침이었다. 아니, 튜멜의 잔소리조차 평온한 일상의 증거였다.

쇼가 우연히 레미와 다시 만난 곳은 대리석 기둥들과 석벽이 만들어내는 좁고 긴 회랑이었다. 라이어른에서는 이러한 회랑 구조가 거의 없었다. 라이어른의 성들은 보편적으로 전투를 대비한 요새 개념으로 성곽을 구축했다. 때문에 건축 방법도 어렵고 석재 낭비도 심한 데다 오가는 사람이 성 외부로 노출되는 회랑 구조는 거의 쓰이지 않았다.

더군다나 건물의 하중을 지지하는 내력 벽이 생략되고, 하중을 버텨주는 기둥이 외부에 노출되었기 때문에 투석기 공격을 받을 위험이 큰 구조였다. 지형적 이점을 고려하면서 거기에 덧붙여 성 자체의 방어력을 중시하는 라이어른 문화로는 화려한 회랑은 사치에 불과했다. 그런 문화를 가졌기 때문에 이곳은 사자성 중에서도 비교적 최근에 증축한 장소였다.

레미는 대리석 기둥들을 연결하는 대리석 난간에 상체를 기대고 있었다. 그녀가 보고 있던 장면은 구름을 뚫고 햇살이 스며드는 광경이었다. 쇼는 솔직히 어째서 그녀가 저 광경에 빠져 있는지 이해하지 못했다. 쇼의 관점에서 보자면 그저 흐린 하늘 사이로 햇살이 비추고 있을 뿐이었다. 몇 세기만의 기적적인 광경은 분명 아니었다. 그는 혹시 자신이 뭔가 깨닫지 못한 부분이 있는지 확인해 보았다. 풍향과 풍속, 습도, 체감 기온 모두가 정상이었다. 평소와 다른 징후는 아무것도 없었다. 쇼는 그래도 혹시나 싶어서 대리석 기둥을 손끝으로 만져 보았다. 손끝으로 묻어나는 대리석 가루도 정상이었다. 특별히 이상한 징후는 아무것도 없었다.

“뭐 하는 거예요?”

“아뇨. 뭔가 유심히 관찰하시길래 뭔가 잘못된 것이 있는지 살펴봤습니다. 습도나 체감 기온은 이상이 없는 것 같군요. 풍향이나 풍속도 어제와 같구요. 뭐가 이상한 겁니까?”

레미는 잠시 동안 뚫어져라 쇼의 얼굴을 마주 보았다. 쇼는 가끔씩 보여주는 그녀의 그런 버릇이 부담스러웠다. 본능적으로 어딘지 불편한 위화감이 들곤 했다. 레미는 가볍게 푸훗 하고 웃더니 손가락을 들었다. 쇼는 레미가 손가락으로 가리키는 방향을 쫓았다. 특이점은 아무것도 없었다. 그는 고개를 갸웃거렸다.

“아름답잖아요.”

레미는 쇼가 심각하게 고민하는 모습이 어딘지 안쓰러워 해답을 찾아주었다. 그의 얼굴은 비로소 의문점이 풀린 모습이었지만 어딘지 만족하지 못하는 얼굴이었다.

“당신은 항상 그런 걸 고민하며 살아가나요? 온도나 습도… 뭐 이런 것들이요. 그런가요?”

“목숨이 걸려 있는 문제니까. 습도에 따라서 활의 장력이 달라지고, 습도가 높으면 검 손질을 게을리 하지 못하죠. 바람의 방향을 항상 숙지하고 있지 않는다면 위험한 상황에 빠질 수도 있으니까요.”

쇼는 레미 앞에서 수다를 떠는 자신이 마음에 들지 않았다.

“이리로 와서 한번 보세요. 참 아름다워요.”

레미가 손짓하자 쇼는 흠칫 놀랐다. 그는 부츠 속에 숨겨진 단검의 감촉을 확인하며 망설였다.

‘쌩! 나도 오래 살기는 틀려먹었군. 뭐 하는 짓이야?’

하지만 그는 결국 레미의 곁으로 걸어갔다. 그리고 레미가 감탄하는 광경을 바라보았다. 당연히 전혀 아무런 감흥도 없었다. 짙은 구름을 뚫고 들어온 햇살은 대기를 부옇게 만들며 산란했다. 은빛 가루를 안개처럼 도시 위로 뿌려놓은 듯한 모습이었다. 하지만 쇼는 오후에 비가 올 것인지 확인하기 위하여 코를 킁킁거리는 자신을 발견했다.

"나랑 있으면 어색한가 보죠? 하긴 쇼는 레이드나 에피와 친하게 지내죠. 나 같은 여자는 부담스러운가요?"

"……."

"난 정말 뭐 하는 걸까요? 전쟁이 벌어질지도 모르는데 한가하게 저런 풍경이나 감상하면서 감탄하고… 참 잔인한 여자죠? 내가 없었다면 남작님도 시골 영지에서 지금과는 다른 생활을 하고 있었겠죠. 내가 없었다면 죽는 사람도 없었을 거예요. 그런데 나란 여자는 또 다른 사람들을 죽음으로 몰아넣으려고 하고 있어요. 어째서 이렇게 자꾸만 빗나갈까요? 난 정말 이러고 싶지 않았는데……."

"죽여드릴까요?"

"네?"

레미는 눈을 가늘게 뜨더니 조용히 웃었다. 그녀의 그 낮은 웃음소리는 왜인지 쇼의 가슴 한켠을 흔들고 있었다. 왜? 그 자신도 그 이유를 알지 못했다. 그가 그 이유를 찾기 위해 고개를 들었을 때 그녀는 조용히 도시를 내려다보면서 웃고 있었다. 한순간 쇼는 숨이 막히는 위화감이 들었다. 막연하지만 숲 한가운데서 회색 곰을 만났을 때와 비슷한 기분이었다. 쇼는 미간을 잔뜩 좁혔다.

"어젯밤에 에피가 찾아왔더군요."

"아, 알고 있었나요?"

"그러는 당신도 그걸 알고 있군요?"

레미는 눈을 가늘게 뜨고서 조용히 웃었다. 짧은 순간 쇼의 머리 속으로 위험이라는 글자가 미친 듯이 휘몰아쳤다. 어째서 몰랐던가? 쇼는 그녀가 지금까지 보여준 놀라운 통찰력과 분석력을 다시금 실감했다. 그녀도 쇼와 다르지 않는 인간이었다. 그가 습도와 풍향을 가늠하는 동안에 그녀는 타인들의 표정과 말투, 그리고 스쳐 가는 단어 속에서 무언가를 짚어내는 여자였다. 성당 기사단원과의 대화에서, 아델만 국왕과의 대화에서 그녀가 보여주던 놀라운 기억력과 분석력을 잊고 있었다. 그녀는 단지 겁 많고 감상적인 여자가 아니었다. 쇼는 부츠 속에 숨겨둔 단검을 뽑아 들고 싶은 충동을 기적적으로 억눌렀다.

"끝내 에피는 나를 죽이지 못하고 나갔어요. 나… 사실은 밤마다 악몽을 꿔요. 지독한 악몽이죠. 그래서 잠을 깊게 못 들어요. 이언이나 카라가 밤마다 내 방에 들어와 있는 것도 알고 있죠. 어? 몰랐다는 얼굴이네요? 그게 어떤 악몽일 것 같아요?"

쇼는 턱을 따라 흐르는 땀방울이 무겁게 느껴졌다. 하지만 그 땀방울을 털어내는 동작만으로도 이 위태로운 긴장이 깨져 버릴 것만 같았다. 쇼는 레미의 목에 단검을 꽂아버리려는 충동과 싸우고 있었다.

"나를 죽이려고 했던 사람들, 그리고 나 때문에 죽어간 사람들… 밤마다 그 사람들이 나타나요. 그들은 나를 원망하지도 않고 나를 비난하지도 않아요. 그저 내 앞에 서서 묵묵히 나를 지켜보죠. 아무런 감정도 없이 나를 바라보는 그 눈빛이 싫었어요. 그래서 나는 꿈속에서 도망치죠. 하지만 내가 도망치기 시작하면 그 사람들은 점점 늘어나요. 등을 돌리고 뛰다 보면 어느새 또 다른 사람이 나타나 물끄러미 나를 보고 있죠. 그러면 나는 다른 방향으로 또 도망쳐요. 하지만 거기에도 또 다른 사람이 나를 기다리며 그 끔찍하게 무표정한 눈으로 나를 보고 있는 꿈이에요. 결국 나는 나 때문에 죽었던 사람들 무리 한가운데서 잠에서 깨어나요. 난 밤마다 그런 악몽을 꾸고 있어요. 그 사람들은 어째서 나란 여자 한 명 때문에 그렇게 죽어야 했을까요? 내 삶의 무게가 그들의 무게보다 무거운가요? 어째서 그렇죠?"

레기는 조용히 눈을 감았다. 하지만 쇼는 레미를 죽이지 않았다. 그저 입을 다물고 바라보고 있었다. 지나다니는 사람조차 없는 회랑은 적막했다. 그 침묵과 등 뒤에서 쏟아지는 희미한 햇살을 받으며 레미가 서 있었다. 거칠어진 갈색 머리칼이 매끄럽게 흘러내리고 단정한 회색 원피스를 입은 레미는 가만히 눈을 감고 있었다. 그녀의 속눈썹이 파르르 떨렸다.

"나… 당신이 부는 오카리나의 의미를 조금 알고 있어요."

"……?!"

"어렸을 땐 음악을 배우는 걸 무척 싫어했는데 이럴 때 도움이 될지 몰랐어요. 당신이 연주한 멜로디를 악보에 적어봤어요. 그런데… 거기에는 몇 가지 공통점이 있더군요. 아시다시피 난 호기심이 많은 여자예요. 당신이 오카리나를 불 때마다 멜로디를 외웠다가 악보에 적어봤어요. 처음에는 멜로디가 너무 좋아서 나중에 악기가 생기면 연주해 보려고 했던 건데 뜻하지 않게 거기서 몇 가지 의미를 찾아냈죠. 그 의미가 뭔지는 몰라요. 단지, 매 번의 멜로디가 특정한 패턴을 기준으로 연주된다는 것을 알았죠. 예를 들어서 ABC라는 멜로디가 나왔다면 어느 밤에는 AAC, 그 다음날에는 ACBA, 혹은 BCAA. 뭐, 이런 패턴이죠. 내가 알아낸 멜로디 패턴은 모두 12가지. 충분하지는 않지만 12개의 멜로디로 조합을 만든다면 간단한 의사 소통에는 지장이 없을 거예요. 그렇지 않나요?"

"…언제부터 알고 있었습니까?"

"사자성에서 지내기 시작한 이후부터요. 악보를 적던 건 그전부터였지만 패턴이 있다고 알아차린 건 최근이에요. 꽤 유명한 사람이 내 음악 선생이었어요. 정말 지독하게 음악을 배웠죠. 그래서 당신이 부는 오카리나의 비밀을 알아냈을 거예요. 음악을 모르는 사람은 알 수 없죠. 그렇죠?"

"어째서 가만히 있었죠? 이언과 디르거 경과 상의하지 않고……."

"동료니까요."

촤악!

감탄하기에 충분할 만큼 빨랐다. 쇼의 손에는 예리한 단검이 들려 있었다. 레미로서는 언제 그가 부츠 속에 숨겨진 단검을 뽑아 들었는지 보지 못했다. 쇼는 마치 마법을 쓴 것처럼 손에 단검을 들고 있었다. 쇼는 차가운 눈으로 레미를 노려보며 단검에 힘을 주었다. 하지만 레미는 조용하게 웃었다.

"왜 그럴까요? 당신이 들고 있는 단검은 전혀 무섭지 않아요. 보세요. 떨고 있지 않잖아요? 내가 그렇게 담력이 좋은 여자는 아니죠?"

"당신을 죽여야 할지도 모릅니다."

"누가 시켰나요? 당연히 당신은 말할 수 없죠? 아니, 십중팔구는 누가 시킨 건지 당신조차도 모르겠죠. 당신도 그저 누군가의 지시를 받았을 뿐이겠죠? 레미 아낙스라는 여자를 죽여라. 그렇죠?"

쇼는 그녀가 암살자들의 내부 사정을 알고 있다는 사실에 놀랐다. 보통의 민간인들도 알 수 있을 정도로 허술한 조직이 아니었다.

"당신은 누구입니까?"

"보시다시피 레미 아낙스라는 여자예요."

레미는 조용히 미소를 지었다. 쇼는 단검을 거둬들여 부츠 속으로 집어넣었다.

"정말 본명입니까?"

"네. 레미 R. 아낙스가 내 본명이에요. 당신은 암살자죠? 나를 죽이기 위해 일행 속으로 잠입한. 돈을 벌기 위해 라이어른으로 왔다가 '우연히' 우리의 일행이 된 건 아니었죠? 내 추측이 어떤가요?"

"설마 그런 어설픈 연극이 통할 거라고는 생각하지 않았습니다."

"그런데 어째서 나를 죽이지 않는 거죠? 이언과 디르거 경이 항상 내 곁에 머무르며 나를 보호해 주는 건 아니잖아요. 당신도 그걸 노리고 일행이 되었잖아요."

"상부에서 보류 명령이 떨어졌습니다. 지금은 당신을 죽일 수 없습니다. 이언에게 말할 건가요?"

레미는 조용히 고개를 흔들었다. 그리고 쓸쓸하게 웃으며 다시 도시를 내려다보았다.

"가장 정체가 모호한 건 이언이에요. 나는 그가 누군지 모르겠어요. 왜 내 곁에 머물고 있는지도 모르겠어요."

레미는 허리를 굽히더니 대리석 난간에 팔꿈치를 기댔다. 그리고 느긋하고 편안한 얼굴로 말을 이어갔다.

"난 어렸을 때 꿈을 갖고 있었어요. 우리 집은 담이 무척 높은 집이었어요. 담이 얼마나 높은지 대낮에도 어두웠을 정도예요. 난 항상 그 담벼락 아래서 놀며 공상에 잠겼죠. 저 담 너머에는 뭐가 있을까?"

소녀는 꿈을 꾸었다. 담벼락 너머에 펼쳐져 있을 또 다른 세상의 존재를 상상하며 흥분했다. 이야기책에서 읽은, 끝없이 모래가 펼쳐진 사막이 존재하고, 그 사막 너머로 행복한 이상향이 있을 거라는 꿈이었다. 소녀는 그 꿈을 실현시키고 싶어했다. 3층 난간에 올라서서 새처럼 날아보려고 하다가 어른들을 혼비백산하게 만든 적도 있었다.

때로는 집 안 어딘가에 마법서가 숨겨져 있을지 모른다는 소녀다운 공상을 했다. 소녀는 오랜 옛날 어떤 마법사가 숨겨놓았을지도 모르는 마법서를 찾기 위해서 집 안 구석구석을 뒤지고 다녔다. 덕분에 어른들은 시커멓게 그을음이 묻은 소녀를 벽난로에서 끌어내고, 먼지투성이에 머리에는 거미줄이 뒤엉킨 소녀를 다락방에서 찾아내야 했다. 꼬박 하루 동안 소녀가 보이지 않아서 유괴당했다고 발칵 뒤집혔을 때, 소녀는 지하실 와인 저장고 뒤에서 벽을 파고 있었다. 소녀는 굳게 믿고 있었다. 집 안 어딘가에 마법서가 숨겨져 있을 거라고. 그리고 그 마법서를 손에 넣으면 세상 어디로든 마음껏 날아다닐 수 있다고.

소녀는 아주 열심히 저지 미노트 어를 공부했다. 어른들이 마법서는 항상 저지 미노트 어로 쓰여져 있기 때문에 저지 미노트 어를 모르면 마법서를 읽지 못한다고 말해 주었기 때문이다.

곰곰이 생각해 본 소녀는 어른들 말이 맞다고 생각했다. 이야기책을 보면 마법서는 항상 아무도 읽지 못하는 고대어로 쓰여져 있었다. 그래서 소녀는 저지 미노트 어를 열심히 배우기 시작했다. 1년이 지났을 때 소녀는 제법 능숙하게 저지 미노트 어를 읽고 쓸 줄 알게 되었다. 하지만 마법서는 없었다. 아니, 마법서 따윈 세상에 존재하지 않는다는 현실을 배웠다.

소녀는 점차 현실을 배워갔고, 소녀는 여자로 성장하기 전에 벌써 현실을 알아버렸다. 소녀는 목적과 희생에 대하여 배웠고, 아무런 조건 없이 꿈이 현실로 바뀌는 경우는 존재하지 않는다는 사실을 태웠다.

소녀의 몸은 여전히 소녀였지만 소녀의 머리는 이미 어른이 되어 있었다. 그러자 어른들은 그녀를 '조숙하고 영민하다' 고 칭찬해 주었다. 그때부터 소녀는 더 이상 꿈을 꾸지 않았다. 꿈이란 건 언젠가 소녀가 다락방 구석에서 발견한 골동품 상자처럼 먼지가 자욱한 것이라고 생각했다.

하지만 담 너머의 세상을 포기한 것은 아니었다. 세월이 흘러 소녀는 여자가 되었고 좀 더 많은 현실을 배웠다. 그리고 폭풍우가 치던 어느 밤 소녀는 태어나서 처음으로 담 너머 세상으로 나갈 수 있었다. 그 대가는 오랜 친구의 목숨이었다. 그녀가 첫 번째 소원을 이뤘을 때 소녀의 곁에서 함께 기뻐해 줄 친구는 이미 세상에 없었다. 그녀는 울지 못했다. 자신의 보잘것없는 욕심에 대한 대가가 얼마나 혹독한 것인지 예상하지 못한 자신을 책망할 기운도 없었다. 소녀는 스스로의 손으로 꿈을 절망이라는 이름으로 바꿔놓았다. 소녀는 두 번 다시 꿈을 갖지 않기로 결심했다.

"난 두 번 다시 그 집으로 되돌아가고 싶지 않아요. 그 친구와 뛰어놀던 장소를 보면 죽고 싶어질 테니까요."

"나는 말입니다."

잠자코 레미의 이야기를 듣던 쇼가 처음으로 입을 열었다. 그는 스스로가 생각하기에 자신이 변했다고 생각했다. 그 이유는 자신도 몰랐다.

"예전부터 부자나 귀족들을 싫어했습니다. 병적으로 싫어했죠. 귀족들이 고민하는 것을 듣다 보면 내 어린 시절이 기억나죠. 전 수도원에서 자랐습니다. 부모 얼굴도 모릅니다. 수도원 이전의 어린 시절 기억도 없습니다. 수도원에서 운영하는 고아원이란 지독한 곳이죠. 감자 한 알 때문에 친구의 눈을 찔러 장님으로 만들어 버리고, 빵 한 조각 때문에 집단 난투극이 벌어지고 누군가 죽어버리죠. 그런 어린 시절을 보냈습니다."

"그래요. 당신의 고민에 비하면 내 고민은 하찮아 보일지 몰라요. 그런데 그런 하찮은 고민이나 하는 여자 때문에 왜 사람들이 죽어야 하나요? 누구도 죽지 않고 살아가는 방법은 정말 없는 걸까요? 아니면 우리 모두가 깨닫지 못하는 있는 걸까요? 난 당신이 죽거나 다치길 바라지 않아요. 하지만 당신은 나를 언젠가 죽여야 할지 모르죠. 우리는 왜 이렇게 살아가야 하나요? 어째서 나는 내가 살고 싶은 대로 살 수 없는 거죠? 담 너머에 뭐가 있을지 궁금해하는 게 그렇게 잘못된 일인가요? 누군가 죽음으로 대가를 치러야 할 만큼? 나는 그저 인형처럼 방긋방긋 웃으며 남들이 시키는 대로 살아가야 하는 건가요?"

"모릅니다, 그런 문제는."

"아니에요. 쓸데없는 소리를 했어요. 미안해요."

레미는 애써 밝게 웃어 보이려고 했다. 그녀는 등을 돌리고 걷기 시작했다. 그녀가 서너 걸음 저편에서 등을 돌렸을 때, 쇼는 고개를 모로 기울이며 햇살이 비치는 도시가 어째서 아름답다고 하는 건지를 고민하고 있었다. 쇼는 고개를 돌렸다.

"만약에… 나를 죽이게 된다면… 고통없이 죽여줘요. 내가 무섭지 않도록……. 그래 줄 거죠?"

"죽는다는 것조차 깨닫지 못하고 죽을 겁니다, 아마도……."

"고마워요."

레미는 활짝 웃으며 고개를 돌려 회랑을 걸어나가기 시작했다. 그녀의 뺨을 타고 흐르는 눈물은 복도의 어둠에 묻혀 버렸다.

"타핫!"

예리한 롱 소드가 허공을 날았다. 파일런 디르거는 가볍게 상체를 기울이며 건틀렛을 낀 손으로 롱 소드를 직각 방향으로 쳐냈다. 대리석 바닥으로 떨어진 롱 소드는 노란 불꽃을 튀기며 시끄러운 소리를 냈다.

눈처럼 하얀 눈썹이 희미하게 꿈틀거렸다. 파일런은 허리에 차고 있던 클레이모어를 왼손으로 지그시 누르며 그늘진 눈동자를 움직였다.

"뭐 하는 짓인가?"

"타핫!"

에피는 짧게 기합을 내뱉으며 롱 소드를 수평으로 휘둘렀다. 발이 빠른 그녀는 이미 파일런에게 바짝 붙어 있었고, 그를 롱 소드의 사정거리 안으로 붙잡아두었다.

쩡!

파일런의 클레이모어가 마침내 모습을 드러내며 롱 소드를 막아냈다. 에피는 추가 공격을 넣지 않고 재빨리 두어 걸음 물러섰다. 어깨를 들썩이며 호흡을 가다듬는 에피를 보면서 파일런은 검을 비스듬히 세워 들었다.

"지금 뭐 하는 건가?"

"몰라몰라! 다 지겨워! 짜증나!"

에피는 흔들리는 롱 소드를 몸 쪽으로 끌어당기며 소리쳤다. 그녀의 목소리는 가늘게 떨리고 있었다. 텁수룩한 수염에 가려진 파일런의 입술은 무덤덤했다. 머리 위로 롱 소드를 치켜든 에피가 뛰어들었다. 파일런은 클레이모어를 비스듬히 세워 그녀의 롱 소드를 막아낼 준비를 했다. 갑자기 그녀의 몸이 낮아지면서 발목을 노리고 롱 소드가 날아들었다. 다른 때라면 감탄할 만큼 놀라운 체중 이동이었다. 파일런은 어설프게 몸을 피하려고 하지 않았다. 그는 곧바로 검을 수직으로 세워 에피의 롱 소드를 막았다.

"장난이라면 너무 심하군."

파일런은 검으로 어깨를 두드리며 말했다. 에피는 벌써 헐떡이기 시작했다. 그녀는 땀에 젖은 머리칼을 쓸어 넘기며 차갑게 으르렁거렸다.

"씨이! 모조리 맘에 안 들어!"

"지금 화풀이를 하는 건가? 난 어리광을 받아줄 생각이 없네."

파일런의 말이 끝나기도 전에 롱 소드가 날아들었다. 파일런은 에피의 중단 찌르기를 방어하기 위하여 클레이모어 끝을 비스듬히 찔러 넣었다. 롱 소드와 클레이모어가 스치며 비명을 지르는 순간 파일런은 바깥쪽으로 아치를 그리며 검을 밀어냈다. 그의 심장을 노리며 찔러 들어오던 롱 소드는 바깥쪽으로 밀려났고, 에피는 자신의 측면을 고스란히 파일런에게 노출시켰다.

에피가 한 손을 구부려 자신의 옆구리를 가드하는 순간 파일런의 묵직한 부츠가 그녀의 옆구리에 작렬했다. 묵직한 소리가 나면서 에피의 작고 가벼운 몸은 허공을 날았다. 에피는 대여섯 바퀴나 바닥을 굴러가다 멈췄고 격렬하게 기침을 하기 시작했다. 파일런은 동료이기 때문에, 혹은 여자이기 때문에 봐주는 부류의 인간은 절대 아니었다.

방금 에피를 가격한 파일런의 발차기는 건장한 남자의 늑골을 박살내기에 충분한 위력을 갖고 있었다. 에피는 바닥에 길게 누운 채 손을 움직여 자신의 늑골이 부러졌는지 확인해 보았다. 파일런의 발차기보다 에피의 가드가 훨씬 빨랐는데도 충격이 대단했다. 그녀만큼 몸이 빠르고 유연하지 못한 사람이었다면 최소한 두 개 이상의 늑골이 부러지기에 충분한 위력이었다.

에피는 기침을 하면서 몸을 일으켰다. 충격을 분산시켜 부상을 방지하는 가드가 조건 반사로 튀어나올 만큼 연습해 왔었다. 그런데도 이런 위력을 보이는 발차기를 경험하고 나니, 새삼 움직이는 성채 파일런 디르거라는 이름의 위력을 실감할 수 있었다.

"나는 흐리멍덩한 사람이 아니야. 왜 이러는지는 모르지만, 이번에는 어딘지 부러지거나 잘려 나갈 거야. 조심하게나."

"치잇!"

에피는 몸을 날리며 롱 소드를 찔러 넣었다. 무언가 번쩍 하는 느낌이 들었다. 그녀는 본능적으로 파일런의 클레이모어가 크로스카운터를 노리며 역공해 들어온다고 느꼈다. 검신이 클레이모어보다 짧은 롱 소드인데다 팔 길이도 압도적으로 짧았다. 서로를 공격하는 크로스카운터라면 리치가 긴 쪽이 승리한다. 에피는 파일런의 옆쪽으로 슬라이딩을 시도하며 롱 소드를 휘둘렀다. 찌르기는 단지 상대를 현혹시키기 위한 속임수였다. 에피의 가벼운 몸이 대리석 바닥을 타고 주르륵 밀려 지나갔고, 그녀의 롱 소드는 지면에 낮게 깔리며 날아들었다.

하지만 파일런은 전장에서 살아오던 남자였다. 그는 에피의 변칙적인 공격을 미처 간파하지 못했지만 몸은 저절로 최적의 상태로 반응했다. 파일런은 징을 박은 부츠로 에피의 손목을 걷어차 버렸고, 손목을 걷어찬 발을 조금 굽혔다가 곧바로 옆으로 걷어찼다. 거의 한 동작으로 보이는 이단발차기였다.

롱 소드가 경쾌한 소리를 내면서 튕겨 나갔고, 발차기에 상체를 걷어채인 에피의 몸은 대리석 바닥으로 굴러갔다. 에피는 충격으로 얼얼한 정신을 추스르기도 전에 바닥이 울리는 진동을 느끼며 몸을 굴렸다. 그녀가 누워 있던 곳으로 클레이모어가 날아들었다. 단검보다 예리한 클레이모어는 에피의 짧은 머리칼을 베고 지나갔다. 조금만 늦었어도 목이 날아갈 상황이었다. 파일런은 진짜로 죽이기 위한 공격을 넣은 것이다.

"그만 하지. 자네를 죽일지도 모르니까."

"쿨럭!"

에피는 대답할 겨를이 없었다. 끊임없이 터져 나오는 기침이 호흡을 곤란하게 만들었다. 그녀는 새삼 튜멜 남작을 다시 봐야겠다고 생각했다. 여행하는 동안, 그리고 지금도 새벽이면 파일런에게 검술 훈련을 받는 튜멜이었다. 그동안 이 고통을 참아내며 훈련을 버틴 튜멜의 근성을 새삼 재평가해야 한다고 생각했다.

용병대에서 자랐다고는 하지만 에피는 근본적으로 또래 여자들보다도 체구가 작았다. 남자들치고도 거구인 파일런과는 체격 조건이 아예 달랐다. 에피와 파일런은 40센티 가까이 신장의 차이가 났고 체중은 두 배가 넘었다. 게다가 경험의 질과 양도 에피의 그것을 압도하고도 남았다. 에피가 아무리 빠르다고 해도 파일런의 눈과 반사 신경을 능가할 정도로 초인적으로 빠른 것은 아니었다. 그녀는 절대 파일런에게 상처 하나 입힐 수 없었다.

머리에 충격을 받았는지 에피의 눈에 비친 사물은 술에 취한 듯 휘청거렸다. 허리 아래로는 아무런 힘도 들어가지 않았고 계속 터져 나오는 기침은 호흡을 방해했다. 충격을 받을 때마다 몸을 틀어 방어하지 않았다면 팔이나 늑골이 벌써 부러졌어야 정상이었다.

파일런은 묵묵히 에피를 내려다보다가 클레이모어를 집어넣었다. 에피는 롱 소드가 떨어져 있는 쪽으로 기어가려고 했지만 몸이 말을 듣지 않았다.

"……."

파일런은 난데없이 공격을 걸어온 에피에게 이유를 묻지 않았다. 그저 자신의 할 일을 마쳤다는 얼굴로 차갑게 등을 돌렸고 가던 길을 재촉했다. 파일런이 복도 저편으로 사라졌을 때 에피는 의식을 잃었다.

"……?"

에피가 다시 의식을 차렸을 때, 그녀는 자신의 침실에 누워 있었다. 에피는 몽롱한 의식 속에서 눈을 껌벅이며 촛불을 바라보았다. 촛불은 스스로를 태우며 위태롭게 흔들거렸다.

"아빠?"

에피는 침대 곁에 앉아서 커다란 등을 보이고 있는 그림자를 보며 물었다. 그림자는 천천히 돌아앉았다.

"뭐냐? 정신이 들었냐?"

"남작 오빠구나……."

에피는 케이시 튜멜 남작이 저렇게 등이 넓었나 의아해하면서 피식 웃었다. 튜멜은 레이드보다 한참 작았고, 여자치고는 키가 큰 카라와 비슷해 보일 정도였다. 하지만 에피는 왠지 그의 등이 크고 넓어 보였다. 그녀는 남자들의 뒷모습이란 누구나 등이 넓어 보이는구나라고 생각하며 히죽 웃었다.

“멍청한 계집애 같으니라구. 너 하나 때문에 성이 발칵 뒤집혔었다.”

“…왜?”

“네가 복도에서 의식을 잃고 쓰러져 있었으니까. 롱 소드는 저만치에서 굴러다니고 넌 피투성이가 되어 있고. 당연히 자객이 들어와 네가 당했다고 생각했지. 아낙스 양이 너를 얼마나 걱정한 줄 알아? 아낙스 양을 걱정시키다니… 제발 철 좀 들어라! 언제까지 그렇게 히히덕거리며 장난이나 칠 생각이냐? 디르거 경이 뒤늦게 찾아와 말해 주지 않았다면 지금까지 자객을 색출하려고 뒤집혀 있었을 거다.”

에피는 의식이 돌아오자마자 쏟아지는 튜멜 남작의 잔소리 때문에 미간을 찌푸렸다.

“남작 오빠는 시끄러워…….”

“이 버릇없는 계집애! 하여간 정말 마음에 안 들어! 넌 인간에게 학습 효과가 있다는 것도 모르냐?! 그렇게 잔소리를 해도 여전히 그대로냐? 아침 식사 시간에 제멋대로 빠지는 버릇은 어디서 배웠어? 다 함께하는 식사 시간에는 늦지 않는 게 예의야! 설령 오지 않는다면 먼저 식사를 하라는 전갈을 보내야 하는 거야. 다들 너 하나를 기다리기 위해서 음식이 식을 때까지 기다려야 하잖아. 넌 세상을 너 혼자 살아가냐?”

“왜 나를 기다려?”

에피는 침대에 누워 고개를 갸웃거렸다. 튜멜은 갑자기 화가 났는지 붉어진 얼굴로 씩씩거렸다.

“당연하잖아? 어쨌거나 함께 여행을 하는 동료인데! 너, 바보냐?”

"치이~ 바보 남작한테서 바보 소리 듣고 싶지 않아."

"이 버릇없는 무식한 계집애!"

"그만 해, 남작 오빠. 혹시 나중에 내가 오빠의 목숨을 구해줄지도 모르는데 자꾸 잔소리만 하면 구해주지 않을 거야."

"시끄러! 이거 진통제니까 먹고 잠이나 자! 또 한 번만 쓸데없는 장난치다가 아낙스 양을 걱정하게 만들면 내가 가만두지 않을 거다."

"흐응~ 오빠는 레미 언니를 좋아하는구나?"

"닥쳐! 버릇없게!"

튜멜은 씩씩거리며 자리에서 일어나 차갑게 등을 돌렸다. 에피는 조용히 그의 뒷모습을 바라보았다.

"근데 오빠……."

"또 뭐냐? 만약에 또 쓸데없는 말장난을 지껄이면 가만두지 않을 테다!"

"오빠는 어떻게 매일 아침마다 디르거 오빠한테 검술 훈련을 받아? 오빠는 나보다 실력이 떨어지는데?"

"이게 뭘로 보이냐?"

튜멜은 소매를 걷어 보였다. 그의 팔뚝 여기저기에는 시퍼런 피멍이 들어 있었다. 에피는 어이가 없는 눈으로 튜멜을 바라보았다. 전혀 모르고 있었다. 우유부단하고 어수룩한 튜멜이 온몸에 저런 상처를 달고 살고 있다는 사실은 상상조차 하지 못했었다.

"이중삼중으로 보호구를 착용하고도 이 꼴이다. 너처럼 무식하게 맨몸으로 덤벼들지는 않는다."

"그랬구나……. 보기보다 근성이 있네?"

"시끄러! 버릇없어! 입 다물고 잠이나 자!"

튜멜은 쾅! 소리가 나도록 문을 닫고 나갔다. 에피는 감촉 좋은 시트를 끌어올리며 조용히 웃었다. 하지만 눈물이 또다시 그녀의 귓가로 흘러내렸다. 지금처럼 정신없이 싸우고 부상을 당하면 눈물이 나오지 않을 거라고 생각했다. 에피는 마음처럼 움직여 주지 않는 자신을 원망하며 눈물을 삼켰다.

'싫어! 이런 생활은!'

에피는 벌떡 일어나 진통제를 벌컥벌컥 마셨고 다시 누워버렸다. 그리고 곧바로 잠들어 버렸다.

〈 7 〉

가시나무처럼 이중적인 존재는 없다. 부주의하게 접근하면 가시나무의 날카로운 가시들은 상대에게 피와 고통을 선사한다. 가시나무는 결코 아름답지 않으며, 예쁘고 화려한 꽃을 피우지도 않는다. 보잘것없고 귀찮은 덤불을 부지런히 일궈낼 뿐이다. 하지만 가시나무는 놀라운 생명력을 가졌고 놀랄 만한 속도로 숲을, 혹은 정원을 잠식한다.

게으른 정원사의 하품 너머로 가시나무는 꾸준히 정원을 잠식해 버리고 급기야 정원 전체를 가시넝쿨로 덮는다. 게으른 정원사가 뒤늦게 자신의 나태를 책망할 즈음이면 이미 늦었다고 할 수 있다. 이중삼중으로 엉켜 버린 가시넝쿨은 여간해서 쉽게 잘라낼 수 없기 때문이다. 하지만 가시나무는 또한 나약한 동물들의 안전한 쉼터를 제공한다. 그런 면에서 가시나무는 지독히 극단적인 양면성을 갖는다.

몸이 작고 날랜 넝쿨토끼와 가시나무쥐, 몸집이 작은 새들은 기꺼이 가시넝쿨 사이에 아늑한 보금자리를 삼는다. 그곳은 그들의 이상향이라고 말할 수 있다. 성질 나쁜 올빼미도, 잔인한 늑대도 결코 쉽게 그곳으로 들어오지 못한다. 가시나무는 스스로 질긴 생명력을 갖고 끊임없이 번식했고 불평없이 자신을 찾아오는 동물들에게 안전지대를 제공한다.

"호호호~ 까셀님은 정말 유쾌한 분이시군요."

오제 영지의 갈렝 가문 서자 피오니스 까셀은 짙고 무성한 눈썹을 장난스럽게 까딱거리며 웃었다. 이국적으로 까무잡잡한 피부에 수도가 있는 중부 지방에서는 좀처럼 보기 힘든 검은 머리, 유난히 홍채대비가 뚜렷한 검은 눈동자는 확실히 매력적이었다. 그의 외모는 그의 혈통이 좋지 못하다는 증거가 될런지는 몰라도 분명히 묘한 호기심을 불러일으켰다. 보편적으로 갈색 머리에 푸른 눈동자 일색인 사교계에서 그의 외모는 묘한 신비감을 풍겼다.

그의 외모가 만들어내는 매력은 특히 몇 년째 북부 광역 주둔지인 세르앙이나 서부 광역 주둔지인 레슬론(Leslon), 혹은 크림발츠의 숙적 아메린과의 영토 분쟁 최전선인 우스터(Worster) 쪽으로 나가 있는 남편을 기다리기에 지친 고급 장교의 아내들에게는 더 더욱 그랬다. 크림발츠 중앙 기사단 장교들 사이에서는 흔히 오가는 농담이 있었다.

'미로(Miro) 강을 건너는 남자의 아내는 모두의 아내이다.'

이 농담은 물론 극히 일부의 정숙하지 못한 여자들을 지나치게 악의적으로 일반화시킨 말이었다. 위디렌 강을 따라 북상하여 도달하는 북부 광역 주둔지와는 달리 서부 광역 주둔지와 우스터 지방은 크림발츠 서부 최대의 하천인 미로 강을 건너야 했고 직선 거리도 만만찮게 길었다.

수도 하리야나에서 출발한다면 수도 평원의 요충지 베르뉘를 거쳐 서부 가도를 달려 르뻴 소 생 마리 백작의 영지인 소 생(Saute-Sant)에 도달한다. 그런 다음 소 생 시를 감싸고 흐르는 큰 강인 미로 강을 타고 북상하여 아르덴뉴(Ardenes)에서 미로 강을 건너 서쪽으로 달리면 서부 광역 주둔지이자 아메린과 산맥 하나를 사이에 두고 대치 중인 군사 도시 레슬론이 나왔다. 또 다른 루트는 위디렌 강을 타고 북상하여 일단 북부 광역 주둔지 세르앙을 경유하여 미로 강 상류에 있는 도시 캉탱(Quentin)을 거쳐 레슬론에 도달하는 방법도 있었다. 양쪽 루트 공히 소요 시간은 비슷했다.

결론적으로 서부 광역 주둔군은 북부 광역 주둔군과는 달리 거리적 문제점과 아메린과 직접적으로 대치하고 있다는 현지 사정 때문에 고급 장교들의 근무 기간이 길고 불규칙했다. 운이 나빠서 임기 중에 아메린과 국경 분쟁이라도 벌어진다면 고급 장교들의 근무 기간은 무기한 연장되었다.

극단적인 경우로 성당에서 결혼식을 올린 장교가 그 자리에서 아내와 곧바로 헤어져 무려 3년 동안 레슬론에 처박혀 지낸 일화도 있었다. 그 장교의 아내는 3년 만에 찾아온 남편의 얼굴도 기억하지 못했다. 가문끼리의 정략 결혼이 잦은 귀족 사회에서 남편의 얼굴도 보지 못한 채 결혼했다가 남편이 곧바로 근무지로 떠난 경우인 것이다. 아내는 자신의 침실로 들어온 낯선 남자를 보고 기겁했다. 사람들이 달려왔을 때 그 남편조차 자신이 남의 부인 침실을 잘못 들어왔는지 의아해했다고 한다.

이 일화가 농담처럼 화자되는 이유는 이 희극적인 경우의 결말 때문이었다. 성당에서 결혼식을 올리자마자 임지로 떠났는데 아내에게는 2살 난 아이가 있더라는 결말이었다.

북부 광역 주둔지 세르앙의 경우에는 이미 도시 자체가 중계 무역 도시이기 때문에 수도 못지 않게 크고 번화했다. 그래서 북부 지역으로 떠나는 고급 장교들은 자신들의 가족을 데려갈 수 있었다. 하지만 서부 광역 주둔지 레슬론의 경우에는 농담으로 민간인보다 군인들의 숫자가 많다는 도시였다. 험한 산자락 끝에 건설된 요새 도시라 한가하게 귀족들의 별장을 지을 만한 지형도 없었고, 아메린과 조금 격렬하게 국경 분쟁이라도 벌이면 전쟁터 한복판이 되는 지역이었다. 한가하게 가족들을 데리고 와서 지낼 만한 지역이 아니었다.

미로 강을 건넌 남자의 아내는 모두의 아내라는 블랙 유머는 그 지역에서 임기를 지내본 경험이 있는 장교들끼리의 자조적인 농담이었다. 레슬론은 장교로서 출세하기 위해서는 반드시 거쳐 가야 하는 임지였기 때문에 가정 불화는 끊이지 않았다.

남편을 레슬론 쪽으로 보낸 일부 귀부인들은 이 기간 동안 유행처럼 애인이나 정부를 만들었다. 물론 귀부인들의 짧은 로맨스에도 몇 가지 규칙이 있었다. 첫 번째로, 남편이 장교일 경우에 절대로 군인인 애인이나 정부를 만들지 않았다. 만에 하나 남편에게 들통날 경우 수도 한복판에서 대규모 유혈 충돌이 일어날 수도 있었다.

두 번째 규칙으로 역시 비슷한 이유로 고급 귀족이나 유명한 귀족들과의 연애도 금기였다. 이런 경우 열에 아홉은 무서운 속도로 소문이 새어 나갈 위험이 있었다.

그런 부류의 귀부인들에게 가장 인기있는 남자는 가난한 미술가나 음악가, 혹은 희곡 작가—보통 명목상으로는 예술가들에 대한 후원이라고 말한다—들이었다. 이들은 사교계에서 최고의 인기를 구가했다. 예술가들로서는 고정적인 수입과 아름다운 귀족 여성과의 짜릿한 외도를 약속했고, 귀족 여성들의 입장에서는 대외적으로 자신의 예술적 조예를 자랑하며 예술에 대한 후원 활동을 한다고 변명할 수 있었다.

심지어는 남편 몰래 자신의 전신 누드화를 주문하기도 했다. 물론 귀족 여성에게도 이름없는 가난한 화가에게도 누드화의 목적은 따로 있었다. 전혀 새삼스러운 일도 아니었다.

그 다음으로 인기가 있는 부류는 피오니스 까셀과 같은 서자들이었다. 서자들은 대부분의 경우 정치적으로 출세의 길이 막혀 있었다. 그래서 그들이 유명해져 입장이 곤란해질 위험은 거의 없었다. 서자라고는 해도 일단은 귀족 집안 사람이기 때문에 가난한 예술가들보다는 무도회나 파티에 얼굴을 내밀 기회가 많았다. 다시 말해서 일행이 아닌 척 따로따로 파티에 참석해서 파티의 소란함을 틈타 정원 구석에서 은밀히 만날 수 있는 기회가 무궁무진했다. 혹은 일부 대범한 여자들은 노골적으로 서자 출신의 정부에게 무도회 에스코트를 부탁하기도 했다.

무도회나 파티를 기웃거리는 서자들의 대부분은 이 기회에 돈 많고 한가한 귀부인들의 눈에 들어서 용돈이나 받으며 정부가 되려고 하는 경우가 많았다. 정치적 입지가 막혀 있는 서자들이 굳이 무도회에 나와서 얻게 되는 이익은 그 정도에 불과했다. 물론 개중에는 워낙 능력이 특출하여 귀족들의 눈에 들어서 등용되는 경우도 있었다. 극히 일부에 불과했지만.

그런 서자들 중에서 가장 유명했던 사람은 두말할 것도 없이 세르비안 남작이었다. 희대의 바람둥이로 유명했던 그도 당연히 서자였다. 그래서 여자들에게 인기가 많았는데다 세르비안은 시와 희곡, 음악,

미술 등의 예술 전반에 걸쳐 전문가 수준의 기량을 자랑했다. 스스로 회고록이라는 미완의 글을 남겼고—정부의 남편에게 살해당해서 미완이었다—철학이나 역사학 등의 학문 쪽으로도 높은 식견을 가졌다고 한다.

서자 출신이면서도 풍부한 예술적 재능과 깊은 통찰력을 가졌던 세르비안은 결국 자신의 재능을 여자를 유혹하는 데밖에 사용하지 못했다. 시대는 그를 결코 원하지 않았다.

피오니스 까셀은 곧바로 제2의 세르비안 남작이라는 별명이 붙어버렸다. 지극히 이국적인 외모—다시 말해서 귀부인들의 허영을 채워주기에 충분한—를 가진 그는 뻔뻔함을 남자다운 시원스러움으로 위장할 줄 알았고, 이복 형 갈렝 남작의 성격 덕분에 어려서부터 지독한 교육을 받아서 교양 수준도 높았다. 게다가 서자라고는 하지만 오제의 갈렝 가문은 크림발츠의 개국 공신 집안이라는 막강한 꼬리표가 붙어있었다.

민트 케언 칙명관의 정보망과 케언 칙명관의 판단력은 정확했다. 피오니스 까셀은 귀족 사회에 숨어들기에 더없이 적합한 인재였다. 덤으로 그는 인간적으로 평판이 과히 좋지 못했고, 그래서 반어적으로 스파이로 활동하기에 유리했다. 무책임하고 조심성없으며 입이 가볍기로 소문난 그를 스파이로 고용할 것이라고는 누구도 예측하지 못했다.

"그래서 말입니다……."

피오니스 까셀은 새로 구입한 고급 예복의 옷깃을 우연처럼 잡아당기며 대화를 이끌어 나갔다. 화려한 금실이 꼼꼼하게 수놓아진 벨벳 예복은 그의 얼굴에 잘 어울렸다. 그가 첫 번째로 유혹한 어느 자작

부인이 그에게 선물해 준 옷이었다.

까셀은 그녀와의 잠자리 속에서 기사단 고급 장교들의 동향을 수집할 수 있었다. 자작 부인은 스스로의 성욕을 주체 못하면서 쉴 틈 없이 남편을 헐뜯기에 바빴다. 그 덕분에 그가 묻지도 않은 이야기까지 스스로 떠벌렸다. 까셀은 그녀를 안으며 머리 속으로는 이런 한심한 아내에게 군사 기밀에 속하는 사항을 알려준 머저리 장교를 비웃었다. 얼굴도 모르는 그 장교는 군인으로 출세하기는 근본부터 틀려먹었다.

"아! 잠시 실례하겠습니다. 오늘 파티의 호스테스에게 인사하는 걸 잊어먹었지 뭡니까? 하하! 제가 늘 이렇게 뭔가 하나씩은 잊어먹고 삽니다. 저번에는 말입니다, 어떤 바보와 결투를 했는데 아침부터 뭔가 하나 빼먹은 기분이 들지 뭡니까? 결투가 끝나고 나서 곰곰이 생각해 보니까 제가 아침에 바지를 입고 나가는 걸 깜박했던 겁니다. 그 상대가 저에게 결투에서 패배한 건 제가 바지도 입지 않고 결투장에 나와서 황당해서 그랬을 겁니다."

"호호홋! 정말로 그랬어요?"

"그러게 말입니다."

'이 바보 같은 여편네 남편 얼굴이 보고 싶다. 세상에서 가장 재수 없는 남자일 거야. 같은 남자로서 안쓰러워.'

까셀은 그런 생각을 하면서도 슬쩍 그녀에게 지나가듯 눈웃음을 쳤다. 부채로 입을 가리고 웃던 여자는 아쉬운 눈길로 그를 바라보았다. 그 욕정에 불타는 눈빛을 받은 까셀은 조금 전에 먹은 만찬 요리가 그대로 넘어올 것만 같았다.

'젠장! 독사 같은 칙명관 자식! 죽여 버릴 테다!'

까셀은 가난하지만 순진한 구석이 있던 오제 영지의 여자들이 그리워졌다. 그녀들과 지내는 것은 진심으로 즐거웠다. 지금처럼 분 냄새와 향수 냄새가 역겨운 귀부인들 사이에서 익사하고 싶지는 않았다. 하지만 섣불리 행동할 수는 없었다. 까셀은 자신에게 케언이 보낸 감시자가 있을 거라고 짐작했다. 그가 누군지는 모르지만 그의 일거수 일투족을 관찰하고 보고하고 있을 것이 뻔했다. 감시당하는 기분은 결코 유쾌하지 않았다. 게다가 지금은 덤으로 에피온 후작과 소 생 마리 백작 쪽 사람들도 그를 주시하고 있을 터였다.

그는 결코 한가하게 귀부인들과 놀아나고 있는 것이 아니었다. 그는 까마득한 절벽 위에서 낡은 로프에 매달려 있었다. 단 한 번만 긴장을 풀었다가 손을 놓치면 그는 그대로 세상과 이별이었다. 까셀은 독살도 싫었고 밤거리 골목길을 걷다가 등 뒤에서 단검을 찔려 죽기도 싫었다. 자신이 죽어봐야 케언은 아쉽다는 얼굴로 저녁 식사를 하면서 와인을 한잔 더 마실 것이 분명했다. 까셀은 자신의 죽음이 독사 같은 칙명관의 안주거리로 전락하는 것을 원하지 않았다.

"인사가 끝나면 곧바로 오셔야 해요."

"네, 알겠습니다."

"잊지 마세요."

"걱정하지 마십시오. 부인의 아름다움은 제 가슴에 뚜렷하게 각인되었습니다. 잊을 수 없죠."

'그리고 네년의 멍청함은 내 영혼에 각인되었지. 젠장!'

귀부인의 손등에 가볍게 입을 맞춘 까셀은 시큼한 위액이 넘어오는 것을 삼키며 서둘러 자리를 떠났다.

"안녕하십니까? 생일을 축하드립니다."

사람들의 시선을 피해 한가한 정원으로 나왔던 여자는 눈살을 가볍게 찌푸리며 고개를 돌렸다. 모처럼 밤하늘의 별들을 감상하기 좋은 날씨였는데 방해를 받아 불쾌해진 것이다.

그녀의 앞에는 낯선 얼굴의 사내가 서 있었다. 여자는 곰곰이 생각을 하다가 그가 누군지 기억했다. 그녀가 진심으로 사랑하는 남자, 에피온 후작이 언젠가 지나가듯 말한 남자였다.

개국 공신 가문에서 튀어나온 치명적인 수치, 오제 영지의 갈렝 집안 서자인 피오니스 까셀이었다.

에피온 후작의 정부 실비아는 노골적으로 불쾌한 시선을 보냈다. 언젠가의 파티에서 그는 노골적으로 자신을 힐끔거려 후작을 불편하게 만든 사내였다. 오늘은 그날처럼 노골적이고 음흉한 시선으로 자신을 힐끔거리지는 않았지만 불쾌감은 사라지지 않았다.

"안녕하세요, 피오니스 까셀님. 파티는 마음에 드십니까?"

실비아는 애써 예의를 차리며 말했다. 에피온 후작의 정부로 지내면서 그녀는 귀족들의 예법에 많이 익숙해져 있었다. 가난한 집안에서 태어난 실비아였지만 지금의 자신은 위치가 다르다는 것을 인지하고 있었다. 그녀는 결코 자신의 부주의로 에피온 후작의 명예에 흠집을 내고 싶지 않았다. 지금의 실비아를 보면 누가 봐도 정숙한 귀부인이었다.

"저번에 벌어졌던 파티보다 더 화려하군요."

"네.'

솔직히 실비아는 이런 생일 파티를 원하지 않았다. 그녀는 솔직히 에피온 후작과 단둘이 조촐한 저녁 식사를 하고 싶었다. 여기저기서 쏟아지는 노골적인 시선—파반트 성을 가진 늙은 후작에게 꼬리친 여우라는—은 그녀를 항상 우울하고 불편하게 만들었다. 그녀는 맹세코 그걸 노리고 후작의 정부가 된 것은 아니었다. 하지만 실비아는 현실적인 여자였고, 자신이 사랑하는 후작을 배려할 줄 알았다.

소 생 마리 백작의 인맥을 자신의 것으로 흡수하려고 조심스럽게 활동하기 시작한 후작을 돕기 위해서 그녀는 이런 생일 파티를 자청했다. 후작의 집안에서 무도회나 파티가 잦을수록 귀족들은 후작의 집을 드나드는 데 익숙해질 것이다. 소 생 마리 백작은 칙명관이라는 사람의 감시를 피해서 파벌 사람들과 접촉하기 쉬울 것이고, 후작은 그 뒤에 서서 은밀하게 백작의 파벌들을 자신의 파벌로 흡수할 기회를 가질 수 있었다. 실비아와 마찬가지로 조촐한 저녁 식사를 생각하고 있던 에피온 후작은 그녀가 화려한 생일 파티를 제의하자 고개를 갸웃거렸다. 그리고 못마땅한 얼굴로 실비아의 제안을 승낙했다.

실비아는 자신이 후작을 도울 수 있는 유일한 방법은 이런 소극적인 것들뿐이라고 생각했다. 사랑하는 남자가 기회를 잡으려 한다면 그 기회를 자신의 욕심 때문에 희생하게 만들지 않는 것. 그녀가 생각하는 사랑이란 그런 것이었다.

그래서 실비아는 지금 자신에게 말을 건 까셀 같은 인간들이 몰려들고 귀부인들이 노골적으로 자신을 깔보는 모멸적인 시선을 인내할 수 있었다. 그만큼 실비아는 진심으로 후작을 사랑했다.

'고작 정부 따위의 생일 파티를 이렇게 거창하게 하다니… 자존심 상해.'

실비아는 오늘 저녁 동안 이런 노골적인 수군거림을 수도 없이 들었다. 더 이상 손님들 곁에 머물면 울음을 터뜨릴 것만 같아서 한적한 정원으로 나온 참이었다. 그래서 그녀는 더욱 까셀의 존재가 불쾌했다.

"굉장히 힘드시겠습니다. 안색이 좋지 않습니다."

"아니에요. 오히려 제가 감사하는걸요. 보잘것없는 저의 생일 파티에 이렇게 많은 분들이 오셔서요."

"제 말을 이해하지 못하셨군요. 하하하."

실비아는 까셀의 비웃음이 눈에 거슬려 자신도 모르게 눈살을 찌푸렸다. 후작의 평가도 좋지 못했지만 자신이 보기에도 이 남자는 저질 중의 저질인 남자였다.

"후작 집안을 기웃거리다가 금가루라도 쓸어갈려고 모여든 파리떼들 아닙니까? 악취 때문에 머리가 많이 아프셨겠습니다."

"그런 무례한 말씀을 하시다니!"

"정색을 하실 필요 없습니다. 부인을 겨냥한 험담을 지독하게 들어서 지금까지 머리 속에서 환청이 맴돌지 뭡니까? 어째 인사를 건네는 귀부인들마다 부인의 험담을 하더군요. 적당히 맞장구쳐 주긴 했지만 민망해서 죽는 줄 알았습니다. 저도 견디다 못해 나왔습니다."

실비아는 여전히 조심스러운 시선으로 까셀의 눈치를 살폈다. 그녀는 결코 정치적인 인간은 아니었다. 그래서 그녀의 눈으로는 이 남자의 의도가 무언지를 파악할 수 없었다. 자신의 약점을 잡기 위해서 떠보는 것인지, 혹은 진심으로 하는 이야기인지 그녀로서는 판단할 수 없었다. 한 가지 확실한 것은 자신이 다루기에 이 남자는 버겁다는 것이었다. 실비아는 말실수를 하지 않도록 말을 짧게 해야겠다고 생각했다.

"제가 서자인 건 아시죠? 저도 부인과 비슷한 평가를 받습니다."

"아……."

“저 같은 남자는 외모가 특이하기 때문에 호기심에 이끌려 저를 유혹해 보려고 합니다. 더군다나 서자라서 남편 몰래 정부로 삼기에 적합하죠. 그녀들이 원하는 건 그겁니다. 그러면서도 뒤에서는 천박한 서자라고 저를 욕하죠. 귀부인들 사회에 기웃거리며 용돈이나 뜯어내려고 하는 남창 같은 놈이라고. 아! 부인 앞에서 실례했습니다.”

까셀은 밤하늘을 올려다보면서 씁쓸한 얼굴로 후후 하고 웃었다. 그 자조적인 웃음이 실비아의 마음을 조금 아프게 했다.

“게다가 귀족들은 저를 무조건 의심부터 하고 봅니다. 사교계에 처음 얼굴을 내밀면 사람들은 일단 저 친구가 누구의 스파이일까? 부터 고민합니다. 저는 아무 짓도 하지 않았는데 말입니다.”

무심코 고개를 끄덕이던 실비아는 흠칫 놀라며 고개를 돌렸다. 후작도 그를 보자마자 대뜸 스파이라고 의심을 했던 일이 기억난 것이다. 그녀의 얼굴은 민망함 때문에 붉게 달아올랐다.

“어째서 수도로 오셨나요?”

“영지에서 눈칫밥 얻어먹기가 불편했습니다. 집안 사람들은 제가 어디 가서 가문의 명예를 더럽히지 않을까 전전긍긍했죠. 배다른 형님께서는 행여 내가 가문을 차지하려고 수작을 부리지 않을까 경계하셨죠. 뭐, 사실 형님이 죽으면 가문은 내가 이어가는 거죠.”

“힘드셨겠어요.”

“그래서 수도로 온 겁니다. 거기서 눈칫밥 먹고 사는 것보다는 여기서 자유롭게 살고 싶어서요. 그런데 오자마자 스파이 취급이나 당하고……. 힘없는 놈이 무슨 불평을 하겠습니까? 그저 묵묵히 입 다물고 있어야죠.”

“제가 후작님께 말씀드려 보겠어요. 까셀님은 그런 분이 아니라고.”

실비아는 나름대로 머리를 써서 까셀을 슬며시 떠보았다. 그녀는 이렇게 남을 의심하는 데 익숙하지 못했다. 하지만 까셀은 정색을 하면서 고개를 저었다.

"말씀은 고맙지만 사양하겠습니다. 오히려 부인께서 후작님의 노여움을 사실지 모릅니다. 제 평판을 들어서 아시잖습니까? 제가 순진한 부인을 유혹했다고 생각할 겁니다. 사교계에서 저란 인간은 귀부인의 정부이거나 스파이 둘 중에 하나로 평가받으니까요."

"……."

실비아는 혼란스러운 머리를 정리하지 못하고 입을 다물었다. 까셀은 여전히 자조적이고 쓸쓸한 미소를 머금고 한숨을 쉬었다. 왠지 그의 한숨이 남의 일같이 느껴지지 않았다.

"사람들은 타인의 외모나 사회적 지위로 모든 것을 평가하려고 하죠. 제가 뭘 사랑하는지, 제가 어떤 삶을 살고 싶은지 누구도 궁금해하지 않습니다. 그래서 상처를 받죠. 솔직히 말씀드리자면 부인께서도 그런 오해 때문에 상처를 받으시지 않습니까?"

"그렇… 아니에요. 저 같은 여자가 무슨……."

까셀의 지나가는 물음에 무심코 '네' 라고 대답하려던 실비아는 화들짝 놀라며 말을 정정했다. 그녀는 두근거리는 가슴을 남몰래 쓸어내렸다.

"저는 희곡 작가가 되고 싶습니다. 별로 재능은 없지만. 그래서 많은 사람들이 즐거워할 글을 써보고 싶습니다. 그동안 이리저리 생각해 보았던 이야기들을 무대에 올리는 겁니다. 그러다가 누군가 순수한 영혼을 가진 여자와 만나고 싶습니다. 뭐, 이건 꿈입니다. 저 같은 놈에게 그런 재주도 없고. 먹고 살려면 결국 귀부인들에게 잘 보여야 하겠죠. 사람은 주어진 분수대로 살아야 하는 거니까요."

"문학을… 좋아하시나요?"

"네, 어려서부터 따돌림을 당해서 책밖에 읽을 것이 없었습니다."

까셀은 수줍어하는 소년처럼 얼굴을 붉혔다. 다시 어색한 침묵이 두 사람 사이를 맴돌았다. 실비아는 뭔가 말을 하고 싶었지만 행여 후작에게 누가 되는 실수를 할까 봐 입을 다물고 있었다.

"그럼… 무능력한 광대는 이만 물러가겠습니다. 저의 어리석음이 즐거우셨다면 박수를 부탁드리겠습니다. 막이 내리고 무대를 내려가는 외로운 광대에게 여러분께서 보내주시는 야유와 박수는 어떤 찬사보다 아름답습니다. 광대는 박수를 먹고 사는 법이죠. 자아! 이제 막이 내려옵니다. 이 연극이 끝나고 돌아가시는 여러분 모두에게 신의 가호가. 그리고 이 미친한 광대의 끝없는 익살처럼 여러분들의 행복도 끝없기를 기원합니다. 여러분 안녕히."

실비아는 놀란 눈을 휘둥그레 뜨고서 까셀을 바라보았다. 연극이 끝났다는 것을 알리는 광대처럼 대사를 읊은 그는 노련한 연극 배우처럼 허리를 숙여 인사를 했다.

그의 몸짓과 대사는 완벽하고 노련한 배우와 비교해도 전혀 부족하지 않았다. 실비아는 그가 말했던 꿈이라는 것이 입에 발린 거짓말이 아니라고 생각했다. 그는 진심으로 연극을 좋아하는 남자였다.

작별 인사를 연극처럼 마무리 지은 피오니스 까셀은 싱긋 웃더니 안으로 들어가 버렸다. 실비아는 그가 자신의 손등에 입을 맞추지 않았지만 무례하다고 생각하지는 않았다. 오히려 불필요한 신체 접촉을 조심하는 것이라고 생각했다. 실비아는 어리석고 우둔한 여자는 아니었지만 정치적으로 노련한 여자는 아니었다. 그녀는 남을 속이고 상대의 속내를 짐작하는 데 서툴렀다. 실비아는 연민이 담긴 시선으로 까셀의 뒷모습을 바라보았다.

'케언이 알려준 정보보다 더 순진한 부인이었잖아?'

다시 시끌벅적한 파티장으로 들어온 까셀은 만족스럽게 웃으며 그런 생각을 했다. 파티는 한창 절정을 지나고 있었고, 벌써 적지 않은 숫자의 남녀들이 소리소문없이 사라졌다는 것을 한눈에 알 수 있었다.

'이 정도면 오늘 일도 끝난 셈이겠지? 피곤해.'

까셀은 인적이 드물고 한적한 담화실로 들어가면서 지친 한숨을 쉬었다. 그도 인간이었기 때문에 언제까지 팽팽하게 당겨진 긴장을 유지할 수는 없었다. 젊은 귀족 한 명이 술에 잔뜩 취해서 침대처럼 생긴 파니온 풍 소파에 길게 누워 자고 있었다.

까셀은 그가 시끄럽게 코를 골아서 짜증이 났지만 어깨를 으쓱했다. 그는 담화실에 비치된 종이와 잉크 혼을 들고 커다란 테이블에 자리를 잡고 앉았다. 그가 오늘 유혹한 어떤 귀부인이 조만간 몰래 그와의 연애를 기대하며 이곳에 오기로 했다. 그는 그 자투리 시간에 구상하고 있던 희곡을 마저 쓰기로 결정했다.

"젠장! 아차 실수하면 이 대본은 내 유작이 되는 거군. 절대로 그건 사양하겠어."

까셀은 자신이 어디까지 썼었는지 곰곰이 고민하면서 그렇게 중얼거렸다. 이번에 그가 유혹했던 귀부인은 연극과 오페라를 관람하는 것만으로 자신의 교양을 충분히 어필할 수 있다고 생각하는 여자였다. 까셀은 교양의 사전적 의미조차 이해하지 못하는 그녀의 무교양을 비웃고 싶었지만 어쩔 수 없었다.

그는 그나마 그녀 덕분에 수준 높은 오페라를 관람할 기회가 생겼다는 데 만족하기로 결심했다. 그가 얻고자 하는 귀족들의 동향은 그녀와의 잠자리에서 신경 써주면 알아서 떠들 터라 별로 걱정하지 않았다.

피오니스 까셀은 진지하고 차분한 얼굴로 대본을 쓰기 시작했다. 케언의 협박이니 실비아라는 여자의 순진함 따위는 그의 머리 속에서 깨끗하게 지워져 버렸다. 그는 무서울 정도의 집중력으로 대본에 몰두했다.

그가 5페이지의 대본을 완성하고 6페이지째를 쓰고 있었을 때 그가 기다리던 귀부인이 나타났다. 하지만 이미 대본에 몰두해 버린 까셀은 그녀의 존재를 미처 의식하지 못했다. 다행히도 그녀는 충분히 허영심이 강한 여자였다. 그녀는 자신도 잊은 채 대본 습작에 열을 올리는 까셀의 모습을 보면서 자기 만족에 취해 버렸다.

그녀는 자신이 후원자가 되어 그의 대본을 기필코 무대에 올리겠다고 다짐했다. 하릴없이 차나 마시면서 수다를 떠는 다른 귀부인들과는 달리 이국적인 용모를 가진 서자 출신의 무명 극작가를 후원한다면 그녀들에게 마음껏 뽐낼 수 있을 것 같았다. 무명이고 가난하지만 매력적인 외모를 가진 젊은 천재 극작가와 그 후원자의 로맨스는 그녀를 흥분시켰다. 그녀는 까셀이 이번에 쓰는 연극 대본이 어떤 건지는 모르지만—그녀는 그것을 읽을 생각조차 하지 않았다—기필코 제목에 자신의 이름을 넣도록 만들겠다고 다짐했다. 유감스럽게도 까셀이 이번에 쓰는 대본은 역사물이었지만 그녀는 그것을 몰랐고 관심도 없었다. 하지만 이유가 뭐가 되었든 제목은 당연히 자신의 이름이 들어가야 했다. 그래야 다른 귀부인들에게 자랑할 수 있었다.

그녀가 모르는 사실이 한 가지 있다면 피오니스 까셀은 전혀 가난하지 않다는 사실과 그는 이미 몇 번의 무대를 올려본 경험이 있는 극작가라는 사실이었다.

그는 영지의 일부분을 이복 형에게서 물려받았고, 수도로 올라오면서 충분히 많은 금액을 생활비로 형에게서 받았다. 그리고 케언에게서 공작금 명목으로 상당한 액수의 돈을 받았고, 아무도 모르는 가명으로 무대에 올린 연극 몇 개가 제법 짭짤한 수익을 올려주고 있었다. 가난함은 단지 위장에 불과했다.

"아……!"

무심코 담화실 앞을 지나가던 실비아는 테이블에 앉아서 무언가를 열심히 쓰고 있는 까셀의 모습을 보고 걸음을 멈췄다. 그러나 이내 그 앞에서 천박하게 웃고 있는 귀부인의 모습을 보고 눈살을 찌푸렸다.

실비아는 그가 무얼 쓰고 있는지 궁금했지만 천박한 귀부인이 까셀을 보면서 침을 흘리고 있는 곳에 끼어들고 싶지는 않았다. 그녀는 까셀이 타인에게 어떤 평가를 받는지 눈으로 확인했다. 그의 자조적인 말 그대로였다. 사람들은 그의 외모만 보고서 그를 판단했다.

그의 모습에서 왠지 자신의 현실을 발견한 실비아는 씁쓸한 얼굴로 자리를 떠났다. 너무나 피곤해서 에피온 후작의 품에 안겨 그대로 잠들어 버리고 싶었다. 그녀에게 사교계는 너무 거칠고 힘든 전쟁터였다.

〈 6권으로 이어집니다 〉

Part 0

크로니클 단편집

◈ 'Part 0' 이라는 것은 '크로니클 시리즈' 의 일부분입니다. 흔히 말하는 외전이기도 하고, 또한 Part 1~3까지 기획된 일련의 장편들과는 별개로 진행되는 단편들이기도 합니다. 이미 통신상에 발표한 것들도 있고 아직 발표하지 않은 단편들도 있습니다. 그냥 편안한 마음으로 부담없이 읽어주십시오.

크로니클 시리즈를 읽으며 모든 내용을 머리 속에 암기할 필요는 없습니다. 그냥 자연스럽게 읽고 재미를 느끼시면 충분합니다. ◈

인형의 기사

이따금 아주 오래전 꿈을 만날 때가 있다. 흐릿하고 어딘지 일그러진 꿈이다.

미지근한 수프와 딱딱해진 빵으로 주린 배를 채우는 어느 배고픈 저녁,

무거워진 몸을 추스르며 차가운 밤공기 속에서 별을 보던 어느 졸리던 밤,

화석처럼 얼어버린 얼굴 위로 쏟아지는 아침 햇살을 보게 되는 어느 지겨운 아침,

귀를 후비는 소음과 눈부신 햇살 속에서 고통스러워하던 어느 힘겨운 정오.

'고마워. 나를 지켜줘. 언제까지나.'

어둠과 눈물이 교차하는 순간에 새로운 신앙이 그 존재 의의를 부

여받던 순간. 살아간다는 것은 고통을 호흡한다는 의미와 동격이다. 사랑이 두려워 도망친 남자에게 세상은 결코 구원을 내리지 않는다. 죽음처럼 영원한 고통과 자학 속에서 살아남기 위한 몸부림. 누구를 위한 자기 만족이며 누구를 위한 희생인가?

그리고 이교도의 땅에서 맞이하는 전장의 겨울은 유쾌하지 못하다.

…….

은빛으로 반짝이는 검이 하나의 선이 되어 허공을 날았다. 그는 어금니를 깨물며 두 손으로 힘주어 검을 잡았다.

충격!

손목에서 시작한 충격은 어깨에 이르러 간신히 멈췄다. 발끝으로 지면이 끌려온다. 단단한 부츠가 땅을 걷어차는 소리와 함께 휘파람 소리처럼 들려오는 검이 허공을 날아오는 소리. 그는 재빨리 몸을 돌리며 검을 누인다. 중단베기.

다시 충격.

"한 가지 질문해도 되겠습니까?"

목을 노리고 날아오는 검 사이로 들려오는 나직한 목소리. 검을 움직여 상대의 검을 아래쪽으로 걷어낸다. 그리고 그는 발끝으로 지면을 밀어내며 폼멜을 끌어당긴 자세로 찌르기를 시도한다. 하단으로 내려갔던 검은 어느새 튕겨져 올라와 그의 찌르기를 막아낸다. 햇살처럼 맑은 불꽃이 튀며 강철은 서로 엇갈린다.

"네."

그는 검을 회수하며 짧게 대답한다. 수다를 떨어 호흡을 흐트러뜨리면 끝장이다.

"어째서 '동방 원정 기사단' 따위를……."

다시 충격. 재빨리 검을 회수, 동시에 하단베기. 하지만 기다렸다는 듯이 그의 검을 가로막는 불꽃. 또 한 번의 충격과 함께 서로는 거리를 넓힌다. 지면이 끌리는 소리는 귀를 간지럽히고 먼지가 피어 오른다.

"…자원하신 겁니까? 그건 기사단이 아닙니다."

미지근해진 늦가을 햇살 아래서 그의 입가에 미소가 어리다 굴러 떨어진다. 그의 시선 사이로 낯익은 문장이 스쳐 지나간다. 다시 충격. 저릿한 아픔. 검과 검이 충돌하는 아픔은 실연의 고통만큼이나 비현실적이다.

"오래된 꿈이죠… 이제는 기억나지 않는……."

"이유를……."

충격. 검과 검이 교차하는 소리, 그리고 불꽃. 시큰거리는 손목의 고통보다 가슴 한켠이 더 아프다. 고통을 참기 위해 어금니를 힘껏 깨문다. 검과 검이 충돌할 때의 충격으로 이빨이 부러지지 않게 하기 위하여.

"…묻고 싶습니다. 스스로의 삶을 무너뜨리는 희열을 원하십니까? 자학입니까?!"

다시 한 번 번득이는 검날 사이로 문장이 스쳐 간다. 왕실 근위기사단. 그는 미소를 지어본다. 멋지다. 그는 마음속으로 그렇게 중얼거려본다. 확실히 멋지군.

"아닙니다. 단지……."

상대의 검과 그의 검이 엇갈리며 비명을 지른다. 동시에 서로의 고통을 느낀다. 그는 검을 쥔 손목의 아픔을 참기 위해 미소 짓는다. 이제는 팔목까지 욱신거린다. 상대는 진심으로 그에게 검을 겨누고 있는 것이다.

"오래된 노래입니다. 이제는 잊어버린."

"드망가는 이유가 뭡니까?"

카카칵!

검날이 엇갈리는 소음은 언제나 섬뜩하다. 시선이 마주친다. 그는 상대의 얼굴을 본다. 성실한 땀방울이 이마를 타고 흐르는 사내. 한없이 사랑스러운 여자를 약혼녀로 둔 사내의 얼굴이다.

"버려진 인형은 잊혀지는 법입니다."

"소중한 인형은 버려지지 않습니다."

상대는 화를 내고 있다. 그는 상대가 화를 내고 있다는 사실에 당황했다. 검에 묻어나는 살기는 그를 당황스럽게 하고 있었다. 하지만 그는 애써 외면해 버린다.

"그대에게 행복한 결혼식이 되기를 기원하겠습니다."

"그대에게는 화려한 출병식이 되겠지요."

"그녀에게는 비밀로 해주시길."

"저가 납득할 수 있다면."

"납득할 거라 믿습니다."

"'여왕의 창기병' 이신 결로는 부족한 겁니까?"

국왕 친위대 여왕의 창기병인 그와 왕실 근위대인 상대는 묵묵히 서로를 바라보았다.

티온 레피아르(Tion Reppyar), 크림발츠 육군 대위, 크림발츠 왕실 근위대 제2독립대장. 엘라 피츠렐(Ella Fitzrell)의 약혼자. 5일 후 엘라

피츠렐 레피아르 부인이라고 불리워질 여자의 남편이 될 남자. 레피아르 대위는 검을 세워 들고 입술을 지그시 깨물고 있었다.

"당신은 항상 도망쳐 왔습니다. 창기병단에 입단함으로써 '독신 서약'을 했고, 동방 원정 기사단에 입단함으로써 '유서'에 서명했습니다. 왜 그런 겁니까?"

레피아르 대위의 나직한 질문에 그는 미소를 지었다. 바람이 차가워지는 늦가을 오후였다.

그는 검을 거둬들여 자신 앞에 곧게 세웠고, 검을 아래로 뿌리며 왼손을 자신의 심장으로 가져가면서 고개를 숙였다. 기사들만의 예법. 상대에 대한 무한한 존경. 레피아르 대위는 당황한 표정으로 똑같이 그에게 예를 보내왔다.

"감사드립니다. 마지막으로 그대와 한번 겨뤄보고 싶었습니다."

"떠나시는 겁니까?"

그는 마지막으로 미소를 지었다.

박수 소리가 들려왔다. 그와 레피아르 대위는 동시에 고개를 돌렸다. 엘라는 환하게 웃으며 두 남자에게 다가왔다.

"너무 멋져요. 나 전부터 보고 싶었어요. 두 사람이 겨루는 모습을. 그런데 누가 이긴 거예요? 난 검을 잘 몰라서 모르겠어요."

"무승부입니다."

레피아르 대위가 먼저 웃으면서 대답했다. 하지만 그도, 레피아르 대위도 알고 있다. 이 승부는 결코 무승부가 될 수 없었다. 레피아르 대위는 전력으로 부딪쳐 왔고, 그는 결코 전력으로 싸우지 않았다. 여왕의 창기병이 된다는 것은 인간적인 삶의 무게를 포기하는 것이다. 한없이 가벼운 자들만이 한없이 무거워진 검의 의무를 짊어진다. 그들에게 있어서 현실은 너무 가벼워 힘없이 바스러진다. 그에게 현실은 아무런 의미도 없는 신기루였다. 그는 사랑을 포기했고, 그 대가로 피처럼 무거운 검을 얻었다.

그리고 레피아르 대위는 그를 대신하여 아름다운 그녀의 사랑을 얻었다. 세상은 공평하다. 레피아르 대위는 그녀와의 사랑을 키우며 살아갈 것이고, 그는 전장 한복판에서 적의 시체를 쌓으며 살아갈 것이다.

'무서워, 난 혼자 있고 싶지 않아.'

그는 미소를 지으며 검을 집어넣었다. 차가워진 바람이 그의 뜨거운 목덜미를 식혀주고 있었다. 그는 한없이 가벼워 슬픈 현실로 되돌아왔다. 가벼운 현실은 그를 때때로 슬프게 만든다. 그래서 그는 그 황량한 상실감을 적의 피와 죽음으로 장식해 놓는다.

"제 결혼식 때 와주실 거죠?"

엘라의 질문에 그는 길어진 앞머리를 쓸어 올리며 웃었다. 동방 원정을 떠나기 전에 머리카락을 적당히 자르고 가야겠다고 생각했다. 어쩌면 그의 고단한 육신을 대신하여 그 한 줌의 머리카락이 그의 무덤을 채울지도 몰랐다. 그것도 나쁘지 않다고 그는 생각했다. 사랑을 포기하고 한없이 가벼운 현실을 살아간 남자는 무덤까지 한없이 가볍다. 한 줌의 머리카락이 그가 이 세상에 살았다는 증거가 되어주리라.

"물론입니다. 가장 멋진 예복을 입고 뵙겠습니다."

"여왕의 창기병 예식복을 입고 와주실 수 있어요? 난 그 예식복이 너무 좋아요."

"알겠습니다."

그는 허리를 굽혀 인사를 하면서 엘라를 바라보았다. 늦가을 햇살이 그녀의 갈색 눈동자 속에서 맴돌고 있었다. 그는 새삼 참 아름다운 눈동자라고 감탄했다.

"저는 이만 물러가겠습니다. 좋은 산책길이 되시길."

그는 엘라에게, 그리고 레피아르 대위에게 정중하게 예를 취하고는 등을 돌렸다.

"결혼식장에서 봬요."

등 뒤에서 엘라가 마지막으로 인사를 건넸다. 그리고 그는 천천히 산책 길 저 너머로 사라져 버렸다. 우울한 눈으로 그의 마지막 뒷모습을 바라보던 레피아르 대위는 약혼녀에게 애써 미소 지었다. 그리고 우아한 동작으로 팔을 내밀었다.

"하나만 물어봐도 되겠소?"

"네? 뭐죠?"

"리슬리는 잘 있소?"

레피아르의 질문에 엘라는 순간적으로 당황했다. 잠시 입을 다물고 고민을 하던 엘라는 간신히 입을 열었다.

"아! 그건 제 어린 시절 아끼던 인형 이름인데… 어떻게 그 이름을 아세요? 그러고 보니 그 인형이 어디 있지? 참 예쁜 인형이었는데."

레피아르는 가만히 산책 길 너머를 바라보았다. 텅 빈 산책 길에는 낙엽만 뒹굴고 있었다. 버려진 인형이란 비극적이다. 슬프도록 가벼운 낙엽이 바람에 밀려 어디론가 날아갔다. 한 남자의 삶처럼 가벼운 낙엽이었다.

"요즘도 천둥 치는 밤을 무서워하나요?"

"네? 그 사람이 말해 줬나요? 너무해요. 그런 어린 시절 이야기를 창피하게……."

엘다는 조금 샐쭉한 표정으로 얼굴을 붉혔다.

"아! 그러고 보니 언젠가 천둥 치는 밤에 그 사람 침실로 찾아간 적이 있어요. 아마 내가 10살 때였을 거예요. 나, 바보처럼 그때까지 천둥을 무서워했지 뭐예요? 부모님께서는 그런 나를 무척 혼내셨어요. 바보처럼 울면서 그 사람 침실로 찾아갔어요. 맞다! 그때 리슬리를 안고 다녔었네요. 10살이나 먹어서도 인형을 안고 다닌다고 참 많이 혼났어요. 나 참 개구쟁이였죠?"

"저분은 그럼 견습 기사였나요?"

"설마요. 그 사람도 겨우 14살이었는걸요? 하루 종일 심부름이나 하고 우리 집안 기사들에게 혼나고 그랬어요. 그리고는 밤마다 혼자서 검술 연습이랍시고 검을 휘둘러 댔는데, 항상 내 침실 창문 아래서 그러곤 했어요. 발이 꼬여서 넘어지는 모습을 창문으로 훔쳐보다가 얼마나 웃었는데요."

"네."

"그러고 보니 그 인형은 어디 있을까요? 하지만 상관없어요. 이제는 더 이상 어린애가 아닌걸요. 인형을 안고 있을 나이는 지났어요."

"그렇습니까?"

레피아르는 미소를 지었다. 레피아르는 약혼녀와 함께 오후 산책을 마치고 발걸음을 돌리고 있었다.

…….

"리슬리가 무서워하고 있어. 나랑 리슬리를 지켜줄 거지?"

"지켜줄게. 언제까지나."

"고마워. 나를 지켜줘, 언제까지나."

빗방울이 유리를 적시던 밤, 수줍고 서툰 입맞춤이 끝나고 찾아온 맹세는 하나의 신앙이 되었다.

…….

"정말로 진심인가?"

"네, 그렇습니다."

"어째서 내가 자네 같은 인재를 잃어야 하는 거지?"

"죄송합니다."

"이유를 물어보고 싶네. 그럴 만한 자격이 되겠지?"

"죄송합니다. 제 부하들에게 좋은 지휘관을 붙여주십시오. 훌륭한 병사들입니다."

일주일 전, 그가 여왕의 창기병 제1연대 2기사대 소속 제3독립대장 자리를 반납하고 독신 서약 파기와 함께 여왕의 창기병 탈퇴 신고를 했을 때 늙은 기사대장은 우울한 얼굴로 서류에 사인을 했다. 그가 경례를 붙였을 때 고집스러운 노인은 끝끝내 인사를 받지 않았다.

결국 그는 이제 더 이상 여왕의 창기병이 아니었다. 지킬 것이 없는 자는 여왕의 창기병이 되지 못한다.

"……."

새로 지급받은 중앙 기사단 제복을 입고 말 위에 오른 그는 눈을 가늘게 뜨며 희미한 늦가을 햇살을 즐겼다. 기대에 찬 함성 소리가 연병장을, 도시를 가득 메웠다. 그는 아쉬운 얼굴로 고개를 돌렸다. 도시 저편 어딘가에서 들려올 결혼식의 종소리를 기대하며. 너무나 아름다울 그녀의 모습을 상상하며 그는 웃었다. 그때 연설이 끝났다.

하데우스 3세력 948년 10월 마지막 일요일.

크릴발츠 왕위 계승 내정자 카시안 루엘 파반트 왕자는 왕실의 반대에도 불구하고, 대성당에서 오전 성무를 마치고 제5차 동방 원정대 총사령관으로 출정했다. 2개 연대 16,000명의 장교들과 병사들이 왕자와 함께 수도를 떠났다.

그리고 그날 수도를 떠났던 병사들의 7할 이상이 두 번 다시 고국으로 돌아오지 못하고 이교도의 땅에서 삶을 마감했다.

여행의 끝

“뭐 하는 거냐? 정의로운 영웅이 되고 싶으냐?”

소위는 비에 젖은 얼굴을 훔치며 씨익 웃었다. 오웨인(O’wain)은 가만히 고개를 들었다.

“제발!! 전 아기가 있어요!!”

오웨인은 소위의 등 뒤에서 들려오는 여자의 절박한 비명 소리를 들으며 눈살을 찌푸렸다. 옷이 찢겨 나가는 소리와 여자의 울음소리는 빗소리 속에서도 확실하게 들렸다.

그는 우울한 얼굴로 소위를 바라보았다. 소위는 비에 젖은 머리를 털어내며 웃고 있었다. 그 웃음이 그를 역겹게 만들었다.

“도대체 왜 그러는 건가? 저 여자는 어차피 무식한 크림발츠 여자잖나? 여왕의 치마폭에 둘러싸여 히히덕거리는 놈들에게 사내다운 핏줄을 나눠주는 거야.”

오웨인은 소위의 어깨 너머로 동료들을 바라보았다. 지금까지 셀 수 없는 지옥을 뚫고 살아남은 전우들이었다. 그들은 함께 싸웠고, 함께 힘겨운 전장 속에서 살아남았다. 그리고 지금 그들은 히죽히죽 웃으며 무력한 여자의 옷을 찢고 있었다. 차가운 빗줄기가 모두를 적셨다.

부대 내에서 가장 힘이 세고 의리가 강한 걸로 유명한 켈(Kale)이 임신한 여자의 손목을 누르고 있었고, 항상 유쾌한 농담과 노래로 부상당하고 지친 동료들을 즐겁게 만들어주던 더스틴(Dastine)이 버둥거리는 여자의 다리를 누르며 스커트를 찢고 있었다.

그리고 귀족 출신인데도 스스럼없이 사병들과 어울려 술을 마시는 소탈한 성격의 소위가 그 모든 것들을 방조하고 있었다.

"블루아(Bloor) 출구 쪽에서 집결해야 합니다. 벌써 낙오된 지 5일째입니다. 여기는 크림발츠 영토 한가운데입니다. 언제 추격당할지 모릅니다."

오웨인의 목소리는 빗물처럼 차가웠다. 히죽거리며 웃던 켈과 더스틴이 동작을 멈추고 소위와 오웨인의 눈치를 살폈다. 갑옷은 비에 젖어 무겁고 거추장스러웠고 어깨에서는 후끈한 김이 피어 올랐다.

"잠깐 즐기고 가자는 거야. 게다가 빌어먹을 크림발츠 놈들에게 뭔가 속시원한 복수를 해주고 싶고."

"너 같은 새끼가 그러고도 아메린의 귀족이냐?"

"이 자식이 죽고 싶어?!"

소위는 붉어진 얼굴을 타고 흐르는 빗물을 털어내며 검을 뽑아 들었다. 은빛 롱 소드는 패전 이후 후퇴하면서 한 번도 제대로 관리하지 않아서 검붉은 피가 뒤엉켜 더러웠다.

"전시 하극상은 즉결 처분이다."

"전시? 웃기지 마! 전투는 이미 예전에 끝났어. 정신 나간 너희 장교 놈들이 전공에 눈이 어두워 레슬론까지 진격하지만 않았어도 우리는 이겼어."

"우리는 지지 않았다. 작전상 후퇴하는 것이다!"

"지랄하지 마! 우린 패전했어! 이게 긍지 높은 아메린 기사단의 몰골이냐? 하찮은 욕심 때문에 전투에서 패배한 데다, 꼬리를 말고 도망치는 주제에 만삭의 여인을 강간하려는 놈들이? 네놈들이 그러고도 아메린 인이라고 자랑스럽게 말할 용기가 있냐!"

촤아악!

오웨인은 허리에 차고 있던 숏 소드를 뽑아 들었다. 소위는 창백한 얼굴로 연신 얼굴을 타고 흐르는 빗물을 훔쳐 냈다.

"그래, 아주 여기서 끝장을 보자. 너 같은 하찮은 장교새끼들은 진작에 죽여주고 싶었어!"

"조국의 은혜를 배신하다니……."

"조국의 은혜? 그래서? 자랑스러운 우리 조국이 우리에게 무얼 해줬지? 이것이 벼락의 기사가 제국과 싸워 건국한 아메린의 긍지라는 거냐? 이러고도 아메린이 진정한 기사도를 가진 국가라고 말할 자격이 있는 건가? 응? 그런 건가? 산적 놈들과 네놈들이 뭐가 다르지?"

"이 지역은 우리 아메린이 대륙으로 진출하기 위한 출구다. 그런 전술적 가치도 모르는 네가 그러고도 정예 페디언스(Fedyens)냐?"

"페디언스? 우습군… 정말 우스워. 이것이 아메린이 자랑하는 독립 작전 기사단 페디언스의 임무인가? 이걸 뭐라고 설명할 거지? 적 후방에 대한 민심 교란? 적국의 핏줄에 위대한 아메린의 혈통을 나눠주는 건가?"

"뭐 하는 거냐! 저놈은 장교에게 검을 겨눴다! 이건 하극상이다!"
소위는 창백한 얼굴로 켈과 더스틴에게 호통을 쳤다. 켈과 더스틴은 난처한 얼굴로 숏 소드를 뽑아 들었다. 특히 오웨인과 같은 고향 출신인 켈은 자꾸만 시선을 돌렸다.
"……."
오웨인은 여자를 힐끔 바라보았다. 거대한 참나무 아래 누워 있던 여자는 흐트러진 몸을 추스르며 참나무에 기대앉았다. 공포로 얼룩진 그녀의 얼굴은 잔뜩 일그러져 있었고 본능적으로 두 손으로 만삭의 배를 끌어안았다.
그는 짜증스러운 기분으로 시선을 돌렸다. 비에 젖은 크림발츠의 풍경은 아메린의 그것과 별로 다르지 않았다. 똑같이 회색으로 젖어 있는 산들과 똑같이 축축하게 젖은 들판들, 그리고 전쟁과 무관하게 하루하루 먹고 살아가기 바쁜 초라한 시골 오두막들.
연이어 전투에 패배하면서 부대는 흩어졌고, 이렇게 개별적으로 후퇴하여 본국의 국경으로 집결하라는 명령이 떨어졌다. 그는 살아서 고국으로 되돌아가고 싶었다. 멍청한 장교 녀석이 여자를 건드리는 너절한 짓만 하지 않았다면 그냥 묵묵히 되돌아가려고 했다.
"역시 샤웬 평야 놈들은 전혀 믿을 수가 없어. 뼈 속부터 반란군의 피를 타고난 놈들이란 말이야."
소위는 롱 소드를 고쳐 잡으며 으르렁거렸다.
오웨인은 그 이름처럼 전형적인 샤웬 평야 출신이었다. 오(O'-)라는 접두사는 샤웬 평야 출신들만의 독특한 전통이었다.
제국과 싸워 무장 독립한 아메린을 건국한 벼락의 기사는 내친김에 아메린 남부의 샤웬 평야를 강제 병합했다. 샤웬 평야는 제국 시절에도 제국의 영토에 포함되지 않았던 지역이었다. 그 이후로 지금까지 샤웬 평야 지역에서는 항상 끊임없이 민족주의적인 독립 운동이 터져 나왔고, 본토 아메린 인들과 차별을 받아왔다.

차별이 없었다면 오웨인은 지금쯤 대위 계급장을 달고 있어야 마땅했다. 그러나 샤웬 출신인데다 그의 형이 과격한 샤웬 독립주의자로 처형당했기 때문에 그는 공을 세우고도 여전히 일개 사병으로 복무하고 있었다.

그가 소위의 행동에 반발한 것은 어쩌면 소위의 말처럼 반골의 피가 흐르는 샤웬 인으로서의 자긍심 때문일지도 몰랐다. 오웨인은 혼란스러운 머리를 가누며 입술을 깨물었다.

"타아앗!"

소위의 검이 날아왔다. 오웨인은 숏 소드를 똑바로 쥐고 왼손으로는 검을 쥔 손목을 움켜잡아 단단히 고정시켰다. 그는 곧바로 검을 수평으로 들어서 롱 소드를 막았다. 눈앞에서 격렬한 충격과 함께 검이 교차했다. 찌르기 위주의 숏 소드는 롱 소드보다 길이가 짧았기 때문에 방어하기에 벅찼다.

"개자식!"

오웨인은 오른쪽 손목을 단단히 잡고 있던 왼손을 풀었고 거의 동시에 검을 찔렀다. 롱 소드의 유리함 때문에 방심하던 소위의 어깨에서 피가 솟구쳤다. 피는 누구나 붉었다. 샤웬 평야 출신의 그도, 아메린 본토 출신인 소위도, 저쪽에서 울고 있는 만삭의 크림발츠 여인도 피는 한결같이 진하고 붉었다.

"뭐, 뭐 하는 거야, 다들! 네놈들도 배신자들이냐?!"

피가 솟구치는 어깨를 움켜쥔 소위는 악에 받쳐 소리 질렀다. 그 소리에 놀란 켈과 더스틴이 난처한 얼굴로 오웨인에게 덤벼들었다. 오웨인은 입술을 깨물며 다시 왼손으로 검을 쥔 오른쪽 손목을 움켜쥐며 방어에 치중했다.

카각! 칵!

빗물을 튀기며 날아온 숏 소드들이 어지럽게 충돌했다. 오웨인은 세 걸음이나 물러서다가 간신히 기회를 잡았다. 그는 재빨리 켈의 무릎을 걷어차고는 팔꿈치로 더스틴의 손목을 막으며 폼멜로 더스틴의 이마를 내리찍었다. 그 순간 한 걸음 물러섰던 켈의 숏 소드가 그의 옆구리를 파고들었다. 비에 젖어 차갑게 식었던 그의 몸이 일순간 뜨겁게 불타오르며 고통에 몸부림쳤다.

"크흑!"

오웨인은 옆구리에서 울컥 쏟아지는 핏덩이를 누르며 비틀거렸다. 켈은 창백한 얼굴로 한 걸음 물러섰다. 검에 찔린 오웨인의 눈은 섬뜩하게 충혈되었다. 그는 휘청이는 무릎을 가누며 흐릿해지는 의식을 붙잡았다.

뜨거운 햇살과 아름다운 포도밭이 계속되는 고향 마을의 풍경과 포도 흡착기를 돌리며 노래를 부르는 마을 사람들의 목소리가 흐릿한 의식 한켠을 스치고 지나갔다. 온화한 구릉들이 끝없이 이어진 마을들… 그의 고향이었다. 포도 익는 냄새가 향긋하고 수확의 시절이 오면 온 마을 사람들이 흡착기를 돌리며 유쾌하게 노래 부르던 동네였다. 그 포도밭 구석에서 수줍게 사랑을 고백하던 첫사랑의 추억도 있었다.

그가 입대하기 위하여 마을을 떠나던 날, 그녀는 슬픈 눈으로 그를 바라보았다. 그는 싱긋 웃으며 애인의 이마에 입맞춤했다.

'걱정하지 마. 잠시 여행을 다녀오는 것이라고 생각해.'

옆구리에서 쏟아지는 피를 막으며 오웨인은 문득 그녀가 아직도 결혼하지 않은 채 자신을 기다리고 있을지 궁금해졌다. 이 끔찍한 여행이 끝나면 고향으로 돌아가고 싶어졌다.

"검을 버려! 안 그러면 이 크림발츠 년이 죽는다!"

소위는 피에 젖은 어깨를 추스르며 그에게 소리쳤다. 그가 흐릿한 눈을 들었을 때 소위는 만삭의 여자를 인질로 잡고 있었다. 켈과 더스틴은 두 사람의 눈치를 보면서 슬금슬금 물러섰고, 소위와 오웨인은 서로를 씹어먹을 듯이 노려보았다.

'이름도 모르는 크림발츠 여자가 죽든 말든 내 알 바가 아니야.'

오웨인은 그런 생각을 했다. 사실이 그랬다. 그는 얼굴도 이름도 모르는 만삭의 적국 여자에게 한눈에 반해 사랑을 느낄 정도로 순진하진 않았다. 단지 소위의 행동이 짜증스러웠을 뿐이다. 그녀가 죽든 살든 그가 알 바는 아니었다. 그는 그렇게 생각했다. 그는 단지 돌아가고 싶었다. 아메린 땅을 밟고 마음껏 안도의 한숨을 쉬고 싶었다.

하지만 그는 검을 버렸다. 그 자신도 그 이유를 이해하지 못했다.

"멍청한 새끼!"

"꺄아악!"

여자가 비명을 질렀고, 여자의 목덜미에서 피가 흘러나왔다. 순간, 오웨인은 허리춤에서 단검을 뽑아 들었고, 단숨에 단검을 날렸다. 단검은 소위의 목덜미를 스치고 지나갔다. 피가 분수처럼 허공으로 뿜어졌다.

"제, 제기랄!"

켈과 더스틴은 난처한 얼굴로 머뭇거리다가 그대로 등을 돌려 도망쳐 버렸다.

옆구리에서 흘러나온 피가 무릎까지 적셨다. 오웨인은 술에 취한 듯한 기분으로 천천히 걸음을 옮겼다. 빗줄기는 이제 어지럽게 휘청거렸고 온몸이 얼어붙은 듯 추웠다.

"헉!"

빗물에 젖은 풀밭은 미끄러웠다. 꼴사납게 넘어진 오웨인은 쿡쿡거리면서 웃다가 간신히 몸을 일으켜 세웠다.

"난 걸음마도 못하는 바보였군… 크하하!"

그는 절반쯤 기다시피 움직여 여자와 소위에게 다가갔다. 여자는 목을 타고 흐르는 피를 막을 생각도 하지 못한 채 덜덜 떨고 있었다. 그녀의 머리칼은 잔뜩 흐트러져 있었고, 입술에서도 피가 흘렀다. 찢어진 옷자락 사이로 창백한 어깨와 가슴, 허벅지가 드러나 있었다. 그녀는 결코 미인이 아니었다. 하지만 이미 단호한 어머니였다. 그녀는 두 손으로 만삭의 배를 감싸고는 살기등등한 눈으로 소위와 그를 번갈아 노려보았다.

오웨인은 그녀를 스치고 지나치며 피식 웃었다.

"으걱! 으걱! 커억!"

목덜미가 한 움큼이 뜯겨 나간 소위는 부들부들 떨면서 목덜미의 상처를 누르고 있었다. 분노에 차 있던 그의 눈동자는 이미 초점이 풀려 있었고, 죽음의 공포에 빠져 허우적거렸다. 한 손으로 옆구리 상처를 누르며 간신히 소위의 가슴 위에 엎드린 오웨인은 히죽 웃었다.

이미 머리 속은 흐리멍덩했고 시야도 휘청거렸다. 그는 애써 힘을 짜내어 손을 움직였고, 소위의 허리에 매달려 있던 단검을 뽑아 들었다.

"끄! 으걱! 그르르르!!"

소의는 공포에 질린 눈으로 울기 시작했다. 그의 손가락 사이로는 따스한 생명이 쉼없이 빠져나가 풀밭을 붉게 적셨다.

"우린 뭐 하러 싸우는 거냐… 크흐흐……. 그냥 고향에 남았어야 했어… 흐흐흐……."

오웨인은 마지막 힘을 쥐어짜내며 소위의 목과 가슴을 단검으로 난도질하기 시작했다. 피가 솟구쳐 그의 얼굴을 적셨고, 소위는 마지막으로 발버둥쳤다.

"뭐가 긍지고! 뭐가 명예냐?! 이따위 전쟁 따위……."

소위가 더 이상 움직이지 않았을 때, 소위는 얼굴도 알아보기 힘들 만큼 피투성이가 되어 있었다. 오웨인은 기침을 하면서 소위의 시체에서 굴러 떨어졌다.

"……."

그는 헐떡이는 숨을 고르며 다시 한 번 애써 몸을 일으켜 앉았다. 여자는 여전히 목에서 피를 흘리며 두 손으로 배를 감싸고 있었다.

"괜찮아요?"

"……."

여자는 공포에 질려 아무런 대답도 하지 못했다. 그저 부들부들 떨면서 물러나 앉았다.

오웨인은 창백하게 웃으면서 허리춤에서 손수건을 꺼냈다. 그리고 바닥을 기어서 여자에게 다가갔다. 이제 그는 서서 움직일 기운조차 없었다. 그는 간신히 여자의 곁에 앉을 수 있었고, 히죽 웃었다.

"움직이지 말아요. 목에서 피가 나니까……."

오웨인은 여자의 목에 손수건을 감아 상처를 싸매주면서 어색하게 웃었다. 여자는 그의 갑옷 귀퉁이를 잡으며 부들부들 떨고 있었다. 그는 떨리는 손 때문에 좀처럼 매듭을 묶지 못했다. 시야도 좁아져 이제는 거의 보이지도 않고 있었다.

"큭! 이거야 원… 매듭도 묶지 못하는군……."

오웨인은 다시 한 번 매듭을 묶으려고 남은 힘을 쥐어짜내며 자신을 비웃었다. 이름도 모르는 적국의 여자를 위하여 쓸데없는 참견을 하다가 상처를 입은 자신이 우습게 느껴졌다. 정말 죽어버린 소위의 말처럼 머저리 영웅 흉내를 내고 싶었는지도 몰랐다. 영웅이란 본질적으로 머리가 나쁘고 아둔한 인간만이 될 수 있었다. 그는 자신의 아둔함에 혀를 차면서 간신히 매듭을 묶었다. 영웅은 항상 모든 걸 극복한다.

"이제 안심해도 좋아요… 빨리 군인들을 찾아봐요. 이 근처라면 크림발츠 병사들이 깔렸을 테니까……."

그는 흐릿한 의식을 부여잡으며 애써 웃었다. 순간, 여자가 공포에 질린 눈으로 그를 올려다보았다. 그는 땅이 휘청거리는 현기증을 느끼며 고개를 갸웃거렸다. 그리고 여자의 시선을 따라 고개를 움직였다.

"어……?"

오웨인은 자신의 가슴을 비집고 튀어나온 낯선 물체를 바라보았다. 그것은 예리한 강철제 콰렐의 앞부분이었다.

"뭐… 지……?"

오웨인은 풀밭에 얼굴을 처박으며 쓰러졌다. 그리고 더 이상 움직이지 않았다.

"괜찮아요?!"

여자는 전형적인 크림발츠 남부식 사투리를 듣고 고개를 들었다. 크림발츠 중앙 기사단 제복을 입은 병사들이 몰려와 있었다. 그들은 검을 뽑아 든 채 싸늘하게 식어가는 아메린 장교와 사병의 시체를 확인했다.

"여자는 무사한가?"

"네! 백인대장님! 목과 다리에 상처를 입었고 쇼크를 받은 모양입니다. 게다가… 이 여자는 임신했습니다!"

"더러운 아메린 새끼들! 임신한 여자를 건드리려고 하다니! 퉤!"

백인대장은 힐끔 콰렐에 맞은 아메린 사병의 시체를 내려다보았다.

"누가 콰렐을 발사했나?"

"네, 접니다! 백인대장님! 이 자식이 여자의 목을 조르고 있었습니다. 아마 상처를 입은 상태에서 여자를 목 졸라 죽이려 한 모양입니다."

"수고했다. 상부에 보고해서 적절한 포상을 내리게 하겠다. 여자를 근처 마을로 옮겨라. 그것보다 나머지 인원들은 어디 있는가?"

"오던 길에 서쪽으로 도주 중이던 아메린 병사 두 명을 발견해서 추격 중입니다. 솜씨 좋은 사수 10명이 추적 중이라 금방 사살할 수 있습니다."

두 명의 병사들이 만삭의 여자를 부축했을 때, 백인대장은 자랑스럽게 웃으면서 여자의 어깨를 두드렸다. 여자는 공포에 질린 눈으로 오웨인의 시체를 내려다보았다.

"걱정하지 마시오. 당신을 목 졸라 죽이려 했던 그자는 죽었소. 우리의 조국 크림발츠가 당신과 아이의 생명을 구해준 거요."

여자는 병사들에게 부축을 받으면서 다시 한 번 뒤돌아보았다. 풀밭에 엎드린 오웨인은 미소 짓고 있었다. 그의 여행은 끝났다.

〈 크로니클 이야기 끝 〉

Reiern C. S. 라이어른 맹약국

◆Illustrated by KWON◆

Swerin
Nord Straits
북해협
Kenigs Is. 케니히스 섬
Keniggart 케니히가르트
Klain Is. 클라인 섬
Holden Is. 홀덴 섬
Putz Is. 푸츠 섬
Tur Is. 투르 섬
Kielath
킬라스
Nord Sea
북해
Brena
Beren 베렌
Boden 보덴
Berain 베라인
Eisenbach 아이젠바흐
Kreuzen 크로이첸
Jagerheim 야거하임
Grand Sea
대해
Tegel 테겔
Ergensheimer
에르겐스하이머
Jutland 유틀란트
Cux Bay 쿡스 만
Bergen 베르겐
Cuxhaven
쿡스하펜
Mannsburg 만스부르
Peimgart
Luimak
Osna 오스나
Krombach 크롬바흐
Ruiburg 뤼부르
Gernshaven 게른스하펜
Odensa Kenig
오덴사 케니히
Altarheim 알타하임
Landgart 란트가르트
Jaar R. 야르 강
Emsburg 엠스부르
Uls
울스
Kappele 카펠
Nord Geil
Wuppertal 부퍼탈
Effendorf 에펜도르프
Enshenden
엔스헨덴
Bochshaver 보흐스하펜
Ruiken-Staten 뤼켄슈타텐
Waldheim
Schrenswig-Holstain 슐렌스비-홀스타인
Grosruhe 그로스루에
Eindolf 아인돌프
Messenswig
메센스비히
Wecks 벡스
Glucks 글룩스
Hafeus-Heim Staten
하페우스 3세 흠생 시
Wensheim 벤스하임
Ekewald Forest
에케발트 대삼림
Ressen R.
레센 강
Ihar R. 이아르 강
Teritz 테릿츠
Achsen 악센
Wheilderland 휠더란트
Geil
Geilland 가일란트
Ekewald 에케발트
Rattell 라트에일
Riesen 리센
Black Plain
검은평원
Teilburg 테일부르
Weinburg
바인부르
Braum 브라움
Pinneberg 피네벡
Osterstaten
오스터슈타텐
Jungshorn
융스호른
Heutefrau
호이테프라우
Oppenbach 오펜바흐
Ende-Staten
앤데슈타텐
Mid Mts. 중앙산맥

Krimwaltz 크림발츠
Krimwaltz Highlands
Chauant
Loire
Plain Des Midde
TooAng
Queens Bay
퀸즈 만
Green Sea 녹해
Xenon 세농
Jeraui 제라뉴
Montpestin 몽파스텡
Margaux R. 마곡 강
Arc-de-Emte R. 아크 드 엠테 강
Geudens 고댕스
Chambery 샹베리
Ryucion 루시옹
El'Arent
엘 아렝
Miro R. 미로 강
Dordogne 도르도뉴
Chaubernac 쇼베르낙
Roche 록
Joxe 조세
Chauant 쇼앙트
Axi-sant-Conte 악상트콩테
Reims 랭스
Dijot
디종르
Quentin 캉탱
SSerant
세르앙
(북부광역주둔지)
Axi-Les-Basin 악시레스 바쟁
Franse R. 프랑세 강
Il de Ratian 일 드 라티앙
Tuilrouse R. 틸레즈 강
Leslon 레슬론
(서부광역주둔지)
Ardenes 아르덴뉴
Axi-ent-franse 악시앙트프랑세
Revue 리뷰
영토분쟁 지역
Worster 우스터
(강제점령 아메린 군사도시)
Bloor 블루아
(아메린 영토 강제합병)
Hariyana 하리야나
Fragzin R. 프락진 강
Saute-Sant 소 생
Berny 베르뉘
La Douse
라 루즈
La Luegne 라 뤼뉴
Neuloire 뉘누아르
Loire 루아르
Sant-Mont 생몽트
Baskin 바스캥
TooAnt 투앙
Auxe 오세
Wheat Plain 밀평원
Fehrin 페린
Sant Nael 생나엘
Wydhiren
워디렌
Wydhiren R. 워디렌 강
Le Puy 르 퓌
Champagnmant 샹파뉴망트
Calais 칼레
Del-rad 델라아
(참기병 결성지)
Laval 라발
Nael 나엘
Quimper R. 캥페르 강
Clersant
클레르상트
Sant-Dogne 상도뉴
Mare 마레
Quimper 캥페르
Clertel 클레르텔
Regionnabour 레지옹 항
(외인항구)
♦Illustrated by KWON♦